um casamento americano

TAYARI JONES

Um casamento americano

ARQUEIRO

Título original: *An American Marriage*

Publicado originalmente nos Estados Unidos sob o título *An American Marriage: a novel*. Publicado em acordo com a Algoquin Books de Chapel Hill, uma divisão da Workman Publishing Company, Inc., Nova York.

tradução: Alves Calado

preparo de originais: Taís Monteiro

revisão: Hermínia Totti, Juliana Souza e Rafaella Lemos

diagramação: Valéria Teixeira

capa: Renata Vidal

imagem de capa: Parrot Ivan/ Shutterstock

impressão e acabamento: Associação Religiosa Imprensa da Fé

CIP-BRASIL. CATALOGAÇÃO NA PUBLICAÇÃO
SINDICATO NACIONAL DOS EDITORES DE LIVROS, RJ

J67c Jones, Tayari
Um casamento americano/ Tayari Jones; tradução de Alves Calado.
São Paulo: Arqueiro, 2019.
288 p.; 16 x 23 cm.

Tradução de: An american marriage
ISBN: 978-85-8041-946-7

1. Ficção americana. I. Calado, Alves. II. Título.

19-55226 CDD: 813
CDU: 82-3(73)

Rua Funchal, 538 – conjuntos 52 e 54 – Vila Olímpia
04551-060 – São Paulo – SP
Tel.: (11) 3868-4492 – Fax: (11) 3862-5818
E-mail: atendimento@editoraarqueiro.com.br
www.editoraarqueiro.com.br

Para a irmã da minha mãe, Alma Faye,

e para as minhas, Maxine e Marcia

O que acontece com você não lhe pertence,
só tem a ver com você pela metade.
Não é seu. Não é somente seu.

Claudia Rankine

UM

A música da ponte

ROY

Existem dois tipos de pessoa no mundo: as que saem de casa e as que não saem. Sou um orgulhoso membro da primeira categoria. Minha mulher, Celestial, costumava dizer que no fundo eu sou um garoto do campo, mas jamais gostei desse rótulo. Para começo de conversa, não sou do campo propriamente dito. Eloe, na Louisiana, é uma cidade pequena. Quando você ouve "campo", pensa em coisas como plantar, enfardar feno e ordenhar vacas. Jamais colhi um único tufo de algodão, embora meu pai tenha feito isso. Nunca toquei num cavalo, numa cabra ou num porco – nem tenho vontade de tocar. Celestial ria, explicando que não queria dizer que sou um fazendeiro, mas simplesmente do campo. Ela é de Atlanta, e eu poderia argumentar que também é do campo. Mas ela diz que é uma "mulher do Sul", o que não deve ser confundido com "donzela do Sul". Por algum motivo ela aceita ser chamada de "pêssego da Geórgia". E por mim tudo bem, então é isso.

Celestial se considera uma pessoa cosmopolita, e não está errada. Mas dorme toda noite na mesma casa em que cresceu. Eu, por outro lado, fui embora na primeira oportunidade, exatamente 71 horas depois de terminar o ensino médio. Teria partido antes, mas o ônibus não parava em Eloe todo dia. Quando o carteiro entregou à minha mãe o cilindro de papelão contendo meu certificado, eu já tinha me mudado de mala e cuia para o alojamento do Morehouse College, num programa especial para bolsistas de primeira geração. Fomos convidados a chegar dois meses e meio antes dos outros, para conhecer o lugar e nos inteirar do básico. Imagine 23 jovens negros assistindo sem parar a *Lute pela coisa certa*, do Spike Lee, e *Ao mestre, com carinho*, com Sidney Poitier, e você vai ter uma ideia do quadro geral – ou não. Doutrinação nem sempre é algo ruim.

Durante toda a vida tive a ajuda de programas de apoio, começando quando tinha 5 anos, e não parei mais. Se eu tiver filhos, eles poderão pedalar pela vida em uma bicicleta sem rodinhas, mas eu gosto de dar o crédito a quem ele é devido.

Foi em Atlanta que aprendi as regras, e aprendi rápido. Nunca fui nenhum idiota. Mas sua terra natal não é o lugar onde você *aterrissa*; é o lugar de onde você *decola*. Você não pode escolher o lugar onde nasce, assim como não pode escolher sua família. No pôquer, você recebe cinco cartas. Pode trocar três, mas as outras duas ficam com você até o fim: a família e a terra natal.

Não estou falando mal de Eloe. Obviamente existem lugares piores; qualquer um que tenha consciência do quadro geral consegue ver isso. Para começo de conversa, sim, Eloe fica na Louisiana, e não num estado cheio de oportunidades, mas ainda assim fica nos Estados Unidos, e se é para ser um negro enfrentando dificuldades, os Estados Unidos provavelmente são o melhor lugar para isso. Mas não éramos pobres. Deixe-me esclarecer. Meu pai trabalhava duro na Buck's Sporting Goods de dia e ainda fazia bicos à noite, e minha mãe passava muitas horas arrumando bandejas num restaurante a quilo para eu agir como se não tivéssemos onde cair mortos. Quero deixar claro que tínhamos.

Eu, Olive e Grande Roy éramos uma família de três e morávamos numa sólida casa de tijolos num quarteirão seguro. Eu tinha meu próprio quarto e, quando Grande Roy construiu um puxadinho, passei a ter meu próprio banheiro. Quando meus pés cresciam mais do que meus sapatos comportavam, os novos nunca demoravam a chegar. Ainda que eu tenha recebido ajuda financeira, meus pais fizeram sua parte para me mandar para a faculdade.

Mesmo assim, a verdade é que não havia nada sobrando. Se minha infância fosse um sanduíche, não haveria carne saindo para fora do pão. Tínhamos o que era necessário e nada mais. "E nada menos", diria minha mãe, me envolvendo depois em um dos seus abraços apertados.

Quando cheguei a Atlanta, achava que tinha a vida toda pela frente – incontáveis resmas de papel em branco. E você sabe o que dizem: um ex-aluno do Morehouse tem sempre uma caneta a postos. Dez anos depois, minha vida estava no auge. Quando alguém perguntava: "De onde você é?", eu respondia "De A.!", íntimo da cidade a ponto de me referir a ela pelo apelido. Quando queriam saber sobre minha família, eu falava de Celestial.

Fazia um ano e meio que estávamos casados, e éramos felizes até então, pelo menos eu era. Talvez não demonstrássemos a felicidade como outras pessoas, mas não éramos da variedade comum de negros burgueses em Atlanta, na qual o marido dorme com o laptop embaixo do travesseiro e a mulher sonha com joias da Tiffany. Eu era jovem, ávido e estava em ascensão. Celestial era artista plástica, intensa e linda. Éramos como os personagens de *Uma loucura chamada amor*, só que adultos. O que posso dizer? Sempre tive uma queda por mulheres que brilham. Quando você está com elas, sabe que está em algo profundo, nada desse negócio de uma vez só e tchau. Antes de Celestial, namorei outra garota, também nascida e criada em A. Essa garota – sem brincadeira – apontou uma arma para mim no baile de gala da Liga Urbana Nacional! Nunca vou me esquecer daquele revólver .22 prateado com cabo de madrepérola rosa. Ela o apontou por dentro da bolsa, embaixo da mesa à qual estávamos sentados comendo bife com batatas gratinadas. Disse que sabia que eu a estava traindo com uma garota da Black Bar Association. Como posso explicar? Eu estava com medo, mas ao mesmo tempo não estava. Só uma garota de Atlanta consegue ser tão elegante enquanto faz algo tão sinistro. Isso era a paixão falando, admito, mas não soube muito bem se deveria pedi-la em casamento ou chamar a polícia. Terminamos o namoro antes do amanhecer, e não foi por decisão minha.

Depois da Pistoleira, perdi o jeito com as garotas durante certo tempo. Lia o noticiário, como todo mundo, e ouvia falar de uma suposta escassez de homens negros, mas parecia que a boa notícia ia demorar a causar um impacto na minha vida social. Toda mulher por quem eu me interessava já tinha outra pessoa na fila.

Um pouco de concorrência é saudável para todas as partes envolvidas, mas a partida da Pistoleira penetrou na minha pele feito bicho-de-pé e me fez ir para Eloe durante alguns dias, para bater um papo com Grande Roy. Meu pai tem um certo ar de onipresença, como se já estivesse por aqui antes de você aparecer e fosse continuar sentado na mesma espreguiçadeira muito depois de você ter ido embora.

– Você não quer se envolver com nenhuma mulher que aponte uma arma de fogo para você, filho.

Tentei explicar que o que tornava a situação notável era o contraste entre o clima de bandidagem da pistola e o brilho da noite. Além disso:

– Ela estava só brincando, pai.

Grande Roy assentiu e sugou a espuma do seu copo de cerveja.

– Se é assim que ela brinca, o que vai acontecer quando ficar com raiva?

Da cozinha, como se falasse através de um intérprete, minha mãe gritou:

– Pergunte a ele com quem ela está agora! Ela pode ser maluca, mas não é doida. Ninguém dispensaria o Pequeno Roy sem ter alguém no banco de reserva.

– Sua mãe quer saber com quem ela está agora – disse Grande Roy, como se não estivéssemos todos falando inglês.

– Um advogado qualquer. Não do tipo Perry Mason. Um que lida com contratos. Mexe com papelada também.

– Você não mexe com papelada também? – perguntou Grande Roy.

– É totalmente diferente. Ser representante de vendas é temporário. Além disso, meu destino não é cuidar de papelada. Só calhou de eu estar fazendo isso agora.

– Sei – falou Grande Roy.

Minha mãe continuou agindo como se não falássemos a mesma língua:

– Diga que ele vive deixando essas garotas de pele clara ferirem os sentimentos dele. Diga que ele precisa lembrar de algumas garotas aqui da paróquia de Allen. Diga que ele precisa ter alguém a seu lado enquanto sobe na vida.

– Sua mãe falou... – começou Grande Roy.

– Eu escutei, e ninguém disse que a tal garota tinha a pele clara.

Mas obviamente tinha, e minha mãe tem um sexto sentido com relação a isso.

Olive saiu da cozinha secando as mãos num pano de prato listrado.

– Não fique com raiva. Não estou tentando me meter na sua vida.

Ninguém consegue de fato agradar a mãe quando se trata de mulheres. Todos os meus amigos dizem que a mãe deles vive avisando: "Se ela não usa o mesmo tipo de pente que você, não a traga para casa." As revistas *Ebony* e *Jet* juram que qualquer homem negro com dois tostões no bolso prefere as brancas. Quanto a mim, sou estritamente ligado às negras, e minha mãe tem o desplante de se preocupar com o tom específico da pele da que eu tinha escolhido.

Mas seria de esperar que ela gostaria de Celestial. As duas tinham tanto em comum que elas é que poderiam ser parentes uma da outra. Ambas tinham aquela beleza *clean*, tipo a Thelma do seriado *Good Times*, a primeira personagem de TV por quem eu tive uma quedinha. Mas não, para minha mãe, Celestial tinha a aparência certa, só que pertencia a um mundo diferente. Grande Roy, por outro lado, era tão fascinado por Celestial que, se eu não me casasse com ela, ele se casaria. No entanto, nada disso a fazia marcar pontos com Olive.

– Só tem uma coisa que vai fazer sua mãe gostar pelo menos um pouco de mim – sentenciou Celestial certa vez.

– E o que seria?

– Um bebê – respondeu ela com um suspiro. – Sempre que eu a vejo, ela me olha de cima a baixo como se os netos dela fossem reféns dentro do meu corpo.

– Que exagero.

Mas a verdade era que eu conhecia minha mãe. Depois de um ano eu estava preparado para colocar esse bloco na rua, criando uma nova geração com um conjunto de regras e regulamentos atualizados.

Não que houvesse algo errado no modo como qualquer um de nós tinha sido criado. Mas o mundo está mudando, então o modo como a gente cria os filhos também precisa mudar. Parte do meu plano era jamais falar sobre colheita de algodão. Meus pais sempre falavam sobre algodão, real ou metafórico. Os brancos dizem: "É melhor do que cavar uma vala"; os negros dizem: "É melhor do que colher algodão." Não vou lembrar aos meus filhos que alguém morreu para que eu fizesse coisas comuns do dia a dia. Não quero Roy III sentado no cinema, tentando assistir a *Star Wars* ou qualquer outro filme, pensando no fato de que estar ali comendo pipoca é um direito que custou a vida de alguém. Nada disso. Ou talvez só um pouco. Precisaremos acertar a medida. Já Celestial promete que nunca vai dizer que eles precisam ser duplamente melhores que qualquer branco para receber metade do que eles recebem. "Mesmo que seja verdade", me disse certa vez, "como é que alguém diz esse tipo de coisa a uma criança de 5 anos?"

Ela era o equilíbrio perfeito em uma mulher – não fazia o tipo corporativo de tailleur, mas usava sua ancestralidade como o brilho num sapato de couro legítimo. Além disso, se comportava como artista sem chegar ao nível da loucura. Em outras palavras, não guardava uma pistola na bolsa, mas também não lhe faltava paixão. Celestial gostava de fazer as coisas a seu modo e dava para perceber isso só de olhar para ela. Era alta – 1,75 –, mais alta do que o próprio pai. Sei que altura é questão de sorte, mas parecia que ela tinha escolhido ser assim. Seu cabelo, grande e revolto, a deixava um pouquinho mais alta que eu. Mesmo antes de saber que ela era um gênio com agulha e linha, você perceberia que estava lidando com uma pessoa especial. Ainda que algumas pessoas – e com "algumas pessoas" quero dizer minha mãe – não conseguissem ver, tudo isso faria dela uma mãe excelente.

Tenho uma certa intenção de perguntar a ela se podemos chamar nosso filho – ou filha – de Futuro ou Futura.

Por mim, já estaríamos com o bebê encomendado na lua de mel. Visualize nós dois numa cabana sobre o oceano, com piso de vidro. Eu nem sabia que *existiam* coisas assim, mas quando Celestial me mostrou o panfleto fingi sacar tudo, dizendo a ela que aquilo estava na minha lista de desejos. Lá estávamos nós, relaxando acima do oceano, nos curtindo. O casamento tinha sido mais de um dia antes, porque Bali ficava a 23 horas de distância, na primeira classe. Para a cerimônia, Celestial estava arrumada como uma versão boneca de si mesma. Todo aquele cabelo maluco foi preso num coque de bailarina e a maquiagem fez com que ela parecesse estar ruborizando. Quando a vi flanando pelo corredor entre os bancos, vindo na minha direção, ela e o pai riam como se aquilo tudo não passasse de um ensaio geral. Lá estava eu, sério como quatro ataques cardíacos e um derrame, mas então ela me olhou e franziu os lábios pintados de rosa num beijinho e eu saquei a piada. Ela estava dando a entender que tudo aquilo – as menininhas segurando a cauda do vestido, meu paletó, até as alianças no meu bolso – era só um teatro. O real era a dança da luz nos olhos dela e nosso sangue correndo rápido nas veias. E então eu também sorri.

Em Bali aquele penteado já tinha sumido havia muito tempo e ela estava com um afro estilo anos 70, usando apenas glitter corporal.

– Vamos fazer um bebê – falei.

Ela gargalhou.

– É assim que você quer me pedir isso?

– Estou falando sério.

– Por enquanto não, papai. Mas em breve.

Nas nossas bodas de papel eu escrevi num pedaço de papel: "Em breve tipo agora?"

Ela o virou e escreveu no verso: "Em breve tipo ontem. Fui ao médico e ele disse que todos os sistemas estão em ordem."

Mas foi outro pedaço de papel que encalacrou a gente: meu próprio cartão de visita. Tínhamos voltado para casa depois do nosso jantar de aniversário de casamento no Beautiful Restaurant, um lugar meio lanchonete, meio café na Cascade Road. Não era chique, mas foi onde pedi a mão dela. Ela dissera: "Sim, mas guarde esse anel antes que assaltem a gente."

No aniversário de casamento voltamos para um banquete de carne, macarrão com queijo e torta de milho. Depois fomos comer a sobremesa em casa, duas fatias do nosso bolo de casamento que estavam no freezer havia 365 dias, esperando para ver se continuaríamos juntos ao final daquele ano. Não contente em deixar a coisa nesse pé, abri a carteira para mostrar a foto dela que eu guardava ali. Enquanto tirava a foto, meu cartão de visita caiu e pousou suavemente ao lado das fatias de bolo de Amaretto. No verso, em tinta roxa, estava o primeiro nome e o telefone de uma mulher, o que já era bem ruim. Mas Celestial notou mais três números, que ela presumiu que fossem de um quarto de hotel.

– Tenho uma explicação para isso – falei.

A verdade era simples: eu gostava de mulheres. Curtia um flerte recreativo. Às vezes colecionava números de telefone como se ainda estivesse na faculdade, mas em 99,997% dos casos o negócio parava por aí. Eu só gostava de saber que ainda levava jeito para a coisa. Nada de mais, certo?

– Explique, então – disse ela.

– Ela enfiou no meu bolso.

– Como ela enfiou no seu bolso seu próprio cartão de visita?

Celestial estava furiosa e isso me deixou com um pouco de tesão, como o estalo no forno antes de o fogo pegar.

– Ela pediu meu cartão. Achei que fosse algo inocente.

Celestial se levantou, recolheu os pratos com o bolo e os jogou no lixo, e que se danasse a porcelana do casamento. Voltou à mesa, pegou sua taça de espumante rosé e engoliu a bebida de uma vez como se fosse um *shot* de tequila. Depois arrancou a que estava na minha mão, bebeu minha parte e jogou as taças no lixo também. Quando elas quebraram, fizeram um som de sino.

– Você é tão mentiroso! – exclamou ela.

– Mas onde estou agora? – falei. – Aqui, com você. Na nossa casa. É com você que eu vou para a cama toda noite.

– Na porra do nosso aniversário de casamento. – Agora a fúria dela estava se transformando em tristeza. Ela se sentou na cadeira do café da manhã. – Por que casar, se você queria me trair?

Não mencionei que era preciso estar casado para trair. Em vez disso, falei a verdade.

– Eu nunca nem liguei para essa mulher. – Sentei-me ao lado dela. – Eu te amo. – Falei isso como se fosse uma fórmula mágica. – Feliz aniversário de casamento.

Ela deixou que eu a beijasse, o que era um bom sinal. Senti o gosto do espumante rosé nos seus lábios. Já estávamos sem roupa quando ela mordeu minha orelha com força.

– Você é muito mentiroso. – Depois ela esticou o braço até meu criado-mudo e pegou uma embalagem metalizada brilhante de camisinha. – Pode ir colocando, queridinho.

Sei que há pessoas que diriam que nosso casamento estava em crise. As pessoas dizem um monte de coisas quando não sabem o que acontece entre quatro paredes. Mas como testemunha, e inclusive como membro, do nosso relacionamento, estou convencido de que era o contrário. Não era pouca coisa o fato de eu deixá-la furiosa com apenas um pedaço de papel e ela me deixar furioso com uma camisinha.

É, nós éramos um casal casado, mas ainda éramos jovens e estávamos apaixonados. Um ano havia se passado e a chama continuava acesa.

O negócio é o seguinte: é um desafio ser 2.0. No papel nós somos uma versão adulta dos personagens da nossa série de TV favorita. Só que na vida real Celestial e eu somos algo que Hollywood nunca imaginou. Ela era talentosa e eu era o seu empresário e seu muso inspirador. Não é que eu ficasse deitado como vim ao mundo posando para ela me desenhar. Não, eu simplesmente vivia minha vida e ela observava. Quando estávamos noivos, ela venceu um concurso com uma escultura de vidro. De longe parecia uma bola de gude, mas quando você chegava perto e olhava do ângulo correto, dava para ver as linhas do meu perfil num redemoinho lá dentro. Alguém ofereceu 5 mil dólares pela obra, mas Celestial não quis abrir mão dela. Isso não acontece quando um casamento está em perigo.

Ela fazia as coisas por mim e eu também fazia tudo por ela. Antigamente, quando você trabalhava para que sua mulher não precisasse, chamavam isso de "colocar comida na mesa". Um dos objetivos de Grande Roy era fazer isso para Olive, mas nunca deu certo. Em homenagem a ele, e talvez a mim mesmo, eu trabalhava o dia todo para que Celestial pudesse ficar em casa fazendo bonecas, seu principal meio artístico. Eu curto as bolas de gude com qualidade de peça de museu e os desenhos delicados, mas as bonecas eram algo que uma pessoa comum podia apoiar. Minha visão era uma linha de bonecas de pano que venderíamos no atacado. Você poderia colocá-las numa prateleira ou abraçá-las até o enchimento começar a sair. Ainda existiriam os trabalhos de alto nível, feitos sob encomenda, e as peças de arte. Essas poderiam valer cinco dígitos, facilmente. Mas seriam as bonecas do dia a dia que a tornariam famosa. E, veja bem, por acaso eu estava certo.

Sei que tudo isso são águas passadas, e não de um riachinho manso. Mas, para ser justo, preciso contar essa história inteira. Nós só estávamos casados havia um ano e pouco, mas foi um ano bom. Até ela precisaria admitir.

Um meteoro acertou nossa vida no fim de semana do Dia do Trabalho, quando fomos a Eloe visitar meus pais. Fomos de carro, porque eu gostava de pegar a estrada. Voar de avião me lembrava trabalho. Na época eu era representante de uma empresa de material didático, especializada em livros de matemática, apesar de meu talento para números terminar na tabuada de 12. Eu era bem-sucedido porque sabia vender meu peixe. Na semana anterior tinha fechado um belo negócio na faculdade onde estudei e estava correndo atrás de outra na Georgia State. Isso não me tornava um magnata, mas eu esperava um bônus gordo o suficiente para começar a pensar numa casa nova. Não havia nada de errado com nossa moradia atual, uma sólida propriedade estilo rancho em uma rua calma. Só que tinha sido presente de casamento dos pais dela, o lar da infância de Celestial, passado para a filha única, e só para ela. Parecia uma coisa de gente branca. Mas eu queria voltar todo dia para uma casa que tivesse o meu nome na escritura.

Isso estava na minha mente, mas não no meu humor, enquanto seguíamos pela I-10 a caminho de Eloe. Depois da discussão no nosso aniversário de casamento nós nos entendemos e estávamos de volta às boas. Um hip-hop das antigas tocava no som do nosso Honda Accord, um tipo de carro de família com dois bancos vazios atrás.

Depois de seis horas liguei a seta na saída 163. Enquanto passávamos para uma estrada de duas pistas, senti uma mudança em Celestial. Seus ombros ficaram um pouco mais tensos e ela começou a mordiscar as pontas dos cabelos.

– O que foi? – perguntei, baixando o volume do melhor disco de hip-hop da história.

– Só estou nervosa.

– Com o quê?

– Você já teve a sensação de que deixou o forno ligado?

Aumentei o volume do som de novo.

– Então ligue para o seu amigo Andre.

Celestial remexeu no cinto de segurança como se ele estivesse roçando seu pescoço de um jeito incômodo.

– Sempre sinto isso quando estou perto dos seus pais. Fico sem jeito, você sabe.

– Meus pais?

Olive e Grande Roy são as pessoas mais simples do mundo. Os pais de Celestial, por outro lado, não são o que se chamaria de acessíveis. O pai dela é um cara baixinho, tipo pintor de rodapé, com um imenso afro tipo Frederick Douglass – até o repartido do lado –, e, para completar, é uma espécie de gênio inventor. A mãe dela trabalhava com educação, não como professora ou diretora, mas como vice-superintendente de todo o sistema escolar. E já contei que o pai dela tirou a sorte grande há uns dez anos, inventando um composto que impede que o suco de laranja decante tão rápido? Ele vendeu a fórmula para a Minute Maid e desde então eles nadam em dinheiro. A mãe e o pai dela é que são casca-grossa. Perto deles Olive e Grande Roy são fichinha.

– Você sabe que meus pais amam você – falei.

– Eles amam *você.*

– E eu amo você, então eles amam você também. É matemática básica.

Celestial olhou pela janela enquanto os pinheiros magros passavam a toda a velocidade.

– Não estou me sentindo bem com relação a isso, Roy. Vamos para casa.

Minha mulher tem uma queda por dramas. Mesmo assim havia uma pequena hesitação em suas palavras que só posso descrever como medo.

– O que foi?

– Não sei. Mas vamos voltar.

– O que eu vou dizer à minha mãe? Você sabe que a essa hora ela já está com o jantar quase todo pronto.

– Pode me culpar. Diga que é tudo minha culpa.

Pensar em tudo isso agora é como assistir a um filme de terror e imaginar por que os personagens estão tão decididos a ignorar os sinais de perigo. Quando uma voz espectral diz: VÁ EMBORA, você deve obedecer. Mas na vida real a gente não sabe que está num filme assustador. Você acha que sua mulher está sendo sentimental demais. Espera silenciosamente que seja por ela estar grávida, porque um bebê é tudo que você precisa para trancar essa porta e jogar a chave fora.

Quando chegamos à casa dos meus pais, Olive estava esperando na varanda da frente. Minha mãe gosta de perucas, e dessa vez estava usando uma de cachos cor de pêssego em conserva. Entrei no quintal e estacionei perto do para-choque do Chrysler do meu pai, puxei o freio de mão, abri a porta e subi a escada de dois em dois degraus a tempo de encontrar minha mãe na metade dela, com um abraço preparado. Ela era bem baixinha, por isso curvei as costas para levantá-la do chão e ela deu um riso musical como um xilofone.

– Pequeno Roy – falou. – Você está em casa.

Assim que a coloquei de volta no chão, olhei por cima do ombro e não vi nada além de ar, então desci a escada outra vez, de novo de dois em dois degraus. Abri a porta do carro e Celestial estendeu o braço. Juro que *ouvi* minha mãe revirar os olhos enquanto eu ajudava minha mulher a sair do Honda.

– É um triângulo – explicou Grande Roy enquanto bebíamos um conhaque no escritório, Olive se ocupava na cozinha e Celestial ia ao banheiro. – Eu tive sorte – continuou ele. – Quando conheci sua mãe, nós dois éramos livres. Meus pais tinham morrido e os dela moravam em Oklahoma e agiam como se ela nunca tivesse nascido.

– Elas vão se entender – falei a Grande Roy. – Celestial demora um pouco para se acostumar com as pessoas.

– Sua mãe não é exatamente uma Doris Day – disse ele, concordando, e nós fizemos um brinde às mulheres difíceis pelas quais éramos apaixonados.

– Vai melhorar quando nós tivermos um filho.

– Verdade. Um neto é capaz de aplacar uma fera selvagem.

– Quem você está chamando de fera? – perguntou minha mãe, vindo da cozinha e se sentando no colo de Grande Roy como uma adolescente.

Celestial entrou pela outra porta, revigorada, linda e cheirando a tangerina. Como eu estava aninhado na poltrona e meus pais bancando os pombinhos no sofá, não sobrou lugar para ela, então dei um tapinha na minha coxa, chamando-a. Corajosamente, ela se empoleirou no meu colo e nós parecíamos estar num esquisito encontro duplo por volta de 1952.

Minha mãe se endireitou.

– Celestial, ouvi dizer que você está famosa.

– Hã? – disse ela, e se remexeu um pouco para sair do meu colo, mas eu a segurei ali.

– A revista – falou minha mãe. – Por que você não disse que estava fazendo a diferença no mundo?

Celestial ficou tímida.

– É só um informativo de ex-alunos.

– É uma revista – insistiu minha mãe, pegando o exemplar lustroso na mesinha de centro e abrindo-o numa página com o canto dobrado.

A imagem mostrava Celestial segurando uma boneca que representava Josephine Baker. "Artistas em Ascensão" era o título em letras garrafais.

– Eu mandei a revista – admiti. – O que posso fazer? Estou orgulhoso.

– É verdade que pagam 5 mil dólares pelas suas bonecas? – perguntou Olive com os lábios franzidos e os olhos semicerrados.

– Geralmente, não – respondeu Celestial.

Mas eu falei ao mesmo tempo:

– Isso mesmo. Você sabe que eu sou o empresário dela. Acha que eu ia deixar que pagassem mal à minha mulher?

– Cinco mil dólares por uma boneca? – Olive se abanou com a revista, fazendo seu cabelo cor de pêssego em conserva esvoaçar. – Acho que foi para isso que Deus inventou os brancos.

Grande Roy deu uma risadinha e Celestial lutou como um besouro para se livrar do meu colo.

– A foto não faz jus – disse ela, parecendo uma menininha. – O adereço de cabeça é bordado à mão com contas e...

– Com 5 mil dólares dá para comprar um *monte* de contas – observou minha mãe.

Celestial me olhou e, numa tentativa de conciliação, falei:

– Mãe, não odeie o jogador, odeie o jogo.

Se você tem uma mulher, você sabe exatamente quando falou a coisa errada. De algum modo ela reorganiza os íons do ar e você não consegue respirar tão bem.

– Não é um jogo. É arte. – O olhar de Celestial pousou nas gravuras em estilo africano emolduradas na parede. – Estou falando de arte de verdade.

Grande Roy, um mestre da diplomacia, disse:

– Talvez, se a gente pudesse ver uma pessoalmente...

– Tem um boneco no carro – falei. – Vou pegar.

O BONECO, ENROLADO NUMA MANTA macia, parecia uma criancinha de verdade. Essa era uma das peculiaridades de Celestial. Para uma mulher, digamos, apreensiva com relação à maternidade, ela era muito protetora para com essas criações de pano. Eu já havia tentado dizer que ela precisaria praticar o desapego quando abríssemos nossa loja. As *poupées*, como as bonecas eram chamadas, seriam vendidas por uma fração do preço das peças de arte, como a que eu estava segurando. Teriam que ser costuradas com rapidez e, assim que a moda pegasse, produzidas em massa. Adeus, mantas de caxemira. Mas eu respeitei seu apego àquele boneco específico, que tinha sido uma encomenda do prefeito de Atlanta para presentear sua chefe de gabinete, que esperava um bebê para a época de Ação de Graças.

Quando abri a manta para minha mãe olhar o rosto do boneco, ela deu um suspiro de emoção. Dei uma piscadela para Celestial, que foi gentil a ponto de realinhar os íons do ar, para que eu pudesse respirar de novo.

– É você – disse Olive, pegando o boneco das minhas mãos, tendo o cuidado de sustentar a cabecinha.

– Eu usei a foto dele – trinou Celestial. – Roy é minha inspiração.

– Foi por isso que ela se casou comigo – brinquei.

– Não foi o único motivo – disse ela.

Dava para ver que foi um momento mágico porque minha mãe não teve uma única palavra para dizer. Seu olhar estava na trouxinha em seu colo enquanto meu pai se juntava a ela e espiava por cima dos seus ombros.

– Usei cristais austríacos para o cabelo – continuou Celestial, ficando empolgada. – Vire para captar a luz.

Minha mãe obedeceu e a cabeça do boneco brilhou quando a luz comum das lâmpadas da casa refletiu no pequeno gorro de contas pretas.

– É como um halo – disse minha mãe. – É assim quando você tem um bebê de verdade. Ele é o seu anjo.

Ela foi até o sofá e pôs o boneco numa almofada. Foi uma experiência esquisita, porque o boneco se parecia mesmo comigo, ou pelo menos com as fotos de quando eu era bebê. Era como olhar num espelho encantado. Em Olive, pude ver a garota de 16 anos que ela havia sido, mãe cedo demais, porém delicada como a primavera.

– Eu poderia comprar isso de você?

– Não, mamãe – falei, com o orgulho saltando do peito. – É uma encomenda especial. Dez mil na mão, conseguidos por este seu criado aqui!

– Claro – reagiu ela, dobrando a manta sobre o boneco como se fosse uma mortalha. – Para que eu preciso de um boneco? Uma velha feito eu?

– Pode ficar com ele – disse Celestial.

Lancei-lhe o olhar que ela diz que é minha expressão Gary Coleman. O contrato especificava a entrega no fim do mês. O prazo era mais do que rigoroso: era registrado em cartório em triplicata. Não havia opção de adiamento.

Sem sequer me olhar, Celestial acrescentou:

– Posso fazer outro.

– Não – disse Olive. – Não quero atrapalhar você. É só que ele se parece demais com o Pequeno Roy.

Estendi a mão para pegar o boneco, mas minha mãe não estava exatamente soltando-o e Celestial não estava exatamente facilitando as coisas. Ela fica louca quando alguém gosta do seu trabalho. Essa era outra coisa que precisaríamos ajustar se quiséssemos transformar aquilo num negócio de verdade.

– Pode ficar com ele – repetiu Celestial, como se não estivesse há três meses trabalhando naquele boneco. – Posso fazer outro para o prefeito.

Agora foi a vez de Olive agitar os íons.

– Ah, o prefeito. Bom, desculpe! – Ela me entregou o boneco. – Ponha de volta no carro antes que eu o suje. Não quero que você me mande uma conta de 10 mil dólares.

– Eu não falei nesse sentido – explicou Celestial, olhando para mim como se pedisse desculpa.

– Mãe – pedi.

– Olive – disse Grande Roy.

– Sra. Hamilton – disse Celestial.

– Está na hora do jantar – declarou minha mãe. – Espero que vocês todos ainda gostem de batata-doce caramelada e folhas de mostarda.

Jantamos, não em silêncio, mas ninguém falou de nada. Olive estava com tanta raiva que estragou o chá gelado. Bebi um longo gole, esperando um sabor doce e suave, e engasguei com o gosto de sal kosher. Pouco depois meu diploma do ensino médio caiu da parede e uma rachadura riscou o vidro de alto a baixo. Sinais? Talvez. Mas eu não estava pensando em mensagens vindas do além. Estava distraído demais por me ver naquela situação entre as duas mulheres que eu valorizava acima de qualquer coisa. Não é que eu não saiba me virar em situações difíceis. Todo homem sabe como estar presente em várias frentes. Mas com minha mãe e Celestial eu me sentia realmente dividido ao meio. Olive me pôs no mundo e me ensinou a ser este homem que eu reconheço como eu. Mas Celestial era a chave para o resto da minha vida, a porta reluzente para o próximo nível.

A sobremesa era um bolo típico do Sul, meu predileto, mas a disputa por causa daquele boneco de 10 mil dólares acabou com meu apetite. Mesmo assim, me servi de duas fatias com redemoinhos de canela entremeados, porque todo mundo sabe que a melhor forma de piorar uma situação já ruim com uma mulher do Sul é recusar a comida que ela fez. Então comi feito um morto de fome, e Celestial também, apesar de nós dois termos jurado que manteríamos distância de açúcar refinado.

Assim que tiramos a mesa, Grande Roy disse:

– Pronto para subir com as malas?

– Não, Grandão – respondi com a voz baixa. – Reservei um quarto no Piney Woods.

– Você prefere aquela espelunca à sua própria casa? – perguntou Olive.

– Quero levar Celestial de volta ao começo de tudo.

– Você não precisa ficar lá para isso.

Mas a verdade é que eu precisava. A história da minha vida tinha de ser contada longe das tendências revisionistas dos meus pais. Depois de um ano de casamento, ela merecia saber com quem estava casada.

– Foi ideia sua? – perguntou minha mãe a Celestial.

– Não, senhora. Fico satisfeita em ficar aqui.

– Foi ideia minha – falei, apesar de Celestial estar feliz porque íamos ficar no hotel.

Ela disse que nunca se sentia bem com a gente dormindo debaixo do teto dos meus pais ou dos dela, apesar de sermos casados no papel, etc. Na última vez em que estivemos aqui ela pôs uma camisola estilo camponesa, apesar de geralmente dormir *au naturel*.

– Mas eu arrumei o quarto – disse Olive, subitamente recorrendo a Celestial.

As duas se entreolharam de um modo que um homem jamais olha para outro. Por um instante elas estavam sozinhas na casa.

– Roy. – Celestial se virou para mim, estranhamente amedrontada. – O que você acha?

– Nós voltamos de manhã, mãe – falei, dando-lhe um beijo. – Biscoitos e mel.

Quanto tempo demoramos para ir embora da casa da minha mãe? Talvez seja só impressão, vendo agora em retrospectiva, mas todo mundo, a não ser eu, parecia estar com pedras amarradas aos sapatos. Enquanto finalmente passávamos pela porta, meu pai entregou a Celestial o boneco em sua mortalha. Carregava-o desajeitadamente, como se não conseguisse decidir se aquilo era um objeto ou um ser.

– Deixe-o pegar um pouco de ar fresco – disse minha mãe, puxando a manta.

O sol poente laranja iluminou o halo.

– Pode ficar com ele – falou Celestial. – De verdade.

– Esse é para o prefeito – respondeu Olive. – Você pode fazer outro para mim.

– Ou, melhor ainda, pode fazer um de verdade – afirmou Grande Roy, fazendo com as mãos grandes um gesto de barriga de grávida.

Sua gargalhada quebrou qualquer feitiço que estivesse nos prendendo à casa, e conseguimos ir embora.

O humor de Celestial melhorou assim que entramos no carro. Qualquer vestígio de baixo astral ou nervosismo que a estivesse incomodando sumiu assim que chegamos à estrada. Ela soltou as tranças francesas das laterais da cabeça, aninhou a cabeça entre os joelhos e começou a desfazê-las, afofando o cabelo. Quando se sentou de novo tinha voltado ao normal, um tumulto de cabelos e um sorriso malicioso.

– Ah, meu Deus, aquilo foi esquisito – disse.

– Nem fale. Nem entendi o que aconteceu.

– Bebês. Acho que o desejo de ter netos deixa até os pais normais pirados.

– Os seus, não – falei, pensando nos pais dela, frios como um pote de sorvete.

– Ah, sim, os meus também. Eles se controlam na sua frente. Todos precisam fazer terapia.

– Mas nós estamos tentando ter filhos. Que diferença faz se eles também querem bebês? Não é bom ter algo em comum?

A CAMINHO DO HOTEL, PAREI no acostamento logo antes de atravessarmos uma ponte suspensa fora de escala em relação ao Aldridge, que os mapas chamam de rio mas que é basicamente um córrego amigável.

– O que você está calçando?

– Um sapato com salto anabela.

– Você consegue andar com ele?

Ela pareceu sem graça por causa dos sapatos, uma construção arquitetônica com tiras estampadas de bolinhas e cortiça.

– Como eu iria impressionar sua mãe usando sandália rasteirinha?

– Não se preocupe, estamos perto – falei descendo por um barranco suave enquanto ela dava passinhos de bebê atrás de mim. – Segure o meu pescoço – instruí, pegando-a como uma noiva e carregando-a pelo resto do caminho.

Ela grudou o rosto no meu pescoço e suspirou. Eu jamais admitiria, mas gostava de ser mais forte do que ela, de como era capaz de literalmente tirá-la do chão. Celestial tampouco admitia, mas sei que também gostava. Chegando à margem do riacho, coloquei-a no chão macio.

– Está ficando pesada, garota. Tem certeza de que não está grávida?

– Rá, rá, muito engraçado. – Ela levantou os olhos. – Isso aí é um bocado de ponte para um fiozinho de água.

Sentei-me no chão e apoiei as costas numa das colunas de metal, como se fosse a grande nogueira do nosso quintal da frente. Abri as pernas e dei um tapinha no espaço entre elas. Celestial se sentou ali e eu cruzei os braços à frente do seu peito, apoiando o queixo onde seu pescoço encontrava o ombro. O riacho ao nosso lado estava límpido; a água corria em cima de pedras lisas e o crepúsculo delineava as ondulações com prata. Minha mulher cheirava a lavanda e bolo de coco.

– Antes de construírem a represa e a água baixar – comentei –, eu e papai vínhamos aqui aos sábados, com linhas de pesca e iscas. De certa forma a paternidade é isso: sanduíches de mortadela e refrigerante de uva.

Ela riu, sem saber até que ponto eu estava falando sério. Acima de nós, um carro passou pela malha metálica e o vento através dos buracos soava como uma melodia, como quando a gente sopra de leve no gargalo de uma garrafa.

– Quando passam muitos carros, é quase uma música inteira – comentei.

Ficamos sentados, esperando carros, ouvindo a música da ponte. Nosso casamento era bom. Não é só a memória falando.

– Geórgia – falei, usando seu apelido. – Minha família é mais complicada do que você acha. Minha mãe...

Mas não consegui dizer o resto da frase.

– Tudo bem – garantiu ela. – Não estou chateada. Ela ama você, só isso.

Ela se virou para mim e nós nos beijamos feito adolescentes namorando embaixo da ponte. Era uma sensação maravilhosa sermos adultos e ainda jovens. Estarmos casados mas não acomodados. Amarrados porém livres.

Minha mãe tinha exagerado. O Piney Woods era cotado com uma estrela e meia segundo uma avaliação objetiva, mas você precisa dar mais uma estrela só por ser o único hotel da cidade. Séculos antes eu tinha levado uma garota lá, depois do baile de formatura, esperando me livrar desse negócio chamado virgindade. Empacotei um monte de compras no mercado local para pagar pelo quarto, pela garrafa de Asti Spumante e alguns outros acessórios românticos. Até passei pela lavanderia e troquei notas por moedas de 25 centavos para operar a cama vibratória. A noite acabou sendo uma comédia de erros. A cama massageadora engoliu seis moedas antes de finalmente ligar, ribombando alto como um cortador de grama. Além disso, a garota usava um vestido com armação de metal embaixo da saia que pulou para cima e me acertou bem no nariz quando eu estava tentando conhecê-la melhor.

Quando chegamos e nos acomodamos no quarto, contei essa história a Celestial, esperando que ela fosse rir. Em vez disso, ela falou:

– Venha cá, querido.

E me deixou apoiar a cabeça em seus seios, mais ou menos o que a garota do baile de formatura fez.

– Parece que estamos acampando – falei.

– Parece mais um intercâmbio em outro país.

Buscando o olhar dela no espelho, eu disse:

– Eu quase nasci neste hotel. Olive trabalhava aqui, fazendo a limpeza.

Na época o Piney Woods tinha outro nome, e havia uma bandeira dos confederados pendurada em todos os quartos. Minha mãe estava lavando uma banheira quando a bolsa estourou, mas decidiu que eu não começaria a vida embaixo das estrelas e faixas daquela bandeira. Ela fechou as pernas com força até que o dono do hotel, um homem decente apesar da decoração, levou-a de carro pelos 50 quilômetros até Alexandria. O dia era 4 de abril de 1969, exatamente um ano depois da morte de Martin Luther King, e eu dormi minha primeira noite de vida numa enfermaria multirracial. Minha mãe sentiu orgulho disso.

– Onde estava o Grande Roy? – perguntou Celestial, como eu sabia que faria.

A pergunta era justamente o motivo para estarmos ali, então por que eu tinha tanta dificuldade para responder? Eu a tinha conduzido a essa pergunta, mas, assim que ela foi feita, fiquei mudo feito uma pedra.

– Estava trabalhando?

Celestial estava sentada na cama prendendo mais contas no boneco do prefeito, mas meu silêncio atraiu sua atenção. Ela cortou a linha com os dentes, arrematou-a e se virou para me olhar.

– Qual é o problema?

Eu ainda estava mexendo os lábios sem fazer nenhum som. Aquele não era o lugar certo para começar essa história. *Minha* história pode começar no dia em que nasci, mas *a* história começou muito antes.

– Roy, o que foi? O que há de errado?

– Grande Roy não é meu pai de verdade.

Essa era a única frase que eu tinha prometido à minha mãe que nunca diria em voz alta.

– O quê?

– Biologicamente falando.

– Mas o seu nome...?

– Ele me deu o nome dele quando eu era bebê.

Levantei-me da cama e preparei drinques com suco em lata e vodca. Enquanto usava o dedo para misturar as bebidas nos copos, não consegui olhar para ela, nem pelo espelho.

– Há quanto tempo você sabe? – perguntou ela.

– Eles me contaram antes de eu ir para o jardim de infância. Eloe é uma cidade pequena, e não queriam que eu ficasse sabendo no pátio da escola.

– É por isso que você está me contando? Para eu não ouvir na rua?

– Não. Estou contando porque quero que você saiba todos os meus segredos. – Voltei para a cama e lhe entreguei o copo fino de plástico. – Saúde.

Sem me acompanhar no brinde digno de pena, ela pousou o copo na mesinha de cabeceira cheia de arranhões e reembrulhou cuidadosamente o boneco.

– Roy, por que você faz coisas assim? Nós estamos casados há mais de um ano e nunca lhe ocorreu me contar isso antes de hoje?

Eu estava esperando o resto, as palavras tensas e as lágrimas; talvez estivesse até ansioso por elas. Mas Celestial apenas olhou para o alto e balançou a cabeça. Suspirou e depois soltou o ar.

– Roy, você está fazendo isso de propósito.

– Isso? *Isso* o quê?

– Você me diz que nós estamos formando uma família, que sou a pessoa mais próxima de você em todo o mundo, depois joga uma bomba dessa em cima de mim.

– Não é uma bomba. Que diferença isso faz?

A pergunta era para ser retórica, mas eu ansiava por uma resposta verdadeira. Precisava que ela dissesse que não fazia diferença, que o que importava era eu, e não minha árvore genealógica torta.

– Não é só isso. São os números de telefone na sua carteira, o fato de às vezes você não usar a aliança. E agora isso. Assim que a gente supera uma coisa, vem outra. Se eu não fosse esperta, imaginaria que você está tentando sabotar nosso casamento, o bebê, tudo.

Ela falou como se tudo aquilo fosse culpa minha, como se fosse possível dançar tango sozinho.

Quando eu ficava com raiva, não levantava a voz. Em vez disso, baixava até um registro capaz de ser ouvido com os ossos, e não com os ouvidos.

– Tem certeza de que *você* quer fazer isso? Essa é a saída que você estava esperando? Essa que é a pergunta verdadeira. Eu digo que não conheço o meu pai biológico e você fica em dúvida sobre todo o nosso relacionamento? Olha, eu não contei antes porque isso não tinha nada a ver com a gente.

– Há algo de errado com você.

O rosto dela no espelho riscado estava totalmente alerta e irado.

– Olha. É por isso que eu não queria contar. E agora? Você sente que não me conhece porque não sabe qual é meu *perfil genético exato*? Que tipo de merda burguesa é essa?

– A questão é que você não me contou. Não me importa que você não saiba quem é seu pai.

– Eu não falei que não sei *quem* ele é. O que você está tentando dizer sobre minha mãe? Que ela não sabia de quem estava grávida? Sério, Celestial? Você quer pegar esse caminho?

– Não tente virar o jogo. Foi você que guardou um segredo do tamanho do mundo.

– O que há para contar? Meu pai biológico se chama Othaniel Jenkins. Só sei isso. De modo que agora você sabe tudo que eu sei. É um segredo do tamanho do mundo? Está mais para o tamanho de um país. Um bem pequenininho.

– Pare de deturpar as coisas.

– Olha. Tente ser compreensiva. Olive não tinha nem 17 anos. Ele se aproveitou dela. Era um homem adulto.

– Estou falando de mim e você. *Nós* somos casados. *Casados.* Não me interessa qual é o nome dele. Você acha que eu me importo com o que a sua mãe...

Virei-me para olhar para ela sem a intermediação do espelho e o que vi me preocupou. Seus olhos estavam meio fechados e ela comprimia os lábios, preparando-se para falar, e eu soube instintivamente que não queria ouvir o que ela ia dizer.

– Dezessete de novembro – falei antes que ela pudesse completar o pensamento.

Outros casais usam palavras de segurança para pedir um tempo durante o sexo violento, mas nós usávamos para pedir um tempo nas palavras duras. Se um dos dois dizia "dezessete de novembro", o dia do nosso primeiro encontro, a conversa precisava parar durante quinze minutos. Eu puxei o gatilho porque sabia que, se ela dissesse mais uma palavra sobre minha mãe, um de nós falaria algo que não poderia retirar depois.

Celestial levantou as mãos.

– Muito bem. Quinze minutos.

Me levantei e peguei o balde plástico de gelo.

– Vou encher isso.

Quinze minutos é um bom tempo para matar. Assim que eu saísse pela porta, Celestial iria ligar para Andre. Eles tinham se conhecido num cercadinho quando eram tão pequenos que ainda não sabiam nem sentar, por isso são como irmãos. Conheço Dre da faculdade, e foi através dele que conheci Celestial.

Enquanto ela desabafava com Dre, fui até o segundo andar, posicionei o balde na máquina e puxei a alavanca. Cubos de gelo caíram em espasmos. Enquanto eu esperava, passou por mim uma mulher mais ou menos da idade de Olive, pesadona, com rosto gentil e sardento. Seu braço estava em uma tipoia de pano.

– Manguito rotador – disse ela, explicando que dirigir era um desafio, mas que um neto a esperava em Houston, um neto que ela planejava pegar no colo com o braço bom.

Sendo o cavalheiro que minha mãe me criou para ser, carreguei o gelo para ela até o seu quarto, número 206. Devido ao problema, ela tinha dificuldade para abrir e fechar a janela, então eu levantei a vidraça e a sustentei com a Bíblia. Ainda tinha sete minutos, e aí entrei no banheiro e dei uma de encanador, consertando a descarga, que tinha disparado e feito o vaso parecer as Cataratas do Niágara. Ao sair, alertei-a de que a maçaneta estava solta, que ela deveria verificar direito se estava trancada assim que eu a fechasse. Ela agradeceu; eu a chamei de senhora. Eram 20h48. Sei disso porque olhei o relógio para ver se já podia voltar ao meu quarto.

Bati à porta às 20h53. Celestial tinha preparado dois drinques novos para a gente. Enfiou a mão no balde e colocou mais três cubos de gelo em cada copo. Balançou as bebidas para gelá-las e depois estendeu o braço lindo na minha direção.

E essa foi a última noite feliz que eu tive em muito tempo.

CELESTIAL

A MEMÓRIA É UMA CRIATURA ESQUISITA. Ainda penso naquela noite, ainda que não mais com tanta frequência. Quanto tempo se consegue viver olhando para trás? Não importa o que as pessoas digam, não é incapacidade de lembrar. Nem sei se é alguma incapacidade.

Quando digo que visito o Piney Woods Inn em meus pesadelos, não estou na defensiva. É apenas a verdade. Como Aretha Franklin disse em "Do Right Woman, Do Right Man": *Uma mulher é apenas humana... É de carne e osso assim como seu homem*. Nada mais, nada menos.

Meu arrependimento é termos tido uma discussão tão grande naquela noite por causa dos pais dele, entre todas as coisas. Tínhamos tido brigas mais sérias antes mesmo de nos casarmos, quando estávamos brincando de amor, mas eram brigas por causa do nosso relacionamento. No Piney Woods discutimos por causa da história, e não há luta justa que possa ser travada sobre o passado. Sabendo de alguma coisa que eu não sabia, Roy invocou o "dezessete de novembro" para pedir tempo. Quando saiu com o balde de gelo, fiquei feliz por ele ter ido.

Liguei para Andre e depois de três toques ele atendeu e me acalmou, sensato e civilizado como sempre.

– Pegue leve com o Roy. Se você perder as estribeiras toda vez que ele tentar se abrir, vai encorajá-lo a mentir.

– Mas... – falei, não me sentindo pronta para ceder. – Ele nem...

– Você sabe que estou certo – disse Andre, sem qualquer vestígio de presunção. – O que você não sabe é que esta noite estou entretendo uma jovem dama.

– *Pardon moi* – falei, feliz por ele.

– Gigolôs também ficam solitários às vezes.

Eu ainda estava rindo quando desliguei.

E ainda estava sorrindo quando Roy apareceu na porta com o balde de gelo estendido nos braços como um buquê de rosas, e nesse ponto minha raiva tinha esfriado como uma xícara de café esquecida.

– Geórgia, desculpe – disse ele, pegando o drinque da minha mão. – Essa coisa estava me destruindo por dentro. Pense em como me sinto. Você tem uma família perfeita. Seu pai é milionário.

– Ele nem sempre teve dinheiro – comentei, algo que eu parecia dizer pelo menos uma vez por semana.

Antes de meu pai vender à Minute Maid sua solução para suco de laranja, nós éramos como qualquer outra família em Cascade Heights – o que o restante dos Estados Unidos considera classe média e os Estados Unidos negros chamam de classe média alta. Não tínhamos empregada. Não estudávamos em escola particular. Não tínhamos fundo de garantia. Eram apenas um pai e uma mãe, cada um com dois diplomas e um emprego decente.

– Bom, desde que a gente se conhece, você é filha de um cara rico.

– Um milhão de dólares não faz da pessoa um rico-rico. Ricos de verdade não precisam ganhar dinheiro.

– Rico-rico, *nouveau riche*, crioulo rico, qualquer tipo de rico é rico, visto de onde estou. Não havia a menor chance de eu ir à mansão do seu pai e dizer a ele que nunca conheci meu pai.

Ele deu um passo na minha direção e eu fui até ele.

– Não é uma mansão – falei, suavizando a voz. – E eu já disse: meu pai é filho de um meeiro. E ainda por cima um meeiro do Alabama.

Essas conversas sempre me pegavam desprevenida, ainda que depois de mais de um ano eu já devesse estar acostumada com essa dança difícil. Minha mãe me alertou, antes de eu me casar, que Roy e eu vínhamos de realidades diferentes. Disse que eu teria de tranquilizá-lo constantemente de que na verdade éramos "farinha do mesmo saco". Achando o linguajar dela divertido, contei a Roy, junto com uma piadinha qualquer, mas ele nem sequer esboçou um sorriso.

– Celestial, hoje em dia seu pai não é meeiro de nenhuma plantação. E sua mãe? Eu não queria de jeito nenhum que ela tivesse na cabeça uma imagem de Olive como uma mãe adolescente, abandonada na beira da estrada. De jeito nenhum eu faria isso com minha mãe.

Diminuí o espaço entre nós, pousando as mãos na cabeça dele, sentindo as curvas.

– Olha – falei com os lábios perto de seu ouvido. – Os tempos mudaram. Você sabe que minha mãe é a segunda mulher do meu pai, por exemplo.

– Isso deveria ser chocante?

– É porque você não conhece a história toda. – Respirei fundo e pus as palavras para fora rapidamente, antes que pensasse muito. – Meus pais já estavam juntos antes de papai se divorciar.

– Como assim? Ele e a mulher já estavam separados ou...?

– Como assim que minha mãe era amante dele. Foi durante muito tempo. Acho que uns três anos. Ela teve que casar no civil porque o pastor dela não quis fazer a cerimônia.

Eu vi as fotos. Gloria está com um conjunto quase branco e um chapeuzinho com véu. Meu pai parece jovem e animado. No sorriso deles não há indicação de nada além de devoção espontânea. Não há qualquer evidência da minha presença, mas também estou na foto, escondida atrás do buquê de crisântemos amarelos dela.

– Caramba – disse ele com um assobio baixo. – Eu não acharia o Sr. D. capaz disso. Não achei que Gloria...

– Não fale da minha mãe. Você não fala da minha e eu não falo da sua.

– Não estou falando nada contra ela, da mesma forma que sei que você não falaria nada contra Olive, certo?

– Há uma coisa que se pode dizer contra meu pai. Segundo Gloria, ele só contou que era casado um mês depois de começarem a namorar.

Ela me explicou isso quando eu tinha 18 anos e estava abandonando a Howard University depois de um caso de amor complicado. Enquanto me ajudava a empacotar minhas coisas, minha mãe disse: "O amor é inimigo do bom senso, e às vezes isso serve para o bem. Sabia que o seu pai tinha certas obrigações quando nós nos conhecemos?"

Essa conversa foi a primeira vez que minha mãe falou comigo de mulher para mulher. Tacitamente, juramos segredo uma à outra e até contar a Roy eu nunca havia traído a confiança dela.

– Um mês não é muito tempo. Ela poderia ter caído fora – disse Roy. – Isso é, se quisesse.

– Ela não queria. Segundo Gloria, a essa altura ela estava *perdidamente apaixonada*.

Enquanto contava isso a Roy, imitei o tom articulado que minha mãe usava em público, e não o registro trêmulo com que ela havia contado esse detalhe.

– O quê? – retrucou ele. – Perdidamente? A garantia venceu depois de trinta dias e ela não podia mandá-lo de volta?

– Gloria disse que, olhando em retrospecto, acha melhor ele não ter contado, já que ela nunca sairia com um homem casado e meu pai acabou sendo a pessoa perfeita para ela.

– Entendo, de certa forma. – Roy levou minha mão aos lábios. – Às vezes, quando você gosta do lugar aonde chegou, não se importa com o caminho que percorreu até lá.

– Não. O caminho importa. Minha mãe que o diga. Meu pai mentiu pelo bem dela. Eu jamais quero me sentir grata por ter sido enganada.

– É justo – concordou ele. – Mas pense melhor. Se o seu pai não tivesse escondido a situação, você não estaria aqui. E, se você não estivesse aqui, onde *eu* estaria?

– Mesmo assim não gosto. Quero que a gente seja sincero um com o outro. Não quero que nosso filho herde todos os nossos segredos.

Roy deu um soco no ar.

– Você ouviu o que disse?

– O quê?

– Você disse "nosso filho".

– Roy, pare de ser bobo. Ouça o que estou tentando dizer.

– Não tente voltar atrás. Você disse "nosso filho".

– Roy. Sério. Chega de segredos, está bem? Se você está escondendo mais alguma coisa, diga.

– Não estou escondendo mais nada.

E assim nós fizemos as pazes, como tínhamos feito tantas vezes. Tem uma música dos Stylistics que fala disso também: *Break up to make up, that's all we do.* Romper para fazer as pazes, é só isso que fazemos. Será que eu imaginei que esse sempre seria o nosso padrão? Que ficaríamos velhos juntos, nos acusando e nos perdoando? Na época eu não sabia como era o para sempre. Talvez não saiba nem agora. Mas naquela noite, no Piney Woods, acreditei que nosso casamento era uma tapeçaria de trama fina, frágil, mas possível de consertar. Nós a rasgávamos e remendávamos frequentemente, sempre com fio de seda, lindo mas fraco.

Subimos na cama pequena, meio tontos por causa dos drinques fortes. Concordando que a colcha era duvidosa, nós a chutamos para o chão e nos deitamos de frente um para o outro. Deitada ali, correndo os dedos pela sobrancelha de Roy, pensei nos meus pais e nos dele. Os dois casamentos eram confeccionados num tecido menos refinado, porém mais durável, algo como aniagem costurada com barbante. Como Roy e eu nos sentimos superiores naquela noite, naquele nosso quarto de hotel, desfrutando da trama do nosso afeto! Sinto vergonha da lembrança e o sangue aquece meu rosto, mesmo quando estou só sonhando.

Bom, eu não fazia ideia de que nosso corpo pode saber algumas coisas antes que elas aconteçam, de modo que, quando meus olhos se encheram subitamente de lágrimas, achei que fosse o efeito imprevisível da emoção. Ela me dominava às vezes enquanto eu examinava estoques de tecido ou preparava uma refeição – eu pensava em Roy, em suas pernas arqueadas ou então na vez em que ele reagiu a um assalto e derrubou um ladrão, o que lhe custou um precioso dente da frente. Quando a memória me pegava, eu começava a chorar, não importando onde estivesse, e colocava a culpa em alguma alergia ou num cisco no olho. Assim, quando a emoção encheu meus olhos e fechou minha garganta naquela noite em Eloe, pensei que fosse paixão, não premonição.

Quando planejamos a viagem, achei que ficaríamos na casa da mãe dele, por isso não incluí nenhuma lingerie na bagagem. Em vez disso, coloquei uma combinação branca, que teria de servir para o nosso jogo de tirar a roupa. Roy sorriu e disse que me amava. Sua voz ficou embargada, como se aquilo que me dominava o tivesse invadido também. Idiotas como éramos, jovens como éramos, achamos que era simplesmente desejo. Essa coisa que tínhamos para dar e vender.

Portanto ali estávamos, acordados apesar de exaustos, em algum estado intermediário de afeto tranquilo, cheio de possibilidades. Sentei-me na cama ao lado dele, inalando os odores do dia: lama de rio, sabonete de hotel, e então o cheiro dele, marca de sua química pessoal, e depois o meu. É uma fragrância que impregnava as fibras dos nossos lençóis. Cheguei perto dele e beijei suas pálpebras fechadas. Estava pensando que tinha sorte. Não sorte no sentido que as mulheres solteiras usavam, me lembrando de como eu era felizarda em encontrar um homem que quisesse se casar nesses dias; nem sorte no sentido que as matérias de revistas usavam, lamentando por restarem tão poucos negros "bons" e desfiando uma lista dos inaceitáveis: mortos, gays, na cadeia, casados com brancas. Sim, eu era uma felizarda em todos esses aspectos, mas no meu casamento com Roy eu me sentia abençoada no sentido antiquado, no sentido de uma pessoa encontrando outra de cujo cheiro gostava.

Será que nos amamos tão intensamente naquela noite porque sabíamos ou porque não sabíamos? Haveria um alerta vindo do futuro, um sino furioso sem badalo? Será que esse sino impotente tinha conseguido gerar uma brisa, fazendo com que eu estendesse a mão para o chão até encontrar minha combinação e usá-la para me cobrir? Será que algum alerta sutil fez com que Roy se virasse e me prendesse a seu lado com seu braço forte? Durante o sono ele murmurou algo, mas não acordou.

Será que eu queria um filho? Será que fiquei deitada na cama naquela noite imaginando um amontoado ávido de células se dividindo, depois se dividindo de novo, até eu ser mãe de alguém e Roy ser pai de alguém, e Grande Roy, Olive e meus pais serem avós de alguém? Eu me perguntei o que estaria acontecendo dentro do meu corpo, mas não direi o que esperava. A maternidade é mesmo opcional quando você é uma mulher perfeitamente normal, casada com um homem perfeitamente normal? Quando eu estava na faculdade, fiz um serviço voluntário alfabetizando mães adolescentes. Era um trabalho árduo e tendia a ser decepcionante, já que as jovens raramente conseguiam o diploma. Meu supervisor me disse, enquanto tomávamos *espresso* com croissants: "Tenha um bebê e salve a raça!" Ele estava sorrindo, mas não estava brincando. "Se essas meninas estão tendo todos os bebês e garotas como você ficarem sem filhos e sem envolvimento emocional, o que vai acontecer com a gente, como povo?" Sem pensar, prometi fazer minha parte.

Não é que eu não quisesse ser mãe. Também não é que quisesse ser. Só quero dizer que tinha certeza de que aconteceria na hora certa.

Assim, enquanto Roy dormia confiante, fechei os olhos, nervosa. Ainda estava acordada quando a porta se abriu com um estrondo. Sei que eles chutaram, mas o relatório por escrito diz que o funcionário da recepção entregou a chave e que a porta foi aberta de modo civilizado. Mas quem sabe o que é verdade? Eu me lembro do meu marido dormindo no quarto, enquanto uma mulher seis anos mais velha do que a mãe dele diz que dormia um sono leve no quarto 206, preocupada porque a porta não parecia muito segura. Ela disse a si mesma que estava sendo paranoica, mas não conseguia obrigar os olhos a permanecerem fechados. Antes da meia-noite um homem girou a maçaneta, sabendo que ela cederia. Estava escuro, mas ela achou que reconheceu Roy, o homem que conhecera junto à máquina de gelo. O homem que disse que tinha brigado com a mulher. Ela contou que não era a primeira vez que se via à mercê de um homem, mas que seria a última. Segundo ela, Roy podia ser esperto e podia ter aprendido a cobrir os rastros assistindo à TV, mas não conseguiria apagar a memória dela.

Mas a mulher também não podia apagar a minha. Roy esteve comigo a noite toda. Ela não sabe quem a machucou, mas eu sei com quem me casei.

Eu me casei com Roy Othaniel Hamilton, que conheci na faculdade. Nossa ligação não foi imediata. Naquela época ele se considerava um conquistador e, mesmo aos 19 anos, eu não admitia que brincassem comigo. Tinha me transferido para a Spelman depois do desastre de um ano na Howard University em D.C. Sair de casa, então, já era. Minha mãe, que também tinha estudado na Spelman, insistiu que era ali que eu cultivaria novas amizades profundas, mas continuei grudada no Andre, que era literalmente meu vizinho de porta. Éramos amigos desde os três meses de idade, quando tomávamos banho juntos na pia da cozinha.

Foi Andre que me apresentou a Roy, mesmo não tendo sido exatamente de propósito. Eles tinham sido vizinhos de porta no Thurman Hall, do outro lado do campus. Eu muitas vezes passava a noite no quarto do Andre, uma coisa estritamente platônica, embora ninguém acreditasse em nós. Ele dormia em cima das cobertas enquanto eu me aninhava embaixo delas. Nada disso faz sentido agora, mas é como Dre e eu sempre fomos.

Antes que Roy e eu fôssemos apresentados, uma voz sensual e rouca do outro lado da parede pronunciou o nome completo dele. Roy. Othaniel. Hamilton.

– Você acha que ele pediu para ela chamá-lo assim? – perguntou Andre.

Funguei.

– Othaniel?

– Não me parece uma fala espontânea.

Nós rimos enquanto a cama do outro lado batia na parede.

– Acho que ela está fingindo.

– Se está, então todas estão – ponderou Andre.

Passei mais um mês sem conhecer Roy pessoalmente.

De novo eu estava no quarto do Andre. Roy chegou às dez da manhã, tentando juntar umas moedas para colocar na máquina de lavar. Entrou sem a cortesia de bater à porta.

– Ah, desculpe, senhora – disse ele de um modo que pareceu uma pergunta cheia de surpresa.

– É minha irmã – explicou Andre.

– Irmã de mentirinha? – quis saber Roy, avaliando a dinâmica.

– Se quer saber quem eu sou, pergunte.

Eu devia estar uma visão e tanto, usando a camiseta marrom e branca do Andre e com o cabelo enfiado embaixo de uma boina de cetim, mas precisava falar por mim mesma.

– Está bem, quem é você?

– Celestial Davenport.

– Roy Hamilton – apresentou-se ele, olhando para Celestial com uma expressão faminta.

– Roy *Othaniel* Hamilton, pelo que ouvi através da parede.

Depois disso ele e eu nos encaramos, esperando uma pista que mostrasse que tipo de história seria aquela. Finalmente ele desviou os olhos e pediu uma moeda de 25 centavos ao Andre. Eu virei de bruços, coloquei os pés para cima e cruzei os tornozelos.

– Você é incrível – disse Roy.

Quando ele saiu, Andre falou para mim:

– Você sabe que aquela cara inocentezinha é puro teatro, né?

– Com certeza.

Alguma coisa nele era perigosa. E depois da minha experiência na Howard eu não queria saber de perigo.

Acho que não era a nossa hora porque não falei nem pensei em Roy por quatro anos, quando a faculdade parecia um álbum de fotografias de outra época. Quando nos reencontramos, ele não estava muito diferente. Só que o que parecia perigo tinha virado algo que eu rotulava como "autêntico", algo pelo qual eu tinha desenvolvido um apetite sem fim.

Mas o que era autêntico? Aquela nossa primeira impressão indiferente? Ou o dia em Nova York, logo em Nova York, em que nos encontramos de novo? Será que as coisas "ficaram reais" quando nos casamos ou teria sido no dia em que o promotor numa cidadezinha no meio do nada declarou que o risco de Roy fugir era alto? O Estado declarou que, apesar de ele ter raízes na Louisiana, seu lar era em Atlanta, de modo que Roy foi preso sem direito a fiança. Diante dessa declaração, Roy cuspiu uma risada cáustica:

– Então *agora* as raízes são irrelevantes?

Nosso advogado, amigo da minha família mas mesmo assim muito bem pago, me prometeu que eu não perderia o meu homem. Tio Banks fez moções, preencheu papéis e protestou. Mas mesmo assim Roy dormiu atrás das grades por cem noites antes de ser levado a julgamento. Durante um mês permaneci na Louisiana, morando com meus sogros, dormindo no quarto que nos teria poupado dessa encrenca. Eu esperava e costurava. Ligava para Andre. Ligava para os meus pais. Quando enviei o boneco do prefeito, não consegui me obrigar a colar as abas da caixa de papelão grosso. Grande Roy fez isso por mim, e a lembrança da fita adesiva sendo desenrolada perturbou meu sono naquela noite e em muitas outras.

– Se isso não terminar do jeito que a gente quer – disse Roy no dia anterior ao julgamento –, não quero que você espere por mim. Continue fazendo suas bonecas e o que precisar fazer.

– Vai dar certo – prometi. – Você não fez nada.

– Estou correndo o risco de pegar uma pena bem longa. Não tenho o direito de pedir que você jogue a vida fora por minha causa.

As palavras e os olhos dele falavam duas línguas diferentes, como alguém que dissesse "não" com a boca enquanto assentia com a cabeça.

– Ninguém vai jogar nada fora.

Naquele tempo eu tinha fé. Acreditava nas coisas.

Andre veio nos ajudar. Ele tinha sido testemunha no nosso casamento e foi testemunha de caráter no julgamento. Dre me deixou cortar seu cabelo, me entregando a tesoura para podar os *dreads* que vinha deixando crescer nos últimos quatro anos. No dia do nosso casamento eles eram pequenos calombos rebeldes, mas quando os cortei estavam finalmente reagindo à gravidade, apontando para baixo. Quando terminei, ele passou os dedos pelos cachos revoltos que restavam.

No dia seguinte ocupamos nossos lugares no tribunal, fantasiados para parecer o mais inocentes possível. Meus pais estavam lá e os de Roy também. Olive vestira uma roupa de ir à igreja e Grande Roy se sentara ao lado dela parecendo pobre porém honesto. Como Andre, meu pai se arrumou, e pela primeira vez pareceu "farinha do mesmo saco" da minha mãe elegante. Olhando Roy, vi que ele estava arrumado como a gente. Não era somente o corte do paletó ou a altura da bainha da calça roçando o couro fino dos sapatos; era seu rosto barbeado, os olhos inocentes e temerosos, desacostumados a estar à mercê do Estado.

O tempo passado na cadeia o deixara mais magro; a gordura infantil das bochechas havia sumido, revelando um maxilar quadrado que eu não sabia que ele tinha. Estranhamente, a magreza o fez parecer mais forte do que arrasado. A única coisa que o revelava como um homem sendo julgado, e não um homem indo para o trabalho, eram os dedos. Ele tinha roído as unhas até o sabugo e começado a comer também as cutículas. Doce Roy. A única coisa que meu bom homem alguma vez machucou foram suas mãos.

O QUE SEI É O SEGUINTE: eles não acreditaram em mim. Eram doze pessoas, e nenhuma delas acreditou na minha palavra. Ali, na frente da sala, expliquei que Roy não podia ter estuprado a mulher do quarto 206 porque nós estávamos juntos. Contei sobre a cama vibratória que não funcionava, sobre o filme que passava na televisão cheia de chuviscos. O promotor perguntou por que nós tínhamos brigado. Abalada, olhei para Roy e para nossas mães. Banks protestou, por isso não precisei responder, mas a pausa fez parecer que eu estava escondendo algum podre do nosso casamento de tão pouco tempo. Mesmo antes de descer do banco das testemunhas, eu soube que tinha fracassado com ele. Talvez eu não fosse interessante o suficiente. Nem dramática o suficiente. Talvez eu fosse diferente demais das pessoas ali. Quem sabe? Enquanto me treinava, tio Banks dissera: "Não é hora de ser articulada. Agora é hora de se abrir. Sem filtro, totalmente emoção. Não importa o que perguntem, o que você quer que o júri veja é por que você se casou com ele."

Eu tentei, mas não sabia ser outra coisa que não "articulada" na frente de estranhos. Queria ter levado algumas peças de arte, a série Homem em Movimento, todas imagens de Roy: a bola de gude, os bonecos e algumas aquarelas. Eu diria: "Este é ele, para mim. Não é lindo? Não é gentil?" Mas tudo que eu tinha eram palavras, leves e frágeis como o ar. Enquanto ocupava meu lugar ao lado de Andre, nem mesmo a jurada negra olhou para mim.

O negócio é que assisto muito à televisão. Estava esperando que aparecesse um cientista testemunhando sobre o DNA. Estava esperando que dois detetives bonitos irrompessem no tribunal no último minuto, sussurrando algo urgente ao promotor. Todos veriam que aquilo era um grande erro, um enorme mal-entendido. Todos ficaríamos abalados, mas tranquilizados. Eu acreditava piamente que sairia do tribunal com meu marido a meu lado. Seguros em nossa casa, diríamos às pessoas que nenhum negro está realmente seguro nos Estados Unidos.

Doze anos foi a pena que deram a ele. Teríamos 43 anos quando ele fosse solto. Eu nem conseguia me imaginar com essa idade. Roy sabia que doze anos era uma eternidade porque começou a soluçar ali mesmo, na mesa do réu. Seus joelhos cederam e ele caiu na cadeira. O juiz fez uma pausa e exigiu que Roy ouvisse a notícia de pé. Ele se levantou de novo e chorou, não como um bebê, mas como apenas um homem adulto pode chorar, da base dos pés até o tronco, e finalmente pela boca. Quando um homem geme assim a gente sabe que são todas as lágrimas que ele nunca se permitiu derramar, desde as decepções no beisebol infantil, passando pelas decepções amorosas da adolescência e indo até tudo que feriu seu espírito no ano anterior.

Enquanto Roy uivava, meus dedos ficavam cutucando um pedaço de pele áspera embaixo do queixo, suvenir de uma cicatriz. Depois que eles abriram a porta com o que eu lembro como um chute e todas as outras pessoas lembram como uma chave de plástico – como quer que a porta tenha sido aberta –, fomos os dois puxados da cama. Arrastaram Roy para o estacionamento e eu fui atrás, tentando agarrá-lo, vestindo apenas a combinação branca. Alguém me empurrou para o chão e meu queixo bateu na calçada.

Minha combinação subiu, mostrando tudo a todo mundo, enquanto meu dente se cravava no lábio inferior. Roy estava no asfalto ao meu lado, fora do meu alcance, falando palavras que não chegavam aos meus ouvidos. Não sei quanto tempo ficamos deitados, paralelos como sepulturas. Marido. Mulher. O que Deus uniu que nenhum homem separe.

Querido Roy,

Estou escrevendo esta carta sentada à mesa da cozinha. Estou só de um modo que não é simplesmente pelo fato de ser a única pessoa viva entre essas paredes. Até agora achava que soubesse o que era e o que não era possível. Talvez a inocência seja isso, não ter como prever a dor do futuro. Quando acontece alguma coisa que eclipsa o imaginável, isso transforma a pessoa. É como a diferença entre um ovo cru e um ovo mexido. É a mesma coisa, mas não é. Esse é o melhor modo que eu tenho para dizer. Olho no espelho e sei que sou eu, mas não consigo me reconhecer.

Às vezes é exaustivo simplesmente entrar em casa. Tento me acalmar, lembrar que já morei sozinha antes. Mas foi isso que a perda me ensinou sobre o amor. Nossa casa não está simplesmente vazia, nossa casa foi esvaziada. O amor cria um lugar na vida da gente, cria um lugar para ele até na cama da gente. Invisivelmente cria um lugar no corpo da gente, redirecionando os vasos sanguíneos, pulsando junto com o nosso coração. Quando ele se vai, nada mais continua inteiro.

Antes de conhecer você eu não era solitária, mas agora estou tão solitária que falo com as paredes e canto para o teto.

Me disseram que você não pode receber correspondência durante pelo menos um mês. Mesmo assim, escrevo toda noite.

Com amor,
Celestial

Roy O. Hamilton Jr.
PRA 4856932
Penitenciária Parson
Lauderdale Woodyard Rd. 3.751
Jemison, LA, 70648

Querida Celestial, vulgo Geórgia,

Acho que não escrevia nenhuma carta para ninguém desde que estava no ensino médio e tinha um amigo francês por correspondência. (A amizade durou uns dez minutos.) Tenho certeza de que esta é a primeira vez que escrevo uma carta de amor, e é isso que vai ser.

Celestial, eu te amo. Sinto sua falta. Quero ir para casa, para você. Olhe só para mim, dizendo coisas que você já sabe. Estou tentando escrever nesse papel alguma coisa que faça você se lembrar de mim – o eu de verdade, não o homem que você viu de pé num tribunal de uma cidadezinha, completamente abalado. Fiquei envergonhado demais para me virar para você, mas agora gostaria de ter feito isso, porque neste momento faria qualquer coisa para te ver mais uma vez.

Para mim, escrever uma carta de amor é como subir uma ladeira. Nunca sequer vi uma carta desse tipo, a não ser que as da terceira série contem: "Você gosta de mim? sim ___ não ___." (Não responda, rá!) Uma carta de amor deveria ser como música ou como Shakespeare, mas não sei nada sobre Shakespeare. Mas, sério, quero dizer o que você significa para mim, só que é como tentar contar os segundos de um dia nos dedos das mãos e dos pés.

Por que não escrevi cartas de amor para você o tempo todo, para ter prática? Aí eu saberia o que fazer. É assim que me sinto todo dia aqui, como se não soubesse o que ou como fazer.

Sempre deixei claro quanto gosto de você, não é? Você nunca precisou imaginar. Não sou um homem dado a palavras. Meu pai me mostrou que se expressa o amor por uma mulher através de gestos. Lembra aquela vez que você quase teve um colapso porque pareceu que a árvore do quintal estava pensando em morrer? Do lugar de onde eu venho não acreditamos em gastar dinheiro com bichos de estimação, quanto mais com árvores. Mas não suportava ver você preocupada, por isso contratei um médico de árvores. Veja bem, na minha mente aquilo foi uma carta de amor.

Minha primeira atitude como seu marido foi fazer você tomar jeito, como dizem os velhos. Você estava desperdiçando seu tempo e seu talento com trabalhos temporários. Você queria costurar, então eu fiz isso acontecer. Sem amarras. Essa foi minha carta de amor dizendo: "Eu cuido de tudo. Faça sua arte. Descanse. O que você precisar fazer."

Mas agora tudo que tenho é essa folha de papel e essa caneta imprestável. É uma esferográfica, mas eles tiram a parte externa, de modo que só resta a ponta e esse tubo de plástico com a carga. Estou olhando para ela e pensando: é só isso que eu tenho para ser um marido?

Mas cá estou, tentando.

Com amor,
Roy

Querida Geórgia,

Olá aqui de Marte! Não é piada. Todos os dormitórios têm nomes de planetas. (É verdade. Eu não conseguiria inventar isso.) Suas cartas foram entregues ontem, cada uma delas, e fiquei muito feliz por recebê-las. Mais do que feliz. Nem sei por onde começar.

Não faz nem três meses que estou aqui e já tive três companheiros de cela. O de agora diz que vai ficar o resto da vida aqui e que tem algum tipo de rastreador interno. O nome dele é Walter. Passou a maior parte da vida adulta preso, então sabe tudo sobre a cadeia. Eu escrevo cartas para ele, mas não de graça. Não é que eu não seja compassivo, mas você não é respeitado quando faz coisas de graça. (Aprendi isso no trabalho, e aqui isso é dez vezes mais verdadeiro.) Walter não tem dinheiro, então eu deixo que pague com cigarros. (Não faça essa cara. Conheço você, garota. Eu não estou fumando.

Troco os cigarros por outras coisas tipo miojo. Sem brincadeira.) As cartas que escrevo para o Walter são para mulheres que ele conhece através de classificados. Você ficaria surpresa em saber quantas mulheres querem se corresponder com prisioneiros. (Não fique com ciúme, rá, rá.) Às vezes eu me irrito, quando fico acordado até tarde respondendo a todas as perguntas dele. Walter diz que morava em Eloe, e aí queria que eu contasse as novidades de lá para ele. Quando falei que não moro mais lá desde antes de ir para a faculdade, ele disse que nunca pôs o pé num campus universitário e quis que eu contasse tudo sobre isso também. Ficou curioso até em saber como eu ganhei o nome Roy. Como se Roy fosse algo que precisasse de explicação, tipo Patrice Lumumba ou algo do tipo, mas Walter é o que Olive chamaria de "uma figura". Nós o chamamos de "Yoda do Gueto" porque ele vive bancando o filósofo. Um dia, sem querer, eu disse "Yoda do Campo" e ele ficou furioso. Juro que foi sem querer, um erro que não cometerei de novo. Mas tudo bem. Ele cuida de mim, dizendo que "nós, os irmãos de pernas arqueadas, precisamos nos unir". (Você deveria ver as pernas dele. Piores do que as minhas.)

Então isso é tudo que tenho em termos de caracterização. Ou tudo que quero que você saiba. Não pergunte sobre os detalhes. Basta dizer que aqui é ruim. Mesmo se você tiver matado alguém, não merece passar mais do que alguns anos neste lugar. Por favor, diga ao seu tio para se esforçar mais.

Existe muita coisa aqui que faz a gente parar e dizer: "Humm..." Tipo, tem uns mil e quinhentos caras nesta prisão (a maioria irmãos de cor), que é o mesmo número de alunos no Morehouse College. Não quero bancar o maluco viciado em teorias da conspiração, mas é difícil não pensar nas coisas nesses termos. Para começo de conversa, a prisão está cheia de pessoas que estão, segundo elas mesmas, "mandando a real", e, em segundo lugar, as coisas aqui são tão corrompidas que você pensa que alguém deve estar corrompendo de propósito. Minha mãe também me escreveu, e você sabe a teoria dela: "O diabo nunca dorme." Meu pai acha que é a Ku Klux Klan. Bom, não a Ku Klux Klan especificamente, com capuzes e cruzes, mas algo mais estrutural, internalizado no país. Não sei o que pensar. Além de que sinto saudade de você.

Finalmente consegui fazer minha lista de visitantes e você está bem no topo, Celestial GLORIANA Davenport. (Eles querem o nome completo.) Vou colocar o Dre também. Qual é o nome completo dele? Deve ser um nome composto do tipo Andre Elijah Alguma Coisa. Você sabe que ele é meu brother, mas quando você vier da primeira vez, venha sozinha. Enquanto isso, continue escrevendo, meu bem. Como foi que esqueci que você tem uma letra tão linda? Se decidisse não ser mais artista plástica famosa, poderia ser professora, com uma letra dessas. Você deve fazer força com a caneta, porque o papel fica marcado. À noite, quando as luzes são apagadas (não que em algum momento elas realmente fiquem apagadas; eles deixam suficientemente escuro para que a gente não possa ler, mas claro demais para dormir de verdade), eu passo os dedos nas suas cartas e tento ler como se fossem escritas em braile. Romântico, hein?

E obrigado por colocar dinheiro na minha conta. Aqui a gente precisa comprar tudo que pensa que pode querer. Cuecas, meias. Qualquer coisa que você precise para tentar tornar a vida melhor. Isso não é uma indireta, mas seria bom ter um radiorrelógio. E, claro, a principal coisa que tornaria minha vida um pouquinho melhor seria ver você.

Com amor,
Roy

P.S.: Quando comecei a chamar você de Geórgia, foi porque dava para ver que você sentia saudade de casa. Agora chamo porque eu é que sinto saudade de casa, e minha casa é você.

Querido Roy,

Quando você receber esta carta eu já terei ido visitá-lo, porque estou colocando no correio a caminho da estrada. Andre encheu o tanque e o carro está cheio de petiscos. Eu praticamente decorei o guia para visitantes. Há regras para vestimenta e eles são extremamente específicos. Meu detalhe predileto é "culotes são estritamente proibidos". Aposto que você nem sabe o que são culotes. Eu lembro que estavam na moda quando eu estava na quarta série, e felizmente nunca voltaram. Resumindo o código de vestimenta: não deixe a pele à mostra. Não use um sutiã com aro de arame, a não ser que queira ser barrada no detector de metais e mandada de volta para casa. Imagino que seja como no aeroporto... ou como ir a um convento. Mas estou pronta.

Não preciso dizer que conheço este país e conheço a História. Até me lembro de um homem que foi dar uma palestra na Spelman e que tinha ficado preso injustamente por décadas. Você chegou a ver? Ele falou junto com a mulher branca que o acusou. Os dois encontraram Jesus ou algo assim. Apesar de estarem ali na minha frente, pareciam uma lição do passado, um fantasma do Mississippi. Que interesse aquilo tinha para nós, alunos amontoados na capela para receber alguns pontos extras? Agora eu queria lembrar o que eles disseram. Estou falando disso porque sabia que coisas assim aconteciam com as pessoas, mas quando digo pessoas *eu não queria dizer nós.*

Você pensa na mulher que o acusou? Eu gostaria de conversar com ela. Alguém a agrediu naquele quarto. Não creio que ela esteja inventando, dava para ver só pela voz dela. Mas esse alguém não foi você. Agora ela voltou para Chicago ou sei lá onde, desejando nunca ter parado em Eloe, Louisiana, e não é a única. Mas você não precisa que eu diga isso. Você sabe onde está e sabe o que não fez.

Tio Banks está preparando o primeiro recurso. Ele diz que as coisas poderiam ser piores. Muitas pessoas têm desentendimentos com a lei e não vivem para contar. Não existe recurso contra o tiro que um policial disparou. De modo que pelo menos temos isso, mas não é muita coisa.

Você sabe que estou rezando por você? Consegue sentir isso à noite, quando me ajoelho ao lado da cama como fazia quando era pequena? Fecho os olhos e visualizo como você estava quando ficamos juntos pela última vez, até a sarda em cima da sobrancelha. Tenho um caderno onde anotei cada palavra que dissemos um ao outro antes de dormirmos naquela noite. Escrevi para, quando você chegar em casa, podermos continuar de onde paramos.

Uma confissão: estou extremamente nervosa. Sei que não é a mesma coisa, mas estou lembrando quando começamos a sair, quando estávamos tentando ter um relacionamento a distância e você me mandou uma passagem. Depois de todo o acúmulo de conversas por telefone e e-mails, eu não sabia direito o que esperar quando afinal nos víssemos de novo. Obviamente deu tudo certo, mas estou me sentindo do mesmo modo escrevendo esta carta. Por isso quero dizer antecipadamente que, mesmo que seja estranho quando finalmente olharmos um para o outro, por favor saiba que é porque é tudo muito novo e eu estou agitada demais. Nada mudou. Eu te amo tanto quanto no dia em que nos casamos. E sempre vou amar.

Com amor,
Celestial

Querida Geórgia,

Obrigado por ter vindo me visitar. Sei que não foi fácil chegar aqui. Nunca fiquei mais feliz em ver alguém do que quando vi você sentada na sala de visitas, toda elegante e deslocada. Eu quase chorei feito um bebê.

Não vou mentir. Foi estranho precisarmos nos ver pela primeira vez na frente de tantas pessoas. E a verdade é que fiquei caladão porque você disse que não queria conversar sobre o que estava de fato se passando pela minha cabeça. Não pressionei porque não queria estragar o tempo que tínhamos. E não estraguei. Fiquei muito feliz em ver você. Walter curtiu com a minha cara o dia seguinte inteiro, dizendo que eu estava radiante feito uma árvore de natal. Mas desculpe, Celestial. Preciso dizer o que anda perturbando minha alma.

Sei que eu falei que não queria nenhum filho meu tendo que dizer que o pai está na cadeia. Você sabe que não sei muito sobre meu pai biológico, a não ser o nome e que ele provavelmente é um criminoso. Mas como Grande Roy me criou como filho, não precisei desfilar por aí com essa vergonha como se fosse uma melancia pendurada no pescoço.

Mas às vezes, lá no fundo, a imagem dessa melancia me assombra. E eu também estava pensando num garoto que eu conheci, chamado Myron, cujo pai estava na penitenciária de Angola. Myron era muito pequeno e todas as roupas dele eram doações da igreja. Uma vez eu o vi usando um dos meus casacos velhos. Puseram nele o apelido de "Franguinho" porque o pai dele estava engaiolado. Até hoje ele atende quando o chamam de "Franguinho", como se fosse mesmo o nome dele.

Mas nosso filho teria o Sr. D., Gloria, Andre e minha família também. Isso já é um povoado e meio para cuidar dele até eu conseguir a liberdade. Ele seria mais uma coisa pela qual eu iria ansiar.

Eu entendo por que você não queria falar sobre isso. O que está feito está feito. Mas não consigo parar de pensar sobre ele. Claro, não sei se o bebê era um menino, mas minhas entranhas me dizem que ele era meu júnior.

É doloroso perguntar, mas, se tivéssemos mais fé, será que as coisas teriam sido diferentes? E se tiver sido um teste? E se tivéssemos decidido ter o bebê? Eu poderia ter conseguido voltar para casa a tempo de vê-lo chegar ao mundo, inocente e careca. Todo esse sofrimento seria só uma história que contaríamos quando ele fosse mais velho, para ensinar que um negro precisa ter muito cuidado nos Estados Unidos. Quando optamos pelo aborto foi como se aceitássemos que as coisas não dariam certo no tribunal. E, quando desistimos, Deus também desistiu de nós. Não que Ele realmente desista, mas você entendeu o que quero dizer.

Não precisa responder essa parte. Mas me diga: quem sabe sobre o que aconteceu? Não tem importância, só estou curioso. Coloquei seus pais na minha lista de visitantes e fico me perguntando se eles sabem o que nós decidimos.

Geórgia, sei que não posso obrigar você a falar sobre o que não quer, mas acho que você devia saber que foi isso que ficou entalado na minha garganta a ponto de eu mal conseguir falar.

Mesmo assim, foi maravilhoso ver você. Eu te amo mais do que posso dizer aqui.

Seu marido,
Roy

Querido Roy,

Sim, meu amor, sim. Eu penso nisso, mas não constantemente. Não é possível viver com algo assim na cabeça todo dia. Mas, quando penso, é mais com tristeza do que com arrependimento. Entendo que você esteja sofrendo, mas, por favor, não me mande outra carta como a da semana passada. Você esqueceu da cadeia do condado? Cheirava a xixi, água sanitária e todas aquelas mulheres e crianças desesperadas em volta de nós... Sua pele estava tão cinzenta que você parecia coberto de cinzas. Suas mãos estavam ásperas feito couro de jacaré e você não conseguiu nenhum creme para impedir as rachaduras e o sangramento. Você esqueceu tudo isso? Tio Banks precisou arranjar um terno novo por causa dos quilos que você perdeu esperando seu "julgamento rápido". Você era um fantasma de si mesmo.

Quando eu disse que estava grávida, não foi uma notícia boa, não como deveria ter sido. Eu esperava que a ideia comovesse você, trouxesse você de volta para a vida. Você voltou, mas só para gemer com os punhos fechados pressionando os lábios. Lembre-se das suas palavras: "Você não pode ter esse filho. Assim, não." Foi o que você me disse, apertando meu pulso com tanta força que meus dedos formigaram. Você não pode me dizer que não estava falando sério.

Você não mencionou um garoto chamado Franguinho nem seu pai "de verdade", mas eu entendi a visão. Essa é uma coisa da qual tive certeza na época e ainda tenho agora: não quero ser mãe de um filho que nasceu contra a vontade do pai, e você deixou clara a sua vontade.

Roy, você sabe que eu odiei fazer aquilo. Por mais que doa em você, lembre-se de que foi comigo que aconteceu. Era eu que estava grávida. Sou eu que não estou mais. Independentemente de como você se sinta, pense em como eu devo estar me sentindo. Assim como você pode dizer que não sei como é estar na prisão, você não sabe como é ir a uma clínica e fazer o que eu fiz.

Estou lidando com isso como eu lido com as coisas, mergulhando no trabalho. Tenho costurado feito louca, até tarde da noite. As bonecas me lembram de uma que eu tive quando era pequena, quando se podia ir a Cleveland, Geórgia, e adotar um "bebê". Era uma coisa um pouco acima das nossas possibilidades, mas Gloria e eu fomos lá só para dar uma olhadinha. Quando vimos todas as bonecas à mostra, eu perguntei: "Isso é uma colônia de férias de bonecas?" E ela disse que não, que era como um orfanato. Eu era tão protegida que nem sabia o que era um órfão, e quando ela explicou eu comecei a chorar e pedi para levar todas as bonecas para casa.

Não penso nas minhas bonecas como órfãs; são bebês que por acaso moram na minha sala de costura. Até agora fiz 42. Estou pensando em vendê-las em feiras de artesanato a preços populares, tipo cinquenta dólares cada. Essas são para crianças, não para colecionadores. E, para dizer a verdade, quero tirá-las de casa. Não consigo vê-las me encarando o dia todo, mas também não consigo mais parar de fazê-las.

Você me perguntou quem sabe. Está perguntando quem sabe o que eu fiz ou quem sabe que foi você que me pediu para fazer? Acha que eu coloquei num outdoor? Se você é uma mulher adulta e tem mais de dez dólares no banco, ninguém entende por que você não pode ter um filho. Mas como eu poderia pensar em ser mãe com meu marido na prisão? Sei que você é inocente, não há dúvida na minha mente, mas também sei que você não está aqui comigo. Isso não é um jogo, uma simulação ou um filme. Não sei por que só me dei conta disso quando estava com duas semanas de atraso e me preparando para fazer xixi num palito.

Não contei a ninguém a não ser ao Andre. Ele só disse: "Você não pode ir sozinha." Ele foi comigo e cobriu minha cabeça com o paletó enquanto passávamos por manifestantes contra o aborto gritando palavras de ordem e empunhando seus cartazes nojentos. Quando tudo acabou, ele estava me esperando. Depois, no carro, ele disse uma coisa que quero contar a você. Ele falou: "Não chore. Essa não é a sua última chance." Roy, ele está certo. Você e eu teremos filhos no futuro. Vamos ser pais. Quando você sair poderemos ter dez bebês, se é isso que você quer. Prometo.

Eu te amo. Estou com saudade.

Com amor,
Celestial

Querida Geórgia,

Eu disse que deixaria isso de lado. Mas tenho mais uma coisa a dizer. Nós pegamos nossa família e a arrancamos pela raiz. Lendo sua carta, parece que eu a obriguei a fazer aquilo, como se você tivesse chegado à cadeia empolgada por ter um filho meu. Você disse "Estou grávida" como se fosse um câncer. O que eu deveria dizer? E, além disso, digamos que eu tenha realmente conduzido você numa direção específica, não aja como se você fosse uma mulher superobediente. Nunca vou esquecer o dia do nosso casamento, quando, na frente de todo mundo, você entrou numa disputa de olhares com o pastor que pediu que você dissesse a palavra obedecer. Se ele não tivesse recuado, estaríamos no altar até agora.

Naquele dia, na cadeia do condado, nós debatemos o assunto. Você e eu. Duas pessoas adultas. Não era eu dizendo o que você devia fazer. Assim que mencionei a ideia de não termos o bebê, vi o alívio no seu rosto. Afrouxei a pressão e você agarrou a chance com unhas e dentes. Tudo que você lembra é verdade. Eu disse tudo aquilo, mas você não tentou me fazer mudar de ideia. Não falou que conseguiríamos. Não disse que o filho era de nós dois nem que talvez eu estivesse livre quando ele nascesse. Você baixou a cabeça e disse: "Posso fazer o que precisa ser feito."

Sim, eu entendo. Seu corpo, suas regras. Tudo que ensinaram a você no Spelman College. Tudo bem.

Mas deveríamos saber que haveria algumas consequências. Assumo minha responsabilidade pelo meu papel nisso, mas a decisão não foi apenas minha.

Com amor,
Roy

Querido Roy,

Um pouco de contextualização:

Na faculdade, minha colega de quarto dizia que os homens querem uma mulher que não tenha passado, e portanto a gente jamais deveria falar sobre nossos relacionamentos anteriores com eles, porque preferem fingir que eles nunca aconteceram. Então eu sei que você não vai gostar de ouvir isso, mas sinto que está me obrigando a compartilhar essa história triste.

Roy, você sabe que eu passei um ano na Howard University antes de ir para o Spelman College, mas não sabe por que saí de lá. Na Howard eu estudei Arte da Diáspora Africana, e meu professor, Raul Gomez, era a própria diáspora. Negro de Honduras, falava espanhol quando estava entusiasmado, e estava sempre empolgado com a arte. Dizia que o motivo pelo qual não havia terminado sua dissertação era não ter conseguido suportar a ideia de escrever sobre Elizabeth Catlett em inglês. Ele tinha 40 anos, era casado e bonito. Eu tinha 18, era vaidosa e burra feito uma porta.

Quando descobri que estava grávida, nós estávamos noivos, mas não oficialmente. Eu não tinha uma aliança, só a palavra dele, porém – sempre há um "porém", não é? – ... porém ele precisava se divorciar e achava que, depois de doze anos de casamento, a mulher dele não era obrigada a suportar a vergonha de um "fruto de um amor ilegítimo". (E ali estava eu, iludida porque ele tinha usado a palavra amor.)

Acredito que você já saiba o fim da história. Para mim também está claro, olhando em retrospecto. Eu estava me recuperando do procedimento quando ele foi ao meu quarto no alojamento para terminar comigo. Estava todo arrumado, com um terno azul-escuro e gravata cinza. Eu estava de calça de moletom e uma camiseta larga, descalça. Ele disse: "Você é uma garota linda. Virou minha cabeça e me fez esquecer o que é certo e errado." E foi embora.

Ele sumiu, e eu também. Foi como se eu tivesse escorregado em gelo numa estrada escura dentro da minha mente. Parei de ir às aulas dele e depois parei de ir a todas as aulas.

Depois de algumas semanas, um dos amigos do meu pai, do departamento de química, avisou meus pais. As faculdades negras levam a sério sua responsabilidade pelos alunos na ausência dos pais.

Eles chegaram a Washington mais rápido do que você consegue dizer "processo cível". (Sim, o tio Banks foi o advogado. O processo foi insignificante, mas o objetivo era que Raul perdesse o emprego.)

Essa experiência me devastou, Roy. Voltei para Atlanta e fiquei lá paralisada durante um mês. Andre ia me visitar e eu não queria nem falar com ele. Meus pais estavam pensando seriamente em me mandar para outro lugar. Foi Sylvia que me tirou daquela fossa. (Toda garota precisa de uma tia sábia e tranquilizadora.) Eu ficava dizendo a ela o mesmo tipo de coisa que você está me dizendo agora – que eu achava que tinha azarado minha própria vida. Que, se eu tivesse tido coragem suficiente para ficar com o bebê, seria recompensada com o que eu realmente queria: ser a Sra. Gomez. Que a vida era um teste no qual eu sempre fracassava.

Sylvia disse: "Não vou julgar você. Isso é entre você e Deus. Querida, seja honesta: você queria ter um filho agora?" Eu realmente não sabia. O principal é que não queria me sentir como estava me sentindo. Então Sylvia continuou: "Quando você fez o teste, estava torcendo para que desse positivo ou negativo?" E eu disse: "Negativo."

Então ela falou: "Olha. O que passou, passou. O que você vai fazer? Entrar numa máquina do tempo? Voltar ao outono passado e destrepar com ele?"

Aí ela pegou uns dez pares de meias, linha de bordado e enchimento de algodão. Me ensinou a fazer as bonecas que seriam doadas ao Grady Hospital para reconfortar os bebês que nasciam viciados em crack. Nós fomos lá algumas vezes e pegamos no colo os coitadinhos, que estavam drogados a ponto de chacoalhar nos meus braços.

Não era caridade. Fiz aquelas primeiras bonecas para me livrar daquela culpa que estava sentindo. Não pensava em poupées*, encomendas, concursos ou exposições. Sentia que, cada vez que fazia alguma coisa para reconfortar um bebê sem mãe, acertava as contas com o universo pelo que eu tinha feito. Depois de um tempo, as bonecas e Washington não estavam mais ligados. Eu tinha conseguido me livrar do peso nos meus ombros fazendo bonecas.*

Mas nunca esqueci, e prometi a mim mesma que jamais ficaria de novo naquele aperto. Durante um tempo tive medo de tentar, achando que eu talvez tivesse me arruinado, não no sentido médico, mas no espiritual.

Roy, sei que nós tínhamos uma escolha, mas na verdade não tínhamos. Eu fiquei de luto como se tivesse sofrido um aborto espontâneo. Aparentemente meu corpo era solo fértil, mas minha vida não era. Você pode achar que está carregando um fardo, mas eu também carrego.

Então agora você sabe. Estamos carregando duas cruzes diferentes.

Agora será que podemos parar de falar nisso, por favor? Se você se importar comigo um pouquinho que seja, nunca mais vai tocar nesse assunto.

Com amor,
Celestial

Querida Geórgia,

Dois anos para trás e dez pela frente. (Essa é minha ideia de uma piada.)

Finalmente Banks vai entrar com o recurso. Detesto pensar na fortuna que seus pais estão gastando com isso. Estão pagando um preço especial para "amigos e familiares", mas mesmo assim imagino o valor aumentando como num taxímetro rodando. Se tudo correr bem com a corte estadual de apelação e eu sair daqui, pego o primeiro emprego que conseguir e pago ao seu pai. Sério. Não me importa se eu tiver que trabalhar como empacotador num mercado.

Viu? É por isso que as cartas são melhores do que os e-mails. Qualquer coisa que eu escreva é uma nota promissória e um recibo oficial. Só podemos abrir e-mails na biblioteca durante 65 minutos por semana, e tem sempre alguém esperando ou olhando por cima do seu ombro. Além disso, gosto de usar esse tempo escrevendo e-mails para os outros e ser pago por isso. Sabe com que me pagaram semana passada? Uma cebola. Sei que você vai achar maluquice, mas é raro conseguir cebola aqui, e a culinária prisional fica melhor com um pouco de tempero. Para conseguir a cebola eu escrevi um longo e-mail para um cara; era em parte flerte e em parte tentativa de levantamento de fundos. Se rendesse a grana que ele estava esperando, ele me arranjaria uma cebola. Claro que eu dividi o pagamento com Walter, já que foi ele que agenciou o negócio. Você tinha que ver. Se o corcunda de Notre-Dame fosse um vegetal, seria aquela cebola pequena e esquisita. Você não quer saber o que a gente cozinhou com essa cebola na cela, à noite, mas sei que está curiosa, então vou tentar explicar. É um cozido que a gente faz com macarrão instantâneo, Doritos esmagados, cebola e salsichas. Todo mundo coloca dentro o que tem e, quando fica pronto, a gente divide. Walter é o chef. Garanto que é mais gostoso do que parece.

Outra vantagem das cartas é que eu posso escrevê-las à noite. Queria que houvesse mais pessoas dispostas a trocar correspondências em estilo antigo, porque poderia virar uma pequena indústria caseira. O problema é que as pessoas aí de fora não escrevem de volta, e o objetivo de mandar uma carta é receber alguma coisa em troca. Com e-mail é diferente. Quase todo mundo manda uma resposta que seja, mesmo que curta. Você sempre responde às minhas cartas e sabe que eu valorizo isso.

Pode me mandar umas fotos? Quero algumas de antes e também algumas novas.

Com amor,
Roy

Querido Roy,

Recebi sua carta ontem. Você recebeu a minha? Como prometi, aqui vão algumas fotos. As antigas você vai reconhecer. Não acredito como eu estava magra. E, já que você pediu, aqui vão algumas novas. Andre anda superinteressado em fotografia, e é por isso que elas parecem tão artísticas e profissionais. Ele não pretende largar o emprego nem nada, mas acho que tem talento. Acho que tudo isso tem a ver com a namorada – uma garota de 21 anos que acha que pode ganhar a vida fazendo documentários. (Mas quem sou eu para falar? Estou com 30 e poucos e ganho a vida fazendo bonecas!) Além disso, se Dre gosta, eu também gosto, e ele está apaixonado. Mas 21 anos? Ela faz com que eu me sinta uma velha.

Por falar em coisa velha: as fotos. Dá para ver que ganhei um pouco de peso. Meus pais são muito magros, mas pelo visto algum gene recessivo apareceu para me dar um tapa na bunda. A culpa é minha. Andei costurando feito louca, o que significa que passo o dia inteiro sentada. Mas tenho tantos pedidos para entregar!

As coisas chegaram a um ponto crítico e eu tomei as providências para conseguir um espaço para vender. Não é exatamente como você tinha imaginado – mais butique do que loja de brinquedos. Pense nela como o nível mais alto em termos de brinquedo porém o mais baixo em termos de arte. Devo dizer que é gratificante dar uma boneca negra bonita a uma menina negra bonita e vê-la apertar e beijar o brinquedo. É diferente de ver um colecionador levá-la numa caixa de madeira.

Fico pensando se estou comprometendo meus princípios. É arte mas não é Arte.

Olhe para mim, preocupada em me vender antes mesmo de começar o negócio.

E, falando em dinheiro, acho que você sabe o que vou dizer agora. Tenho exatamente um investidor, e é o meu pai. Como ele está injetando muito dinheiro no projeto, nós colocamos tudo no nome dele. Preciso lembrá-lo que um sócio cotista deve ficar calado. Ele queria que a placa dissesse "Pupês", para que as pessoas soubessem pronunciar. (Rá! Não.)

Sei que eu e você planejávamos abrir um negócio por conta própria, sem ajuda, mas as coisas mudam, e além disso meus pais querem fazer isso por mim. Toda essa independência teimosa não ajuda nem a mim nem a ninguém. Papai e eu fomos ao banco; falamos com um corretor de imóveis. Presumindo que não haja nenhum problema, a Poupées *vai abrir dentro de uns seis meses. Não é o nosso sonho, mas é próximo a isso. Como diz meu pai, eu "poderia ganhar muito dinheiro".*

Certo, voltando às fotos. Eu fico mudando de assunto porque não gostei realmente de como elas ficaram. Acho que mostram demais.

Talvez você saiba o que quero dizer. É isso que eu gosto nas fotos do Dre, contanto que elas sejam de outras pessoas. Ele tirou uma foto do meu pai e dava para ver os últimos cinquenta anos nas rugas da testa dele. Estava tudo lá: o Alabama, a paternidade, toda a sua aura de "rapaz pobre que subiu na vida". (Ele também não gosta do retrato, mas acho que ficou incrível.)

Nenhuma das fotos que escolhi é imprópria para menores, de modo que você pode mostrá-las a quem quiser, mas, quando olho para elas, espero mesmo que as guarde só para você. Mostre aos amigos as fotos antigas.

Por favor, diga ao seu amigo Walter que eu mandei um oi e que espero conhecê-lo. Ele parece um cara legal. Ele tem família? Se você quiser, eu posso mandar algum dinheiro para a conta dele. Não gosto de pensar nas pessoas aí sem qualquer tipo de conforto, por menor que seja. Posso fazer isso usando o nome do Andre, se você quiser que seja uma doação anônima. Sei como as pessoas podem ser orgulhosas. Diga o que acha melhor.

Com amor,
Celestial

Querida Geórgia,

Você é o maior presente da minha vida. Sinto saudade de tudo em você, até da sua touca de dormir, da qual eu costumava reclamar. Sinto saudade da sua comida. Das suas formas perfeitas. Do seu cabelo natural. Mais do que tudo, sinto saudade de você cantando.

Uma coisa de que não sinto falta é das nossas brigas constantes. Não acredito que perdíamos tanto tempo discutindo por nada. Penso em todas as vezes que magoei você. Em quando eu podia ter feito com que você se sentisse segura, mas deixava que se preocupasse simplesmente porque gostava de ter alguém se preocupando comigo. Penso nisso e me sinto um idiota. Um maldito idiota solitário.

Por favor, me perdoe e, por favor, continue me amando.

Você não sabe como é desmoralizante ser um homem que não tem nada a oferecer à mulher. Penso em você aí, e existem tantos caras em Atlanta com suas pastas de Atlanta, seus empregos de Atlanta e diplomas de Atlanta! Preso aqui, não posso lhe dar nada. Mas posso oferecer minha alma, e essa é a coisa mais real.

À noite, se me concentrar, consigo tocar seu corpo com minha mente. Fico pensando se você sente isso durante o sono. É uma pena que eu tenha precisado ser preso, privado de tudo que tem importância para mim, para perceber que é possível tocar em alguém sem fazê-lo efetivamente. Consigo me sentir mais próximo de você do que quando estávamos deitados lado a lado na cama. Acordo de manhã exausto porque é um esforço enorme para conseguir isso.

Sei que parece maluquice, mas estou pedindo para você tentar. Por favor, tente me tocar com a mente. Deixe-me saber como é a sensação.

Com amor,
Roy

Querida Geórgia,

Por favor, desculpe se minha última carta foi meio estranha. Eu não queria enlouquecer você (rá). Por favor, me escreva de volta.

Roy

Querido Roy,

Não enlouqueci. Só estou realmente ocupada nessas últimas semanas. As coisas estão melhorando muito na minha carreira. Odeio usar essa palavra, carreira. Parece sempre que vem com a palavra megera *embutida nela. Mas sei que estou sendo paranoica. O fato é que as coisas estão mesmo ficando mais intensas. Andam falando numa exposição individual. Eu não queria contar para você antes que as coisas estivessem sacramentadas, mas agora estão quase. Enfim, aqui vai a novidade: lembra da série Homem em Movimento? Agora ela se chama Eu* <u>*SOU*</u> *um Homem. A exposição é com todos os retratos seus que fiz ao longo dos anos, começando com a bola de gude. Talvez eles levem a mostra até para Nova York. A palavra-chave é talvez, mas estou muito entusiasmada e muito ocupada. Andre está fazendo todos os slides e o projeto gráfico. Tudo parece perfeito, mas eu queria que ele aceitasse um pagamento de verdade. Sei que somos tipo da mesma família, mas não quero me aproveitar dele.*

Tudo isso tem exigido bastante de mim, mas trabalhar o tempo todo com imagens suas faz com que eu sinta que estou passando tempo com você, e às vezes me esqueço de escrever. Por favor, me desculpe. E saiba que você está nos meus pensamentos.

Com amor,
C.

Querida Geórgia,
Minha mãe disse que você está famosa. Confirme ou negue.

Com amor,
Roy

Querido Roy,
Se a notícia chegou a Eloe, então, sim, devo estar famosa. Acho que toda a Nação Negra assina a Ebony. *Não sei se você viu a matéria, mas, mesmo que tenha visto, me deixe explicar. E, mesmo que não tenha visto, quero que entenda exatamente o que aconteceu.*

Eu te contei que meu boneco ganhou um concurso no National Portrait Museum. O que não contei é que era um retrato seu. Sua mãe me pediu um boneco baseado numa foto sua de quando era bebê, aquela foto de estúdio em preto e branco que fica no seu quarto. Eu prometi a ela e trabalhei nele três meses para acertar o queixo. Ela até me deu sua roupa original. Foi surreal vestir o boneco com as roupinhas que sua mãe queria que o neto usasse. (O processo todo foi muito profundo.) Juro que eu ia dá-lo a ela, mas deixei em casa. Foi só um erro idiota. Então eu ia mandar para ela no dia de São Valentim, mas não consegui desapegar. Você sabe como eu sou perfeccionista com as encomendas. Ela perguntou mil vezes e eu ficava dizendo que estava a caminho.

O que vem em seguida é complicado, por isso, me deixe explicar uma coisa.

Desde que você está longe, minha mãe e eu temos passado mais tempo juntas. A princípio era só para eu não ficar sozinha em casa, mas agora nós nos visitamos como amigas, conversando e bebendo vinho. Às vezes ela até dorme aqui. Uma noite ela me contou como ela e a família vieram morar em Atlanta. Foi uma longa história, e eu estava cansada, mas toda vez que caía no sono ela me acordava com um tapinha.

A história começa quando minha mãe era um bebê num carrinho. Vovó tinha ido com ela fazer compras, o que era sempre estressante porque meus avós precisavam de muitas coisas, mas tinham pouco dinheiro. Às vezes eles compravam fiado na mercearia e isso feria a dignidade da minha avó, e você sabe como as dívidas podem fugir ao controle. Um dia, enquanto vovó estava andando pela loja tentando calcular a quantidade mínima de comida que seria suficiente para toda a família, elas cruzaram o caminho de uma mulher branca com a filha. (Minha mãe fala daquelas brancas, e fala sobre elas em detalhes, como se realmente se lembrasse das duas. Diz que eram sujas, que fediam a cânfora e que a menininha nem tinha sapatos.)

Enfim, a menininha apontou para minha mãe e disse: "Olha, mamãe! Uma empregada bebê!" E para minha avó isso foi a gota d'água. No fim do mês a família fez as malas e se mudou para

Atlanta, para morar com o irmão do meu avô até meu avô arranjar um emprego. Mas a questão é que, naquele momento, naquela loja, minha mãe foi uma empregada bebê, e foi isso que fez meus avós se mudarem, essa simples inevitabilidade.

Lembre-se disso, está bem? É importante.

Nunca contei isso, mas há cerca de um ano tive um incidente. Não foi um colapso mental, só um incidente. Não contei porque você já tem coisas demais para pensar. Não fique com raiva por causa disso. Estou bem.

Andre e eu estávamos andando perto da Peeples Street, porque tínhamos instalado minha exposição na Hammonds House – aquelas bonecas são muito ornamentadas, quase barrocas, com muita seda pura e tule. O processo era dificílimo, porque elas estavam expostas em plataformas móveis que eu mesma construí. Andre me ajudou, mas foi um trabalho extenuante e eu estava praticamente vesga quando terminei de arrumar tudo. Ou seja, exausta.

Estávamos no Abernathy Boulevard, indo comprar sanduíches de peixe com os muçulmanos, e isso é outro fator. Eu estava com fome.

Perto de um cruzamento, passamos por um menininho andando com a mãe. Ele era pequenininho e lindo. Crianças desse tamanho sempre chamam minha atenção. Se as coisas houvessem sido diferentes, talvez tivéssemos um filho daquela idade. A mãe parecia jovem, talvez 21 anos, mas dava para ver que era meticulosa só pelo modo como segurava a mão do menino e conversava com ele enquanto andavam. Eu conseguia facilmente me imaginar no lugar dela, sentindo a mãozinha delicada dele, respondendo às perguntas que ele fazia com aquele brilho nos olhos. Quando chegaram mais perto, ele sorriu – aqueles dentinhos retos – e eu senti uma pontada de reconhecimento. Aquele menininho se parecia com você. Uma voz na minha cabeça, uma voz que não era minha, disse: "Um prisioneiro bebê." Tapei a boca com a mão e olhei para Andre, que pareceu confuso. "Você viu? Era o Roy?", perguntei. Dre falou: "O quê?" Fico sem graça só de escrever isso. Mas estou tentando explicar o que aconteceu. A próxima coisa que percebi foi que estava de joelhos na calçada, abraçada a um hidrante, como se ele fosse uma criancinha atarracada.

Andre se ajoelhou ao meu lado e provavelmente pareceu que estávamos tendo alguma briga familiar. Ele soltou minhas mãos do hidrante, um dedo de cada vez. De algum modo a gente chegou à lanchonete muçulmana. Ele ligou para Gloria e depois me segurou pelos ombros. "Você não pode deixar que isso destrua você", falou. Finalmente Gloria apareceu e me deu uma daquelas "pílulas para os nervos" que todas as mães têm na carteira. Resumindo: eu dormi e expulsei o que quer que tenha me possuído. Não consigo explicar realmente, mas a ideia entrou em mim como um parasita.

Então eu a usei no boneco. Tirei o macacão e fiz uma roupinha azul de prisioneiro de algodão impermeável. Vestir o boneco com aquela roupa foi igualmente difícil, mas pareceu algo significativo. Vestido de bebê, ele era só um brinquedo. Com os novos trajes, era arte. Foi o boneco que ganhou o concurso. Detesto que você tenha sabido disso pela sua mãe, e não por mim.

Quando fui entrevistada no palco, não falei sobre você. Eles perguntaram sobre a inspiração e eu falei da minha mãe como uma empregada bebê, e falei de Angela Davis e do complexo prisional privado. O que está acontecendo com você é tão pessoal que eu não queria ver isso publicado. Sei que você entende o que eu quero dizer.

Com amor,
Celestial

Querida Geórgia,

Há alguns meses você disse que o que estava acontecendo não era o nosso sonho, mas era próximo disso. Só que parece que você está vivendo seu próprio sonho pelas minhas costas. A loja foi ideia minha, mas sua fantasia envolvia galerias de arte, museus e instalações especiais. Não me trate como se eu não a conhecesse.

Entendo o que você está dizendo e o que não está dizendo. Você sente vergonha de mim? Sente, não é? Não pode ir ao National Portrait Museum e revelar que seu marido está na cadeia. Quer dizer, você poderia, mas não quer. Eu entendo, é muita coisa com que se acostumar. Antes a gente levava aquela vida de classe média negra. Mas agora em que pé estamos? Sei em que pé você está e em que pé eu estou, mas em que pé NÓS estamos?

Mande uma foto do boneco. Talvez eu goste mais dele quando vir como ele é, mas preciso dizer que não gostei muito do conceito. E mesmo se o que você disse na entrevista for verdade, que você quer "aumentar a consciência sobre o encarceramento em massa" (digamos que isso não tenha sido papo-furado), por favor me explique o que um boneco bebê vai fazer para ajudar alguém aqui. Ontem um cara morreu porque ninguém deu a insulina dele. Detesto lhe contar, mas nenhuma poupée *vai trazê-lo de volta.*

Olha, você sabe que eu sempre a apoiei no caminho da arte. Ninguém acredita mais em você do que eu, mas você não acha que passou dos limites? E nem ao menos me contar ou falar de mim? Espero que esse prêmio da National Portrait Gallery signifique muito para você. É só isso que eu digo.

Sabe, se você não se sente confortável dizendo que seu marido, um homem inocente, está preso, em vez disso pode dizer o que eu faço para viver. Que recebi uma promoção. Que empurro uma lata de lixo em Marte, catando lixo com pinças gigantes. É um bico ótimo, porque a prisão Parson também é um local do agronegócio. Antes eu colhia soja. Agora trabalho aqui dentro e, apesar de não usar camisa branca e gravata, tenho um macacão branco. Tudo é relativo, Celestial. O seu marido ainda está subindo na vida. Aqui eu tenho colarinho branco. Não precisa se envergonhar.

Seu marido (acho),
Roy

P.S.: Andre estava lá? Vocês dois contando a todo mundo que são melhores amigos desde que eram bebês e tomavam banho na pia? Todo mundo ficou dizendo como isso é bonitinho? Celestial, eu posso ter nascido ontem, mas não foi ontem à noite.

Querido Roy,

Sua última carta me deixou tão chateada... O que posso dizer para você entender que não tem nada a ver com vergonha? Nossa história é delicada demais para explicar a desconhecidos. Você não vê? Se eu disser que meu marido está na cadeia, é só nisso que as pessoas vão prestar atenção, não em mim ou nas bonecas. Mesmo quando explico que você é inocente, todos só se lembram da parte em que você está preso. Mesmo quando conto a verdade sobre você, a verdade não é assimilada. Então de que adianta falar nisso? Foi uma ocasião especial para mim, Roy. Meu mestre veio da Califórnia, e até Johnnetta B. Cole apareceu. Eu não conseguiria me obrigar a falar de uma coisa tão dolorosa ao microfone durante a coletiva. Talvez tenha sido egoísmo, mas queria ter meu momento como artista, e não como a mulher de um presidiário. Por favor, me escreva de volta.

Com amor,
Celestial

P.S.: Quanto ao que você disse sobre o Andre, não merece nem resposta. Tenho certeza de que a essa altura você voltou a si e estou aceitando seu pedido de desculpas antecipadamente.

Querida Geórgia,

Segundo Walter, estou sendo um babaca por não ver as coisas pelo seu ponto de vista. Ele diz que não é razoável esperar que você reitere constantemente que seu marido está preso. Ele disse: "Não estamos no filme O fugitivo. *Você quer que ela vá correndo atrás do homem sem uma perna?" (Está vendo por que a gente chama ele de Yoda do Gueto?) Ele diz que o seu potencial para crescer na profissão vai diminuir muito se associarem a sua marca com a prisão, o que evoca estereótipos incômodos da vida afro-americana. Só que ele falou nestes termos: "Ela é negra e todo mundo já acha que ela tem 501 filhos, com 501 pais diferentes, que recebe auxílio do governo no nome de 501 pessoas. Ela já precisa lidar com essas coisas, mas conseguiu fazer os brancos acreditarem que ela é uma espécie de Houdini fazedora de bonecas e que isso é um trabalho de verdade. Ela está dando duro. Você acha que ela deveria andar por aí anunciando que o homem dela está na cadeia? Assim que ela disser isso, todo mundo vai começar a olhar para ela e pensar nos 501 filhos, 501 pais, 501 auxílios do governo, e aí vai ser melhor ela voltar para casa e começar a trabalhar numa companhia telefônica." (De novo, essas foram as palavras exatas dele.)*

Minhas palavras exatas seriam me desculpe. *Não quis jogar você numa espiral de culpa. Mas é difícil, Geórgia. Você não sabe como são as coisas aqui. E, acredite, você não quer saber.*

Fui à biblioteca e peguei a matéria e a foto mais uma vez. Você estava com um sorriso no rosto, usando a aliança que eu dei. Não sei como não vi antes.

Com amor,
Roy

Querida Celestial,

Não recebeu minha carta no mês passado? Eu pedi desculpa. Talvez não tenha deixado claro. Me desculpe. Então... me escreve de volta? Até um e-mail serve.

Roy

Roy O. Hamilton Jr.
PRA 4856932
Penitenciária Parson
Lauderdale Woodyard Rd. 3.751
Jemison, LA, 70648

Caro Sr. D.,

Não creio que tenha sido isso que o senhor visualizou quando eu pedi a mão de Celestial em casamento. Lá estava eu, todo sério, tentando fazer as coisas direito, e o senhor disse: "A mão é dela, não sou eu que tenho que dar." A princípio achei que o senhor estivesse brincando, mas, quando percebi que era a sério, tentei recuar, fingindo que era brincadeira, mas por dentro estava com raiva e sem graça. Senti como se eu estivesse comendo com as mãos enquanto todo mundo usava garfo e faca. A mão era dela, não era o senhor que deveria dar, como disse. Mas, mesmo assim, eu precisava falar com o senhor de homem para homem. Estava perguntando se podia ser seu genro.

Sou muito chegado ao meu pai. Talvez Celestial tenha contado que, tecnicamente, ele é meu pai adotivo, mas é o único pai que eu conheci e sempre foi uma influência masculina positiva. Sou "júnior" dele em todos os sentidos. Mas ele não sabe muito sobre o mundo em que eu vivia em Atlanta, apesar de terem sido os sacrifícios dele que tornaram aquele mundo alcançável. Grande Roy sempre viveu em alguma cidadezinha sulista. Não terminou o ensino médio, mas proporcionou um lar seguro para nossa família. Eu respeito meu pai mais do que qualquer pessoa no mundo.

Fui falar com o senhor porque temos muito em comum. Ambos somos imigrantes em Atlanta, se é que o senhor entende. O senhor chegou há mais tempo e eu acabei de desembarcar, mas nosso passado é quase igual. O senhor foi da pobreza à riqueza e eu era um pobre a caminho de me tornar rico. Pelo menos era a impressão que eu tinha na época. Na minha situação atual, quem sabe o que vai me acontecer? Mas, quando pedi a mão dela, estava buscando sua bênção como pai dela, mas também como mentor. Com Celestial eu estava numa categoria acima da minha e acho que esperava um tapinha nas costas, mas acabei me sentindo um imbecil.

E talvez eu seja um imbecil por escrever esta carta também.

Sr. Davenport, faz dois meses que Celestial não vem me visitar na Louisiana. Não tivemos nenhuma discussão ou desentendimento significativo. Eu estava esperando que ela viesse em setembro, mas ela não apareceu. Mandou dizer que estava com problemas no carro, e eu a esperei na semana seguinte. Mas não a vi nem recebi nenhuma correspondência. Sr. D., espero que o senhor fale com ela em meu nome. Sei que o senhor dirá que eu mesmo devo procurá-la. Acredite, eu tentei.

Quando o senhor me dispensou, disse que talvez eu não a conhecesse o suficiente para me casar com ela. É por isso que estou procurando o senhor agora. Obviamente não a conheço tão bem quanto pensava. O senhor, por outro lado, a conhece desde que ela nasceu, e talvez saiba o que dizer para trazê-la de volta para mim.

Por favor, diga que eu entendo que ser casada com um presidiário é um grande sacrifício. Não estou acostumado a pedir coisas. Tudo que tenho, consegui trabalhando. Eu não teria nem coragem de colocar os pés na sua casa se não tivesse dado muito duro. Na minha atual situação, não existe trabalho que eu possa fazer para merecer o amor dela. Não existe trabalho que eu possa fazer para convencer o senhor, como pai, de que sou merecedor. Antes eu tinha um bom emprego e minhas abotoaduras de ouro. O que tenho hoje? Só meu caráter. Sei que ela não pode usar meu caráter na mão esquerda e sei que isso não paga as contas nem gera descendentes. Mas é o que eu tenho, e acho que deveria significar alguma coisa.

Obrigado, senhor, por ler isso. Espero que pense no meu pedido. E, por favor, não conte sobre isso a Celestial ou à mãe dela. Que fique entre nós, de homem para homem.

Atenciosamente,
Roy O. Hamilton Jr.

Franklin Delano Davenport
Cascade Rd., 9548
Atlanta, GA 30331

Caro Roy,

É um prazer receber notícias suas, já que penso em você com frequência. Minha mulher se considera uma "guerreira das orações", e reza ao Senhor por você regularmente. Ninguém aqui esqueceu você. Nem eu. Nem minha Gloria. Nem Celestial.

Filho (e uso essa palavra de propósito), acho que você não se lembra direito do nosso diálogo quando veio pedir a mão de Celestial. Eu não o rejeitei. Apenas expliquei que minha filha não é propriedade minha. Quase dou risada ao lembrar. Você chegou orgulhoso feito um pavão com aquela caixinha de veludo no bolso do paletó. Por um segundo, perplexo, achei que você iria pedir a mim em casamento! (Isso é para ser engraçado, por sinal.) Fiquei feliz em ver que você tinha intenções sérias, mas achava que não deveria ver a aliança antes de Celestial. Deu para notar que você estava com o orgulho meio ferido quando foi embora naquele dia e, francamente, isso foi algo positivo. Na sua carta você disse que não está acostumado a pedir coisas, e isso era evidente, não por causa das suas abotoaduras de ouro (Legítimas! Imagine só!), mas pelo seu gingado ao andar. Você não estava pedindo a mão dela a mim (e continuo dizendo que a mão não era minha, para que eu a desse). Em vez disso, estava me informando que ia se casar com ela – e ela nem havia concordado ainda. Supus que sua estratégia era ficar de joelhos, mostrar a aliança (e eu presumi que seria uma aliança incrível) e anunciar que ela havia ganhado o bolão do casamento. Fui sincero ao dizer que você não a conhecia muito bem se acreditava que essa abordagem seria bem-sucedida.

Aqui vai uma passagem da minha história pessoal: eu fiz o pedido a Gloria três vezes antes de ela dizer sim. A primeira, admito, foi meio desajeitada, já que eu estava comprometido com minha primeira mulher. Gloria é uma mulher refinada, mas estas foram suas palavras exatas: "Nem fodendo." A segunda rejeição foi mais delicada: "Não, ainda não." Na terceira vez eu não estava de joelhos – nem literal nem metaforicamente. Apresentei meu presente modesto e pedi que ela aceitasse compartilhar a vida comigo. Pedi desculpas pelas minhas transgressões. Fui humilde. Não envolvi o pai dela nem pedi que o melhor amigo dela me ajudasse a deixar tudo perfeito para fazer o pedido. Peguei a mão dela e desnudei a minha alma. Ela aceitou com um gesto de cabeça. Não foi aquela gritaria e os pulos que a gente vê na TV. Nada de fazer o pedido num outdoor ou no intervalo de uma partida de beisebol. O casamento é entre duas pessoas. Não há plateia.

Dito isso, vou perguntar a Celestial sobre o porquê desse hiato em sua programação de visitas. Para ser sincero, admito que só fiquei sabendo disso agora. Mas preciso deixar claro que não posso falar "por você". Só posso falar com ela por mim, como pai.

Espero que você não interprete isso como uma rejeição, porque a intenção não é essa. Você faz parte da nossa família e todos nós o temos em alta conta.

Sinto-me obrigado a dizer também que vou mostrar sua carta a Celestial. Sou pai dela e não posso conspirar pelas costas dela. Ela é a alegria da minha vida e meu único parente de sangue. Mas posso dizer o seguinte: sei que tipo de mulher nós a criamos para ser. A mãe dela foi leal a mim, mesmo quando eu não merecia, e tenho confiança em que minha filha não será menos determinada.

Por favor, me escreva de novo, filho. Fico sempre feliz em ter notícias suas.

Sinceramente,
Franklin Delano Davenport
c.c.: C.G. Davenport

Querida Celestial,

Quando você receber esta carta o Sr. D. já terá me dedurado. Espero que você não esteja chateada por eu ter escrito para ele. Eu me senti próximo do seu pai desde a primeira vez que ele me convidou àquela casa enorme (sempre penso nela como a nave-mãe), quando você e eu ainda estávamos nos conhecendo. Nunca vou esquecer. Fazia frio do lado de fora, mas o Sr. D. quis que nos sentássemos na varanda que cerca a casa inteira. Eu estava congelando, mas não queria ser um panaca. Estava pronto para dizer que minhas intenções eram as melhores e tal, mas ele nem quis falar sobre você. Cheguei lá, nós sentamos e ele começou imediatamente a apertar um baseado! Foi muito doido, eu me senti como se estivesse numa pegadinha, num desses quadros de câmera escondida. Então o seu velho disse: "Não finja que não fuma. Dá para ver nos seus olhos!" Então ele pegou um acendedor de lareira gigantesco e quase queimou uma das minhas sobrancelhas. Nós demos um dois juntos e foi uma espécie de boas-vindas à família.

Celestial, você sabe, eu tenho uma queda por pais.

Esse é o verdadeiro motivo para eu estar escrevendo. Eu planejava lhe mandar outra carta implorando que você viesse me visitar. Mas, para começo de conversa, estou cansado de implorar. Você virá me ver quando quiser. Foi isso que entendi nas entrelinhas da carta do seu pai. Você é adulta e ninguém vai obrigá-la a fazer nada que não queira (como se eu precisasse de alguém para me dizer isso).

Estou escrevendo porque aconteceu uma coisa que deu um nó completo na minha cabeça. Sei que você está num "hiato", como o seu pai colocou, mas o que vou dizer está me consumindo por dentro. Preciso contar a alguém, Geórgia, e a única pessoa em quem confio é você.

Lembra do último dia em que estivemos juntos e eu levei você no colo até o riacho para ouvir a música da ponte? Era ali que eu planejava contar que o Grande Roy não era meu pai biológico. Perdi a coragem, mas em algum momento eu teria que abrir o jogo, porque não era justo que nós falássemos sobre formar família sem que você soubesse sobre a roleta-russa genética em que ia se meter. Eu queria fazer o que era certo, mas sei que deveria ter contado antes mesmo de nos casarmos. Comecei a puxar o assunto algumas vezes, mas nunca consegui me obrigar a desembuchar. Nós brigamos por causa disso, e essa briga específica levou à situação difícil que estou vivendo. Preciso confessar que, apesar de ter pedido desculpas por não ter contado antes, só agora vejo como é não conhecer alguém que a gente acha que conhece.

Desculpe o clichê, mas espero que você esteja sentada. Talvez queira se servir de uma taça de vinho, porque isso vai deixar você de queixo caído. Meu pai biológico não apenas está nesta prisão como é ninguém menos do que Walter, o Yoda do Gueto.

Foi assim que descobri: como você sabe, uma pessoa com minha habilidade com as palavras é tremendamente requisitada na prisão. Posso escrever cartas, decifrar documentos e até bancar um pouco o advogado de cadeia. Quando digo um pouco, é um pouco mesmo. Mas faço essas coisas melhor do que a maioria (graças à minha formação no Morehouse – Benny Mays ficaria tão orgulhoso...). De qualquer modo, eu estava fazendo um trabalho para o Walter e, por acaso, peguei a ficha dele. E lá no topo estava escrito seu nome completo: Othaniel Walter Jenkins. Só há um homem no mundo com esse nome, mas já houve dois. Antes de Grande Roy me batizar como Roy Jr., meu nome era Othaniel Walter Jenkins II. Minha mãe manteve o Othaniel em homenagem à história, acho.

Quando vi o nome, eu soube que era ele. Lembra o que ele me disse quando me colocaram na mesma cela que ele? "Nós, os irmãos de pernas arqueadas, precisamos nos unir." E ele ficou me olhando para ver minha reação. Na hora não atinei muito com isso, mas ele estava falando da semelhança familiar. Você sabe, aqui todos o tratam como meu pai, mas achei que fosse algum costume da prisão. As pessoas formam famílias aqui, e Walter realmente cuida de mim como se eu fosse parente dele.

Me deixe voltar um pouco no tempo. A história que Olive me contou foi a seguinte: quando ela tinha 16 anos, quase 17, terminou o ensino médio em Oklahoma City e entrou num ônibus rumo a Nova Orleans, com a intenção de morar lá. Havia feito um curso de datilografia e achou que poderia ser secretária. No caminho conheceu meu pai biológico e pegou um desvio para uma cidadezinha chamada New Iberia. Ele tinha 30 anos, ou algo assim. Não era casado, mas tinha vários filhos, por isso Olive enfatizou que eu deveria ter cuidado quando conhecesse garotas da Louisiana, do Mississippi ou do leste do Texas. (Quando ela disse isso eu o visualizei espalhando sua semente por toda a região.) Resumindo: ele deu o fora e a abandonou grávida e sem dinheiro. Mas você sabe que Olive não deixaria a coisa nesse pé. Ficou em New Iberia até estar pronta para sair de lá, depois partiu à procura do seu homem. Andava por toda a cidade, com a barriga enorme, convencendo senhoras solidárias a compartilhar com ela qualquer informação que tivessem, por menor que fosse. Finalmente no açougue disseram que alguém tinha comentado que ele estava em Eloe, trabalhando na fábrica de papel. (Mamãe disse que deveria saber que era uma informação furada, já que envolvia a palavra trabalho.) Quando chegou a Eloe, Walter tinha ido embora muito antes. Mas ela encontrou as três coisas que diz que uma mulher precisa: Jesus, um emprego e um marido.

E, para Olive, isso era tudo o que eu precisava saber sobre a história. Era tudo o que eu queria também. Eu tinha o Grande Roy, e todo mundo em Eloe me conhece como Pequeno Roy. Por que eu sairia por aí atrás de um andarilho?

Bom, descobrir isso aqui foi como uma bomba caindo na minha cabeça. Quando terminou o tempo na biblioteca eu voltei para a cela. Para onde iria? Não tinha a opção de me sentar embaixo de uma ponte para pensar. Quando cheguei lá, ele estava usando o vaso sanitário. A vida não é justa, Geórgia. Eu descubro que o cara é meu pai biológico e no instante seguinte ele está ali, de pé, com o pau na mão. (Desculpe o palavreado, mas essa é uma história que precisa ser contada na versão completa.)

Ele terminou o que estava fazendo, se virou para me olhar e viu tudo escrito na minha cara. Disse: "O que foi? Descobriu?" Falei sobre a ficha e ele: "Culpado", e até deu um sorriso amarelo, como se tivesse passado a vida toda esperando essa conversa.

Eu nem sabia exatamente que culpa ele estava admitindo. Ele era culpado de ser meu pai ou de não me contar? Ficou ali sorrindo, como se tudo isso fossem boas notícias, mas eu me sentia um panaca.

Ele pediu uma chance para contar seu lado da história, e foi isso que fez. Não existe privacidade na prisão, e preciso dizer que os caras daqui são bem fofoqueiros. Walter estava falando alto, como se fosse um sermão religioso. Sua versão não era muito diferente da que minha mãe tinha contado. Eles se conheceram enquanto fugiam: Olive do pai e Walter de uma mulher (ou do marido da mulher, para ser exato). O cenário é a área para negros de um ônibus de viagem. Quinze horas é bastante tempo para se ficar sentado ao lado de uma pessoa, e quando eles chegaram à Louisiana minha mãe já estava de quatro por ele. Walter a convenceu a ficar um tempo com ele em New Iberia. (Nesse ponto ele disse: "Eu era um crioulo bonito na minha época." Ele falou exatamente isso.) Olive e Walter juntaram os trapos. Num barraco. A única comodidade era a água corrente. Depois de alguns meses ela engravidou. Como toda jovem grávida, ela queria se casar. E, como todo filho da puta, ele fugiu e a abandonou. Quando estava me contando isso, Walter encarnou o Yoda do Gueto: "Quando uma mulher diz que vai ter um filho seu, sua primeira ideia é dar o fora. É como se a casa estivesse pegando fogo. Você não pensa em fugir, simplesmente foge. É a natureza humana, porque você sabe que ela está pedindo sua vida inteira. E um homem só tem uma vida."

Era papo-furado, e eu sabia que era papo-furado, mas alguma coisa no pequeno monólogo dele ficou entalada na minha garganta.

Celestial, acho que foi porque não a apoiei quando você falou que o teste tinha dado positivo. Eu disse: "O que você quer fazer?" Isso foi o mesmo que ir embora da cidade.

De qualquer modo, Walter me viu ali sentado, fungando, e tentou se defender, jurando de pés juntos que nunca bateu na minha mãe, que nunca a roubou – apesar de a carteira dela estar bem ali no guarda-roupa. Disse que não tinha sido nada pessoal, ele tinha abandonado outras mulheres grávidas. Que na época as coisas eram assim. Mas eu não estava pensando nele, Celestial, estava pensando em você e no merda que eu sou. Essa era a verdade.

Eu estava sentado na cama, tendo um papo particular com Jesus, enquanto Walter ficava mais e mais agitado. Ele continuou: "Você acha que é coincidência nós estarmos juntos nesta jaula?" Disse que seu amigo Prejean, que é de Eloe, contou quem eu era e que ele me olhou de rabo de olho. Falou: "Dizem que filho de peixe peixinho é. Mas eu não sabia com qual peixe você se parecia, eu ou sua mãe." Então ele contou que me viu e decidiu que tudo que eu puxei dele tinham sido "as pernas arqueadas e o cabelo pixaim". Depois pagou uma bela quantia para que eu fosse transferido para a cela dele antes de ser mais espancado ainda. Disse: "Admita. As coisas melhoraram para você quando veio ficar comigo. Você precisa reconhecer isso."

Celestial, eu quero sentir raiva dele. Walter abandonou minha mãe como se ela não fosse nada, mas na verdade ele teria sido um péssimo pai para mim. Não teria se sacrificado para que eu estudasse no Morehouse. Mesmo assim preciso concordar com o que ele disse. Se não fosse por ele eu poderia estar morto, ou pelo menos numa situação muito pior. Walter não é o Don Corleone da prisão, mas é um cara das antigas e as pessoas ficam fora do seu caminho. Ele não precisava me proteger, mas protegeu.

É complicado. Ontem à noite, quando as luzes se apagaram, ele falou: "Não acredito que ela deixou aquele crioulo trocar seu nome. Que falta de respeito."

Fingi que não tinha ouvido. Dizer uma palavra que fosse seria um crime contra o Grande Roy. Ele não me deu apenas o nome dele. Ele foi meu pai, ou melhor, ele é meu pai. Mas Walter é o meu velho aqui.

Esse mundo é demais para mim, Celestial. Sei que eu disse que não iria implorar nada nesta carta, mas vou pedir mais uma vez. Por favor, venha me visitar. Preciso ver seu rosto.

Com amor,
Roy

Querido Roy,

Estou escrevendo esta carta para pedir que me perdoe. Por favor, seja paciente. Sei que faz muito tempo. A princípio foi porque eu estava com muita coisa na cabeça, mas agora meu motivo para ficar longe é tedioso e descomplicado. É só que estamos na época do Natal e eu estou atolada na loja. Minha ajudante, Tamar, vai me cobrir daqui a dois fins de semana. (Ela estuda na Emory, tem talento de sobra. Tem um dom maravilhoso para fazer colchas de retalhos. Simplesmente de tirar o fôlego.)

Assim, enquanto Tamar cuida da loja, Gloria e eu vamos pegar a estrada até aí. Ela quer dar à sua mãe um de seus famosos bolos com geleia de amora e eu gostaria de ter companhia.

Sei que você está com raiva de mim. Tem todo o direito de estar frustrado, mas espero que a gente não desperdice a visita brigando. Nosso tempo juntos é precioso. Se você puder, por favor, me perdoe. Se eu explicar, você vai ouvir? Diga o que preciso fazer para melhorar as coisas.

O que Walter acha de tudo isso? Espero que você não tenha falado muito mal de mim. Não quero conhecer meu sogro já com uma má impressão de mim. (Eu vou conhecê-lo, não vou?) Como vocês dois estão lidando com essa novidade chocante? Acho que você é o único chocado, mas tenho certeza de que isso mudou as coisas entre os dois. Você contou a Olive? Há tanta coisa a ser considerada nisso... Nesse meio-tempo, me fale sobre ele e eu posso levar alguma coisa para ele, de Natal.

Sei que você é orgulhoso, mas me deixe fazer isso por ele e por você. Ele é da família. Nos vemos em breve.

Com amor,
Celestial

Querida Celestial,

Obrigado por ter vindo me ver; sei que a viagem é longa e que você é uma mulher ocupada. Você está diferente. Talvez tenha perdido peso, porque o rosto está mais fino. Mas não creio que a mudança seja física. Você está bem? Há algo que eu deva saber? Isso não é um modo tortuoso de perguntar se você está saindo com outra pessoa. Essa é a última coisa passando pela minha cabeça. Só estou perguntando o que está acontecendo. Quando vi você, estava olhando seu rosto, mas não via você de verdade.

Não sei explicar direito.

Roy

Querido Roy,

Como você espera que eu responda à sua última carta? Sim, eu perdi alguns quilos. Alguns de propósito – tenho ido bastante a Nova York ultimamente e você sabe que lá as pessoas são um pouco mais magras. Não quero parecer uma mulher sem sofisticação, "lá do Sul", que faz arte folclórica. Para minhas bonecas serem levadas a sério, preciso ter uma aparência à altura. Mas não creio que você esteja falando da minha cintura.

Estou diferente? Já faz quase três anos, por isso acho que mudei. Ontem eu me sentei sob a nogueira do quintal. É o único lugar onde consigo me desligar de tudo e simplesmente me sentir bem. Sei que bem não é muito, mas ultimamente isso é raro para mim. Até quando estou feliz, há algo no caminho entre mim e qualquer coisa boa que aconteça. É como comer um caramelo sem desembrulhar o papel. A árvore se mantém intocada por qualquer preocupação que abale a nós, seres humanos. Penso que ela estava aqui antes de eu nascer e que vai continuar aqui depois de todos termos morrido. Talvez isso devesse me deixar triste, mas não deixa.

Roy, nós estamos envelhecendo. Toda semana eu arranco um ou dois fios brancos da cabeça. Ainda não preciso pintar, mas mesmo assim. Obviamente não somos velhos, mas também não somos adolescentes. Talvez seja isto que você viu: o tempo passando.

Se estou saindo com outra pessoa? Você disse que não está perguntando isso, mas perguntou assim mesmo, ainda que só para dizer que não está perguntando. Minha aliança está no meu dedo. É só isso que vou dizer.

Celestial

Querida Celestial,

Olive está doente. No domingo Grande Roy veio me visitar sem ela. Assim que o vi sentado naquela cadeirinha vagabunda, parecendo um urso sentado num cogumelo, percebi que havia novidades e que eram ruins. Ele diz que ela está com câncer de pulmão, apesar de não tocar em um cigarro há 23 anos.

Quero que você vá ver como ela está. Sei que faz muito tempo que não posso fazer nada por você em troca. A sensação que tenho é de que estou comprando fiado e a juros, como na época dos empréstimos estudantis no Morehouse. Num determinado ponto eu avaliava quanto me custava por dia, depois por hora, depois por minuto. Sei que você não está anotando minhas dívidas num caderninho, mas eu estou. Preciso que você venha me ver. Preciso que coloque dinheiro na minha conta. Preciso que mantenha o tio Banks focado. Preciso que me faça lembrar do homem que eu já fui, de modo a não me esquecer e não virar só mais um crioulo aqui. Sinto que preciso, preciso e preciso, e isso está criando um desgaste enorme. Não estou maluco, dá para ver. Sei que você não vem mais com tanta frequência. Sei como são os sentimentos de verdade, mas também sei como são as obrigações. O que está escrito no seu rosto é que é tudo um dever.

Sei que o que estou pedindo é demais. Sei que a viagem é longa e que você e minha mãe nunca foram amigas. Mas, por favor, dê uma olhada nela e me conte o que meu pai não conta.

Roy

Querido Roy,

Esta é a carta que eu prometi que nunca mandaria. Antes de continuar, quero dizer que sinto muito. Quero dizer que até mesmo escrever essas palavras está me matando. Não vou dizer que vai doer mais em mim do que em você, porque sei como você sofre todo dia e, não importa o que me aconteça, meu sofrimento jamais vai se comparar ao seu. Eu tenho consciência de que não sofro a mesma agonia que você, mas estou sofrendo, e não consigo continuar vivendo assim.

Não posso continuar sendo sua mulher. Em alguns sentidos sinto que nunca sequer me esforcei muito nesse papel. Nós só estávamos casados há um ano e meio, e ainda contando o tempo em meses, como a gente faz com um bebê, antes que a bomba estourasse na nossa cabeça. Faz três anos que me esforço para ser casada sem ser uma esposa.

Você vai pensar que é por causa de outro homem, mas é por causa de nós dois, do fio tênue que nos unia e que se esgarçou com a sua prisão. No enterro da sua mãe, seu pai mostrou como é a ligação entre marido e mulher. Se pudesse, ele teria morrido no lugar dela. Mas eles viveram sob o mesmo teto durante mais de trinta anos. Em certo sentido, eles cresceram juntos e continuaram crescendo juntos, e, se ela não tivesse morrido, teriam envelhecido juntos. Casamento é isso. O que nós temos não é casamento. Um casamento é mais do que o coração, é a sua própria vida. E não estamos compartilhando a nossa vida.

Para mim a culpa é do tempo, e não minha ou sua. Já estamos longe um do outro há mais tempo do que ficamos casados. Eu tento encontrar modos de me conectar a você, mas nossos encontros naquela sala movimentada, sentados àquela mesa triste, me fazem voltar para casa com as mãos abanando. Eu sei disso, você também sabe. Nas últimas três vezes em que visitei você, não dissemos quase nada um ao outro. Você não suporta ouvir sobre meus dias e eu não suporto ouvir sobre os seus.

Não estou abandonando você. Nunca vou abandonar. Meu tio vai continuar recorrendo. Eu vou continuar mandando coisas e vou visitar você todos os meses. Posso ir como amiga, como aliada, como irmã. Você faz parte da minha família, Roy, e sempre vai fazer. Mas não posso mais ser sua mulher.

Com amor (e falo sério),
Celestial

Querida Geórgia,

O que você quer que eu diga? Que, para mim, tudo bem sermos só amigos? Talvez tenha sido só eu, mas interpretei diferente a parte do "até que a morte nos separe". Porque, na última vez em que chequei, eu ainda não estava morto. Mas faça o que precisar fazer. Seja uma mulher empoderada ou o que quer que tenham ensinado na faculdade. Abandone uma pessoa quando ela está por baixo. Nunca pensei que você seria esse tipo de pessoa. Existem mulheres aqui que vêm visitar seus homens há décadas, nos ônibus que saem de Baton Rouge às cinco da manhã. Walter tem mulheres que ele nem conhecia pessoalmente antes daqui, e elas vêm visitá-lo, e quando elas chegam eles fazem mais do que falar. Algumas mulheres dormem no carro, no estacionamento, para estarem na sala de visitas assim que ela abre. Antes de morrer, minha mãe vinha toda semana. O que faz você pensar que é tão melhor do que todas elas?

Não venha me falar que quer ser minha amiga. Não preciso de amigos.

R.O.H.

Querido Roy,

Eu não esperava que você recebesse minha carta honesta com confetes e serpentinas, mas esperava que pelo menos se colocasse no meu lugar por um momento. Você está mesmo me comparando com as mulheres que pegam um ônibus apinhado, de madrugada, para ir à penitenciária? Eu também as conheço. Já estive com elas. Elas organizam a vida inteira em função das visitas à Parson; além de trabalhar, é só isso que fazem. Toda semana elas ficam nuas para serem revistadas. Mais de uma vez deixei alguma guarda enfiar a mão dentro da minha calcinha só para me sentar à sua frente na mesa. É isso que você quer de mim? É assim que quer que seja a minha vida? É assim que você me ama?

Você sempre fala que entende como isso é difícil. Você fica afundado na cadeira, dizendo que sabe que não pode me dar o que eu preciso. Mas agora está agindo como se estivesse confuso. Durante mais de três anos estive aí em corpo e espírito. Mas preciso mudar o modo de fazer as coisas, caso contrário não vai me restar espírito nenhum. Eu disse na última carta e vou repetir: vou apoiar você. Vou visitar você. Só não posso fazer isso como sua mulher.

C.

Querida Celestial,

Eu sou inocente.

Querido Roy,

Eu também sou inocente.

Querida Celestial,

Acho que é a minha vez de mandar uma carta que eu disse que jamais escreveria. Quero que você saiba formalmente que estou encerrando nosso relacionamento. Você está certa. Esse casamento não é uma via de mão dupla. Como posso questionar isso? Mas você não pode questionar o seguinte: só quero você na minha vida como minha mulher porque, na minha cabeça e no meu coração, eu sou seu marido.

Por favor, não venha me visitar. Se ignorar meu desejo, será barrada, porque tirei você da minha lista de visitantes. Não estou sendo rancoroso, estou tentando descobrir como viver com essa nova realidade.

R.O.H.

Roy O. Hamilton Jr.
PRA 4856932
Penitenciária Parson
Lauderdale Woodyard Rd., 3.751
Jemison, LA 70648

Caro Sr. Banks:

Esta será a sua última ação como meu advogado. Por favor, retire a seguinte pessoa da minha lista de visitantes:

Celestial Gloriana Davenport

Atenciosamente,
Roy O. Hamilton Jr.

Robert A. Banks, Advogado
Peachtree Rd., 1238/ 470
Atlanta, GA 30031

Caro Roy:

Esta é uma resposta à sua carta da semana passada. Sem violar a confidencialidade, falei com a família Davenport, que afirmou que continuará pagando meus honorários como seu advogado. Se eu não receber ordem contrária da sua parte, prosseguirei com meus deveres para com você. Quanto ao seu pedido, redigi os documentos alterando sua lista de visitantes, mas peço que reconsidere.

Roy, nos meus anos como advogado, venci casos e perdi casos, mas nenhum deles me perturba tanto quanto o seu, não só porque deixou minha sobrinha inconsolável, mas por causa do sofrimento causado a você. Você me lembra o pai de Celestial. Nós dois somos amigos desde que ele andava por aí com os sapatos cheios de furos. Trabalhávamos no turno da noite numa fábrica de caixas, saindo correndo no fim do expediente para chegar a tempo à escola. Franklin chegou aonde chegou por pura determinação. A sua força de vontade é como a dele. E a minha também.

Sei que foi frustrante ver seu recurso negado pelo tribunal. É frustrante mas não surpreendente. Sei que o Mississippi é o principal candidato a "pior estado do Sul", mas a Louisiana não fica muito atrás. Os tribunais federais são muito mais promissores, porque há uma chance de encontrar um juiz que não seja bêbado, corrupto, racista ou alguma combinação desagradável de todas essas variáveis.

Existe esperança. Não desista.

O orgulho não deveria separá-lo dos Davenport. A prisão, como você sabe, é uma coisa muito segregadora. Você está enfrentando uma sentença longa e, enquanto eu trabalho para encontrar uma solução, insisto que não se desconecte das pessoas que o fazem se lembrar da vida que já teve e que deseja ter de novo. Dito isso, estou incluindo aqui o documento que mencionei, que vai impedir minha sobrinha de visitá-lo. Se você optar por enviá-lo pessoalmente, pode fazer isso. Como seu advogado, garanto que sua correspondência será confidencial, claro, mas eu senti que deveria oferecer meu conselho.

Afetuosamente,
Robert Banks

ROY O. HAMILTON JR.
PRA 4856932
PENITENCIÁRIA PARSON
LAUDERDALE WOODYARD RD., 3.751
JEMISON, LA 70648

Caro Sr. Banks:

Sei que o senhor está certo, e com esta carta estou "desdemitindo" o senhor como meu advogado. Deixarei Celestial na minha lista de visitantes, mas peço ao senhor, como meu advogado, que não mencione isso a ela. Se ela vier me visitar, o nome dela vai estar lá. Mas contar a ela dá a entender que estou pedindo que ela venha, e não estou pedindo que ela faça nada.

Esses anos foram difíceis para Celestial, tenho certeza. Mas o senhor sabe que eles foram mais difíceis ainda para mim. Eu tento ver o lado dela, mas é difícil chorar por alguém que está livre no mundo, vivendo o próprio sonho. Eu só queria que ela honrasse a promessa dos nossos votos nupciais. Pedi isso a ela, mas não vou implorar (mais).

Por favor, continue com meu processo, Sr. Banks. Não me esqueça aqui nem pense que sou uma causa perdida. O senhor me avisou para não ficar surpreso com o resultado do recurso, mas como posso manter a esperança viva se não tenho permissão de ser otimista? As pessoas só têm me pedido coisas impossíveis.

E, Sr. Banks, sei que seus serviços não são gratuitos. Tudo que os Davenport estão pagando eu devolverei a eles, e depois vou lhe pagar a mesma quantia, assim que puder. O senhor é minha única esperança. Nunca pensei que diria isso a uma pessoa que não conheço tão bem. Minha mãe se foi e meu pai continua aqui, mas o que ele pode fazer? Ele é um homem trabalhador, com valores, mas sem dinheiro. Celestial parece ter partido para outra. Só o que me resta é o senhor, e me dói saber que está sendo pago com o dinheiro do pai dela, mas o senhor está certo: é idiotice colocar o orgulho acima do bom senso.

Portanto esta carta é para lhe agradecer.

Afetuosamente,
Roy O. Hamilton Jr.

Querido Roy,

Hoje é 17 de novembro e estou pensando em você. Talvez, nesse aniversário do nosso primeiro encontro, você responda à minha carta. Quando a data era a nossa "palavra de segurança", nós a usávamos para interromper a comunicação. Agora espero que ela possa restaurar nossa conexão de algum modo. Não é assim que eu quero que as coisas sejam entre nós. Me deixe cuidar de você como posso, como um ser humano cuidando de outro.

Com amor,
Celestial

Querido Roy,

Feliz natal. Não tenho notícias suas, mas espero que você esteja bem.

Celestial

Querido Roy,

Se você não quer me ver, não posso obrigá-lo. É cruel me cortar da sua vida porque não posso ser exatamente como você quer que eu seja. Vou dizer de novo: não abandonei você. Eu jamais faria isso.

C.

Cara Celestial,

Por favor, respeite minha vontade. Até agora eu vivi com medo de que isso acontecesse. Me deixe. Não posso ficar preso a você.

Roy

Querido Roy,

Feliz aniversário. Banks me falou que você está bem, mas só quis dizer isso. Você pode dar permissão a ele para me dar notícias suas?

C.

Querido Roy,

Você vai receber isto mais ou menos na época do aniversário da morte de Olive. Sei que você se sente sozinho, mas não está. Não tenho notícias suas há muito tempo, mas quero que saiba que estou pensando em você.

Celestial

Querida Celestial,

Ainda posso chamar você de Geórgia? Esse vai ser sempre o seu nome na minha cabeça. Então, Geórgia, esta é a carta que esperei anos para escrever, as palavras que ensaiei. Até gravei na tinta da parede ao lado da minha cama.

Geórgia, estou indo para casa.

O seu tio conseguiu. Passou por cima dos caipiras daqui e levou a questão direto aos tribunais federais. "Erro grosseiro de conduta processual" significa basicamente que eles trapacearam. O juiz anulou a condenação e o promotor local não se incomodou a ponto de recorrer. Assim, pelo bem da justiça, logo poderei ir para casa.

Banks pode explicar tudo mais detalhadamente. Eu dei permissão a ele, mas queria que você soubesse por mim, que visse escrito com a minha letra, que serei um homem livre daqui a um mês, a tempo do Natal.

Sei que as coisas não estão bem entre nós há algum tempo. Eu errei em tirar você da minha lista e você errou em não me convencer do contrário. Mas essa não é a hora de culparmos um ao outro pelo que não podemos mudar. Me arrependo de não ter respondido às suas cartas. Faz um ano que não recebo nenhuma notícia sua, mas como eu poderia esperar que você continuasse escrevendo quando achava que eu estava ignorando você? Você acha que eu a esqueci? Espero não ter magoado você com meu silêncio, mas eu também estava magoado, e ainda por cima com vergonha.

Você vai acreditar se eu disser que os últimos cinco anos ficaram para trás de mim e de nós? Que são águas passadas? (Você se lembra do riacho em Eloe, de como a ponte cria uma música?)

Sei que não podemos "recomeçar do zero". Mas também sei o seguinte: você não se divorciou de mim. Só quero que diga por que optou por continuar sendo minha esposa aos olhos da lei. Mesmo que tenha outra pessoa na sua vida, você optou por me manter como marido por todos esses anos. Na minha mente, visualizo nós dois sentados à mesma mesa da cozinha, na nossa mesma casa confortável, trocando silenciosas palavras verdadeiras.

Geórgia, esta é uma carta de amor. Tudo o que faço é uma carta de amor endereçada a você.

Com amor,
Roy

DOIS

Prepare uma mesa para mim

ANDRE

Ser casado com uma viúva deve ser assim. Você lhe dá curativos para os ferimentos, oferece conforto quando as memórias chegam de mansinho e ela chora aparentemente sem motivo. Quando ela pensa no passado, você não a lembra das coisas que ela optou por não recordar, dizendo a si mesmo o tempo todo que não é razoável sentir ciúme de um morto.

Mas o que posso fazer além do que já fiz? Conheço Celestial Davenport praticamente desde que nasci e comecei a amá-la a partir desse momento. Essa é a verdade, natural e sem filtro como a Velha Nogueira, a árvore centenária que continua crescendo entre nossas casas. Meus sentimentos por ela estão gravados no meu corpo como a marca de nascença em forma de Via Láctea que tenho entre as escápulas.

No dia em que recebemos a notícia, eu tinha a consciência de que ela não pertencia a mim. Não por ser, pelo menos no papel, esposa de outro homem. Se você a conhecesse, saberia também que ela nunca pertenceu a ele. Não sei se a própria Celestial já se deu conta disso, mas ela é do tipo de mulher que nunca pertencerá a ninguém. Essa é a verdade que você precisa olhar de perto para ver. Tipo uma nota de vinte dólares. Você acha que ela é verde, mas quando olha melhor descobre que é bege com tinta verde-escura. Agora pense em Celestial. Mesmo enquanto usava aliança, ela não era *mulher dele*. Era simplesmente uma mulher casada.

Não estou inventando justificativas. Sei que há homens neste mundo, melhores do que eu, que enterrariam esses sentimentos debaixo de sete palmos no dia em que Roy foi para a prisão, sobretudo tendo sido condenado injustamente. A inocência dele é algo de que jamais duvidei. Nenhum de nós duvidou. O Sr. Davenport ficou decepcionado comigo, acreditando que eu deveria ter sido um cavalheiro e me afastado de Celestial, deixando que ela fosse um monumento vivo à luta do Roy. Mas qualquer um que não consiga entender não sabe o que significa amar alguém desde que você se entende por gente.

Fui padrinho de casamento deles. No dia em que ela se casou com o Roy eu assinei meu nome, Andre Maurice Tucker, apesar de minha mão direita tremer tanto que precisei firmá-la com a esquerda. Na igreja, quando o pastor perguntou se alguém tinha algo contra aquele casamento, segui meu próprio conselho, ali no altar, com a faixa do smoking em volta da cintura e um punho frouxo batendo dentro do peito. Celestial falou a sério naquele dia de primavera, mas agora você precisa considerar todos os dias que vieram depois, além dos muitos que vieram antes.

Deixe-me começar de novo. Celestial e eu crescemos na mesma rua estreita no sudeste de Atlanta. A rua era a Lynn Valley, perto da Lynn Drive, que começa numa bifurcação da Lynhurst. O fato de não ter saída era considerado um ponto positivo, porque podíamos brincar na rua sem sermos atropelados. Às vezes invejo as crianças de hoje, com todas as suas aulas de tae kwon do, a psicoterapia e a imersão em linguagem, mas ao mesmo tempo gosto do fato de que, naquela época, ser pequeno significava não precisar fazer nada além de permanecer vivo e se divertir. A gente aproveitou bastante os anos 1970, mas a diversão terminou quando um assassino em série aterrorizou a cidade. Prendemos uma fita amarela em volta da antiga amendoeira em memória dos 29 desaparecidos e assassinados. Foram anos difíceis, mas a ameaça passou; as fitas amarelas esgarçaram, caíram como folhas e foram queimadas como folhas. Celestial e eu continuamos a viver, amar, aprender e crescer.

Quando eu tinha 7 anos, meus pais se enredaram num divórcio bem desagradável, na época em que famílias refinadas não se separavam. Assim que Carlos se mudou – um desempenho grandioso envolvendo seus três irmãos, um policial de folga e um caminhão de mudança –, Celestial me emprestou o pai dela. Nunca vou me esquecer de quando ela me puxou pela mão até o laboratório no porão. O Sr. Davenport estava usando jaleco branco, como um médico; seus óculos se escondiam no meio do cabelo afro irregular, no topo da cabeça.

– Papai – disse ela. – O pai do Andre foi embora, por isso eu falei que você podia ser pai dele também, às vezes.

O Sr. Davenport acendeu um bico de Bunsen, baixou os óculos e disse:

– Sou receptivo à proposta.

Até hoje este é o maior presente que alguém já me deu. O Sr. Davenport e eu nunca nos consideramos pai e filho; não havia química entre nós. Mesmo assim, com aquele gesto de generosidade, ela abriu as portas para mim, eu entrei e nós viramos uma família.

Para pôr tudo em pratos limpos, nós não éramos exatamente como irmão e irmã. Éramos mais como primos que trocam uns beijinhos de vez em quando. No último ano do ensino médio fomos juntos ao Baile do Dia dos Namorados, por falta de opção. Ela estava de olho num cara que tocava bumbo e eu numa baliza da banda. Só que eles estavam de olho um no outro. Não fiquei surpreso por não ter com quem ir. Num mundo que valorizava os altos, bonitos e de pele escura, eu era pequeno, engraçadinho e claro. Após o baile nós nos beijamos no banco de trás da limusine dos Witherspoons. Mais tarde, na casa dela, fomos para o porão e nos beijamos no sofá pequeno em que o pai dela dormia quando precisava de uma pausa no trabalho. O lugar recendia a álcool de fricção e as almofadas do sofá a maconha. Celestial deslizou até um arquivo brilhante e pegou uma garrafa com alguma coisa que podia ser gim. Nós ficamos passando a garrafa de um para o outro até que a coragem veio.

Na época eu era tão filhinho da mamãe que confessei tudo a Evie. Na manhã seguinte. Ela disse duas coisas: (a) foi inevitável e (b) meu dever era ir à casa ao lado, tocar a campainha e pedir Celestial em namoro. Como o pai dela tinha dito tantos anos antes, fui "receptivo à proposta", mas Celestial, não.

– Dre, será que a gente pode fingir que não fez aquilo? Vamos só assistir à TV?

Ela fez a pergunta a sério, querendo saber se era possível retrocedermos o relógio. Será que poderíamos nos afastar da lembrança da noite anterior e tomar outro caminho? Finalmente respondi que a gente podia tentar. Naquela tarde ela partiu meu coração, assim como Ella Fitzgerald podia despedaçar uma taça com música.

Não estou contando isso para dizer que desbravei o território e finquei minha bandeira nele no ensino médio. Só quero deixar claro que existe uma história real entre nós, não somente um acaso de tempo e lugar.

Depois do ensino médio seguimos cada um para um lado, tentando encontrar nosso lugar no mundo. Minha busca me levou a apenas uns 10 quilômetros de distância, até o Morehouse College. Eu era um legado de terceira geração, e isso bastou para Carlos pagar a anuidade, mesmo não tendo pagado a Evie nem metade do que ela havia pedido como pensão. Minha primeira opção era a Xavier University, em Nova Orleans, mas precisei ir para onde Carlos estava disposto a mandar um cheque. Não estou reclamando. O Morehouse era bom e me ensinou que havia dezenas de modos de ser negro. Eu só precisava escolher qual era o certo para mim.

Celestial escolheu a Howard University, apesar de sua mãe ter votado na Smith, em Massachusetts, e seu pai ser a favor da Spelman. Mas Celestial conseguia o que queria, por isso eles lhe compraram um Toyota Corolla cinza que ela batizou de Lucille e ela partiu para a capital do país. Sem muito entusiasmo, tentei encontrá-la quando o Morehouse jogou contra a Howard. Minha namorada na época não estava muito empolgada para conhecer Celestial; até ela percebia, pelo modo como eu pronunciava o nome, que eu a considerava mais que uma amiga.

Cerca de três semanas depois de eu não vê-la em Washington, Celestial voltou para casa, devastada. Sua família a manteve isolada por quase seis meses. Fui visitá-la duas vezes e teria ido toda semana se sua tia Sylvia não tivesse me mandado embora. Acontecia entre elas alguma coisa sombria e feminina, misteriosa e primordial como um ensopado feito por bruxas.

Em setembro Celestial estava pronta para viver de novo, mas não voltou a Washington. Mexeram uns pauzinhos e no fim das contas ela acabou se matriculando no Spelman College. Evie me disse para ficar de olho nela, e fiquei. Celestial era a mesma garota que eu conhecia desde sempre, com algumas pequenas diferenças. Seu senso de humor estava alguns pontos mais alto e ela tinha ficado mais alta ainda.

Tudo isso foi há muito tempo, quando as coisas eram outras. Sei que a nostalgia é uma droga muito perigosa, mas não consigo deixar de lembrar aqueles dias em que éramos muito jovens e não tínhamos um tostão. Às vezes ela ia ficar comigo no meu quarto no alojamento e nós fazíamos banquetes com um negócio de frango com pão que só custava alguns trocados. Depois de comermos eu curtia com a cara dela, perguntando por que ela nunca levava uma amiga para me conhecer.

– Já reparei que você só fala sobre eu trazer alguém *depois* que a comida acaba.

– Estou falando sério.

– Na próxima vez – dizia ela. – Prometo.

Mas ela nunca levava ninguém e nunca dizia por quê. Nessas noites, por volta de uma da manhã, eu sempre me oferecia para acompanhá-la de volta ao seu campus e ela dizia que queria dormir lá.

Nós dormíamos na minha cama de solteiro – ela embaixo das cobertas e eu ao lado, com um lençol entre nós, em nome do recato. Eu mentiria se dissesse que dividir a cama tendo apenas um tecido de algodão separando nossos corpos não me deixava nervoso de vez em quando. Mas, analisando em retrospecto, atribuo isso à minha juventude. Uma vez ela acordou antes de o sol nascer e sussurrou:

– Andre, às vezes eu sinto que não estou inteira.

Foi a única vez que me juntei a ela embaixo do lençol, mas foi só para acalmar seus tremores.

– Você está bem – falei. – Você está bem.

E se posso dizer mais alguma coisa para colorir a narrativa, os dois se conheceram através de mim. Ela tinha dormido no meu quarto e Roy apareceu às oito da manhã, pedindo moedas para usar na máquina de lavar. Entrou com tudo, sem avisar, como se eu não pudesse estar fazendo nada particular. Na faculdade eu era um cara difícil de ser categorizado. Não era suficientemente militante para ser um afrikano com *k*, não era esquisito o suficiente para ser um nerd, e nem preciso dizer que não tinha grana suficiente para ser descolado. Por isso posso não ter tido um eleitorado feminino natural, mas me virava bem. Roy, como sempre, recebia todas as atenções. *Ele* era alto, de pele escura e bonito, e ainda com um toque desejável de rusticidade. Como nossos quartos eram colados um ao outro, eu sabia que esse toque era uma técnica de conquista. Não que ele não fosse um cara do interior, mas não era idiota nem inofensivo.

– Roy Hamilton – apresentou-se ele, olhando para Celestial com uma expressão faminta.

– Roy *Othaniel* Hamilton, pelo que ouvi através da parede – disse ela.

Roy me olhou como se eu tivesse revelado alguma informação sigilosa. Ergui as mãos. Então ele virou os olhos para Celestial outra vez e os manteve assim. A princípio acho que era o desafio daquilo tudo. Ele não acreditava que ela tivesse menos do que zero interesse por ele. Até eu achei estranho.

Foi então que percebi que a transformação dela era permanente. Aquela era a nova Celestial, rápida e direta, produto de todo aquele tempo que passara com a tia, se recuperando. Seis meses aos cuidados de Sylvia lhe ensinaram duas coisas: costurar bonecas de meia e como saber imediatamente quando um homem está se aproximando da forma errada.

Roy foi ao meu quarto três ou quatro vezes para perguntar por ela.

– Não está rolando nada entre vocês, não é?

– Absolutamente nada – falei. – Nós somos amigos desde pequenos.

– Certo. Então me dê algumas dicas.

– Tipo o quê?

– Se eu soubesse, estaria perguntando?

Havia informações que eu poderia passar a ele, sem dúvida. Mas não daria a Roy o mapa para o coração dela. Ele era um cara bacana; mesmo naquela época eu gostava dele. Nós éramos quase irmãos de fraternidade. A Parte I das condições do meu pai para pagar minha faculdade era que eu entrasse para uma fraternidade – na cabeça dele, só seu filho primogênito poderia preservar o legado. Quando apareci para a "reunião informal", Roy também estava lá. Sendo de primeira geração *em tudo*, ele não tinha muito o que escrever na ficha para o livro de registro, enquanto o resto de nós passava horas redigindo as próprias qualificações. Eu estava sentado ao lado dele, por isso vi um pequeno vestígio de pânico brotar no seu rosto. Quando os caras vieram e pediram a ficha dele, ele a entregou em branco.

– Não fiquei convencido de que responder a essas perguntas dirá a vocês quem eu sou.

Ele não fez uma voz grave ao dizer isso, mas havia alguma coisa ali. O líder dos caras bufou e disse:

– Idiota, preencha a ficha.

No entanto, ele ganhou um pouco de terreno com isso. Roy olhou minha ficha, onde eu tinha escrito toda a árvore genealógica do meu pai em letras de forma.

– Está no seu sangue – comentou Roy.

Balancei a ficha e falei:

– Pergunte quantas vezes eu vi essas pessoas nos últimos dez anos.

Roy deu de ombros.

– É a sua família.

Entreguei minha ficha e sentei ao lado dele outra vez. Depois disso as coisas ficaram bem ridículas. Não vou entrar em detalhes porque segredos são segredos; digamos apenas que havia uma roupa cerimonial, mas nenhum sacrifício de galinhas ou de outros animais de criação.

E quando penso em retrospecto, gostaria que tivéssemos ido para a porta, escapando com a dignidade intacta. Versão resumida: nenhum de nós dois conseguiu entrar para a fraternidade. Versão com um pouco mais de detalhes: eles acabaram com a nossa raça durante três semanas seguidas e mesmo assim a gente não conseguiu entrar. Versão supersecreta: quando a gente não conseguiu entrar, fiquei particularmente aliviado, mas Roy secou os olhos com a manga da camisa.

Nós dois tínhamos um relacionamento amistoso, pode-se dizer até que éramos amigos, mas eu não daria Celestial de bandeja. Evie tinha me criado melhor do que isso. Foram necessários mais três ou quatro anos para eles se encontrarem por conta própria, e então foi a hora certa. Será que Roy é o tipo de cara com quem você quer que sua irmã case? A verdade é que você nunca quer que sua irmã case. Mas Celestial e Roy formavam um belo casal. Ele cuidava dela e, até onde sei, quando ele prometeu amá-la e respeitá-la, estava sendo sincero. Até Evie aprovou, a ponto de tocar piano no casamento. Foi uma história inspiradora: rapaz corre atrás de garota até que ela o agarra e coisa e tal. Na festa de casamento eu me sentei à mesa principal e desejei tudo de bom para eles. Quando levantei minha taça brindando à felicidade dos dois, minhas palavras foram sinceras. Qualquer um que diga outra coisa está mentindo.

Tudo isso é uma história real. Mas a vida acontece. Problemas acontecem e a sorte muda. Não estou tentando dar uma de *o que tiver que ser será*, mas como posso justificar os quase três anos que Celestial e eu passamos como parceiros na vida? E, além disso, se eu fosse começar a pedir desculpas, a quem pediria? Iria até o Roy arrependido? Talvez na mente dele isso parecesse adequado, mas Celestial não é uma coisa que você possa roubar, como uma carteira ou mesmo uma ideia brilhante. Ela é um ser humano vivo, lindo, que respira. É óbvio que nessa história existem mais pontos de vista do que apenas o meu e o dela, mas o que não pode ser questionado é o seguinte: eu a amo e ela me ama. Celestial é a primeira coisa em que penso de manhã quando acordo, estando ao lado dela ou sozinho na minha cama deprimente.

Quando eu estava crescendo, minha avó costumava dizer "Deus escreve certo por linhas tortas" ou "Ele pode não estar lá quando você quer, mas está sempre na hora certa". Evie costumava dizer: "Deus vai fazer o que achar melhor para você." Então vovó dizia para Evie ficar quieta e lembrava que ser abandonada por um homem não é a pior coisa que já aconteceu a alguém. E Evie dizia: "É a pior coisa que já *me* aconteceu." Ela dizia tanto isso que acabou desenvolvendo lúpus. "Deus queria que eu visse como é o sofrimento de verdade", passou a falar. Eu não gostava desse papo sobre Deus, como se Ele estivesse lá em cima brincando com a gente. Preferia a ternura e a aceitação que minha avó prometia em seus hinos. Argumentei isso com Evie quando era pequeno, e ela retrucou: "Você precisa aceitar o Deus que tem."

Você também precisa aceitar o amor que recebeu, com todas as complicações chacoalhando atrás como latas amarradas num carro de recém-casados. Nós não esquecemos o Roy. Celestial e eu mandamos dinheiro para a conta dele todo mês, mas era como mandar 35 centavos por dia para alimentar um órfão na Etiópia, alguma coisa e nada ao mesmo tempo. Ainda assim, ele estava sempre presente, uma aparição tremeluzente no canto do quarto.

Na última quarta-feira de novembro, cheguei do trabalho e encontrei Celestial na cozinha da minha casa, usando seu avental de costura e bebendo vinho tinto numa taça de espumante. Eu sabia que ela estava agitada porque ouvi o ruído agudo das suas unhas batendo no tampo da mesa.

– Amor, o que há de errado? – perguntei, tirando o paletó.

Ela balançou a cabeça e deu um suspiro que eu não consegui interpretar.

Sentei-me ao lado dela e bebi um gole da taça. Era um costume nosso, compartilhar um único drinque.

Celestial passou as mãos pelo cabelo, cortado curtinho desde que começamos a namorar. O corte a fazia parecer mais velha, e não no mau sentido. Era a diferença entre uma jovem e uma mulher adulta.

– Você está bem? – perguntei.

Com a mão que não estava levando o vinho aos lábios, ela pegou uma carta no bolso. Antes de desdobrar o papel pautado eu soube exatamente o que era, exatamente o que dizia, como se o significado ultrapassasse a linguagem e encontrasse um caminho até o meu sangue, intacto.

– Tio Banks conseguiu um milagre – disse ela, esfregando as mãos na cabeça. – Roy vai sair.

Ela se levantou da mesa enquanto eu ia até o armário, pegava outra taça para espumante e enchia de cabernet até a metade, desejando alguma coisa um pouco mais forte. Ergui a taça.

– A Banks. Ele disse que não desistiria.

– É. Finalmente. Faz cinco anos.

– Fico feliz pelo Roy. Ele era meu amigo.

– Eu sei. Sei que você não deseja nada de mau para ele.

Ficamos parados diante da pia da cozinha, olhando pela janela, vendo a grama marrom coberta por folhas caídas. Junto ao muro, na outra ponta da propriedade, crescia uma figueira que Carlos plantara para comemorar meu nascimento. Para não ficar atrás, o Sr. Davenport plantara uma selva de roseiras em homenagem ao primeiro aniversário de Celestial, e até hoje elas se esgueiram por uma dezena de treliças a cada verão, cheirosas e indisciplinadas.

– Você acha que ele quer voltar para cá? – perguntou Celestial. – Na carta ele não menciona nenhum plano.

– Como ele poderia ter planos? Ele precisa recomeçar.

– Talvez ele pudesse vir para cá – disse ela. – Você e eu poderíamos ficar na minha casa e a gente poderia deixá-lo na sua.

– Nenhum homem aceitaria isso.

– Será que *ele* aceitaria?

Balancei a cabeça.

– Não.

– Mas você está feliz porque ele saiu. Não fica ressentido?

– Celestial. Que tipo de pessoa você acha que eu sou?

Claro, eu estava feliz em saber que ele ia ser solto. Nada mudaria o fato de que meu coração era cheio de gratidão por Roy Hamilton, meu amigo, meu irmão do Morehouse. Mesmo assim, havia coisas que Celestial e eu precisávamos discutir. Sim, um mês antes ela finalmente tinha concordado em falar com Banks sobre os documentos do divórcio e no dia anterior eu tinha ido à joalheria e escolhido um anel, algo que minha mãe já havia previsto quando eu tinha 3 anos de idade. Minha ideia era acordar Celestial com ele amanhã, Dia de Ação de Graças. A pedra não era nada ofuscante; Celestial já havia percorrido essa estrada antes. Eu nem considerei um diamante. Em vez disso, escolhi um rubi oval escuro, rajado e resplandecente, montado num aro de ouro simples. Era como se a voz dela, cantando, tivesse se solidificado numa joia.

Para comprá-lo eu dei um salto no escuro, porque Celestial diz que não acredita mais em casamento. "Até que a morte nos separe" não é razoável, é uma receita para o fracasso. Perguntei a ela:

– Então em que você acredita?

– Acredito na comunhão.

Quanto a mim, sou moderno e tradicional ao mesmo tempo. E acredito em intimidade. Quem não acredita? Mas acredito em compromisso também. O casamento, como ela diz, é uma "instituição estranha". O divórcio dos meus pais deixou claros os acordos ruins que são feitos no altar. Mas nesse momento, nos Estados Unidos, casamento é a coisa mais próxima do que eu desejo.

– Olhe para mim – pedi a Celestial, e ela mudou de posição, deixando totalmente expostos os traços que a denunciavam.

Mordeu o canto esquerdo do lábio inferior. Se eu pressionasse os lábios em seu pescoço, sentiria a pulsação batendo contra a pele.

– Dre – disse ela, virando só os olhos de volta para o quintal coberto de folhas. – O que nós vamos fazer?

Como resposta eu me posicionei atrás dela e envolvi sua cintura com os braços, me abaixando um pouco para encostar o queixo em seu ombro.

– O que nós vamos fazer? – repetiu ela.

Gostei de ela ter usado o plural, *nós*. Não era muita coisa a que me agarrar, mas, sinceramente, eu me agarrei a isso com todas as forças.

– Precisamos contar a ele – falei. – Essa é a primeira coisa. Agora, onde ele vai morar... isso vem depois. São detalhes.

E ela assentiu, mas não disse mais nada.

– Quatro semanas? – perguntei.

Ela assentiu de novo.

– Cerca de. Vinte e três de dezembro. Feliz Natal.

– Deixe-me falar com ele – pedi.

Em seguida fiquei de frente para ela, torcendo para que ela visse o que essa oferta significava – não uma tábua de salvação, mas um gesto cavalheiresco; eu estava deitando em cima de uma poça de lama como se fosse um casaco para ela passar por cima.

– Na carta ele diz que quer falar comigo – disse Celestial. – Você não acha que eu devo isso a ele?

– Deve, e vai falar. Mas não imediatamente. Deixe que eu dê o quadro geral e, se ele quiser a conversa cara a cara, eu venho com ele para Atlanta. Mas talvez ele nem precise vir depois que souber.

– Dre – disse ela, tocando meu rosto tão suavemente que pareceu um beijo ou um pedido de desculpa. – Mas e se eu quiser falar com ele? Não posso mandar você à Louisiana para cuidar disso como se ele fosse um pneu furado ou uma multa de trânsito. Eu fui casada com ele, sabe? Não é culpa dele se as coisas não deram certo.

– Isso não tem nada a ver com culpa.

Mas, claro, havia aquela voz incômoda na minha mente insistindo que estar com Celestial era um crime, como estelionato ou saque de túmulos. *Arranje sua própria mulher* era a bronca que eu escutava na voz de Roy. Em outras ocasiões era como meu pai me lembrando de que "tudo que você tem é o seu nome", o que, vindo dele, só podia ser piada. Mas em meio a toda essa confusão na minha cabeça estava o conselho da minha avó: "O que é para você é para você. Estenda sua mão e tome sua bênção." Nunca falei com Celestial sobre as vozes, mas tenho certeza de que ela também tinha um coro próprio.

– Sei que ninguém tem culpa – disse ela. – Mas é um relacionamento delicado. Sei que não ficamos casados por muito tempo, mas aconteceu.

– Escute – falei sem me abaixar sobre um dos joelhos; nós já havíamos ultrapassado esse tipo de formalidade. – Não quero falar sobre ele antes de conversarmos sobre nós. Não foi assim que eu planejei fazer isso, mas olhe.

Ela viu o anel na palma da minha mão e balançou a cabeça, confusa. Quando comprei o rubi, pareceu perfeito e pessoal, muito diferente daquele que ela havia ganhado antes, mas agora me perguntei se seria suficiente.

– Isso é um pedido de casamento? – perguntou Celestial.

– É uma promessa.

– Você não pode fazer isso assim. É muita coisa em cima de mim de uma vez só.

Ela se afastou, foi até o meu quarto e se trancou lá dentro, com um pequeno estalo na fechadura. Eu teria ido atrás. Um clipe de papel poderia abrir a porta, mas quando uma mulher tranca você do lado de fora, arrombar a fechadura não vai fazer você entrar.

No escritório, me servi uma dose de uísque defumado de uma garrafa que Carlos me deu quando me formei. Durante quase quinze anos guardei-a no armário de bebidas, esperando uma ocasião especial. Um ano antes Celestial tinha perguntado sobre ela, e sua presença ali pareceu uma ocasião especial o suficiente. Nós abrimos a garrafa para celebrar um ao outro. Agora estava quase vazia e eu lamentaria quando acabasse. Levei o copo para fora e me sentei sob a Velha Nogueira. Havia uma leve friagem no ar, mas o uísque queima ao descer. Na casa de Celestial todas as luzes estavam acesas e as cortinas abertas. Sua sala de costura estava apinhada de bonecas, prontas para as vendas de Natal. Para mim, todas se pareciam um pouco com o Roy, apesar de terem várias tonalidades de pele e a maioria ser do sexo feminino. Absolutamente todas eram Roy. Eu tinha feito as pazes com essa realidade muito tempo atrás. Ela era viúva. As viúvas têm direito ao luto.

Celestial me chamou quando a lua surgiu. Hesitei, esperando uma segunda porta se abrir. Senti a preocupação enquanto ela vagava pela casa. Se ela diminuísse o passo e pensasse, saberia onde me encontrar. Meu nome reverberou nos cômodos vazios apenas por mais alguns instantes. Finalmente ela apareceu na varanda da frente, com um vestido florido e um roupão, e pareceu que éramos casados havia uns duzentos anos.

– Dre – disse ela, andando pelo gramado frio e úmido, descalça. – Venha para casa. Venha para a cama.

Sem dizer nada, passei por ela e fui em direção ao meu quarto. Os lençóis estavam desarrumados, como se ela tivesse caído no sono apenas para encontrar um pesadelo esperando por ela. Como eu faria em qualquer outra noite, me preparei para deitar: tomei banho e vesti uma calça de pijama e uma camiseta. Depois ajeitei os lençóis e os cobertores sobre o colchão. Alisei as cobertas, dobrei as bordas, apaguei a luz e fui até Celestial, que estava perto do armário com os braços cruzados no peito.

– Venha cá – falei, abraçando-a como um irmão.

– Dre. O que você quer que eu faça?

– Quero me casar, tornar tudo legítimo, explícito. Você precisa decidir, Celestial. Não pode me deixar esperando.

– O momento não é bom, Dre.

– Só diga o que você quer. Ou quer se casar comigo ou não quer. Ou estamos brincando de casinha há quase três anos ou estamos construindo uma coisa real.

– Isso é um ultimato?

– Você me conhece e sabe que não. Mas, Celestial, eu preciso saber, e preciso saber agora.

Soltei-a. Ela foi para o seu lado do colchão e eu para o meu, como boxeadores nos cantos do ringue.

NINGUÉM DISSE NADA; NINGUÉM DORMIU. Eu me perguntei se esse seria o fim. Pensei em rolar para o lado e me juntar a ela em seu território, o lado da cama que cheirava a lavanda. Nós costumávamos dormir próximos, dividindo um travesseiro. Mas nessa noite senti que precisava ser convidado, e não pareceu que o convite fosse acontecer. A gente nunca sabe o que outra pessoa está pensando; isso eu aprendi. Mas, de qualquer maneira, ela se juntou a mim antes do alvorecer, pouquíssimo antes do prazo final que tiquetaqueava no meu peito. Me procurou com as mãos, as pernas, os lábios, tudo. Eu estava bem ali, pronto, como uma mola retesada.

Aos olhos da lei ela era esposa de outro homem, mas se os acontecimentos dos últimos cinco anos tinham nos ensinado alguma coisa, era que a gente não pode acreditar que a lei saiba alguma coisa sobre a verdade da vida das pessoas. Na minha cama, no emaranhado formado pelos nossos corpos exaustos e suados, ninguém poderia me dizer que aquilo não era comunhão.

– Escute – sussurrei no perfume da sua pele. – Não foi a prisão do Roy que fez a gente ficar junto. Ouviu?

– Eu sei – disse ela, suspirando. – Eu sei, eu sei, eu sei.

– Celestial. Por favor, vamos nos casar.

No escuro, ela falou com os lábios tão perto dos meus que pude sentir o gosto das suas palavras, intenso e terroso.

CELESTIAL

UM DIA EU TINHA ACABADO DE CASAR e estava tirando arroz do cabelo com um pente. Um ano e meio depois, eu dançava na linha entre esposa e noiva.

Casar é como enxertar um galho num tronco de árvore. Você tem o galho, recém-cortado, pingando seiva e cheirando a primavera, e tem a árvore-mãe com um buraco escavado na casca protetora, para acolher o galho. Há alguns anos meu pai fez essa cirurgia num corniso na lateral de casa. Amarrou um galho com flores cor-de-rosa, roubado da floresta, na árvore de flores brancas da minha mãe, comprada num horto. Foram necessários metros de aniagem e barbante e dois anos para as plantas se unirem. Mesmo agora, tantos anos depois, há algo que não é muito natural na árvore, mesmo em sua espantosa glória bicolor.

No meu casamento nunca determinei qual de nós era a árvore e qual era o galho enxertado. O bebê que estávamos planejando ter poderia tornar essa questão irrelevante. O terceiro elemento nos transformaria de um casal em uma família, aumentando as consequências de ir embora, aumentando o quociente de prazer em ficar em casa. Na época não era tão calculado assim. O racionalismo frio da visão em retrospectiva é que expõe o como e o porquê de algo que antes parecia sobrenatural. É o manual do mágico que mostra como os truques são feitos, não com feitiçaria, mas com deixas meticulosas e instrumentos misteriosos.

Isso não é uma justificativa, é só uma explicação.

Acordei na manhã do Dia de Ação de Graças ao lado de Andre, usando o anel de noivado que ele me deu. Nunca me imaginei como o tipo de mulher que um dia se veria com um marido e um noivo ao mesmo tempo. Não precisava ter acontecido assim. Eu poderia ter pedido ao tio Banks para cuidar dos documentos do divórcio no instante em que descobri que não conseguiria ser a esposa de um presidiário. Depois do enterro de Olive eu sabia que queria o Andre, o doce Dre, que estivera ao meu lado o tempo todo. Por que não coloquei isso no papel? Será que ainda havia algum amor adormecido pelo Roy dentro de mim? Durante dois anos essa foi a pergunta que pairava nos olhos de Andre todo dia antes de irmos para a cama. É a pergunta que está por baixo de todas as palavras na carta de Roy, como se ele a tivesse escrito, apagado e depois escrito outra coisa por cima.

Há muitos motivos. A culpa escorre entre as rachaduras da minha lógica. Como eu poderia entregar os papéis do divórcio a ele, sujeitando-o a mais um decreto do Estado, mais uma novidade devastadora? Parecia gratuito tornar oficial algo que ele certamente já sabia. Será que eu estava sendo gentil ou apenas fraca? Um ano atrás perguntei isso à minha mãe, que me ofereceu um copo d'água gelada e garantiu que no fim tudo acaba dando certo.

Pus a mão no ombro de Andre, que ainda estava dormindo, e cobri sua marca de nascença com os dedos. Ele respirava profundamente, confiante de que o mundo continuaria girando até ele estar descansado. A vida era menos intimidadora às cinco da manhã, quando apenas um de nós estava acordado. Andre tinha virado um homem bonito. Seu físico comprido e desengonçado se solidificou num porte magro mas forte. Ele ainda lembrava um leão, com o cabelo louro-escuro e a pele avermelhada, mas agora um leão totalmente crescido e não apenas um filhote adorável. "Vocês vão ter filhos lindos", diziam de vez em quando pessoas desconhecidas. Nós sorríamos. Era um elogio, mas pensar em bebês me dava um nó na garganta.

Sob o efeito de algum sonho, Andre segurou minha mão, por isso me encostei nele mais um pouco. Hoje era Dia de Ação de Graças. Uma das dificuldades da vida adulta é quando os feriados passam a representar algo inalcançável. Para as crianças o Dia de Ação de Graças tem a ver com peru e o Natal com presentes. Ao crescer a gente aprende que todos os feriados têm a ver com família, e poucas pessoas conseguem ser vencedoras nesse aspecto.

Como minha mãe, a romântica sonhadora, interpretaria esse anel no meu dedo, de um vermelho profundo como uma folha de outono? Segundo o rubi, Andre é meu noivo, mas o diamante de Roy, branco a ponto de ser azulado, insiste que isso é impossível. Mas quem presta atenção à sabedoria das joias? Só nosso corpo sabe a verdade. Os ossos não mentem. O que mais se esconde no meu porta-joias? Um dente pequeno, cor de marfim como renda antiga, com uma borda serrilhada como uma faca de carne.

Todo mundo no sudoeste de Atlanta conhece a casa dos meus pais. É uma espécie de marco, ainda que nenhuma placa indique o local. Situada na confluência da Lynhurst Drive com a Cascade Road, bem antes da Childress Street, a grandiosa construção vitoriana ficou abandonada durante quase meio século antes que meu pai a resgatasse dos esquilos e outros roedores. Afastada da rua, parcialmente escondida por um muro verde de arbustos desmazelados, erguia-se como uma ameaça decadente nessa comunidade de casas de tijolos bem ordenadas. Quando eu era pequena nós passávamos por ela a caminho do Greenbriar Mall, e papai costumava dizer:

– Nós vamos morar ali. Aquele monstro foi construído depois da guerra, um prêmio de consolação pela perda de Tara.

Quando eu era muito pequena, o levava a sério e implorava que ele não fizesse isso.

– Mas ela é assombrada!

– É, mocinha – dizia ele. – Assombrada pelo fantasma da história!

Nesse ponto minha mãe intervinha:

– Seu pai está sendo retórico.

Então papai retrucava:

– Não. Estou sendo presciente.

E Gloria dizia:

– Presciente? Que tal iludido? Ou talvez otimista. Mas pare com isso. Você está deixando Celestial com medo.

E meu pai parava, até que o dinheiro surgiu. Depois ele reacendeu o fascínio pela mansão caindo aos pedaços na colina, com suas cúpulas e seus vitrais. Tio Banks descobriu que a propriedade estava nas mãos de uma família rica e tradicional desde a época da Reconstrução, após o fim da Guerra de Secessão. Eles não suportavam viver nela desde que o sudoeste de Atlanta tinha se tornado totalmente negro, mas também não suportavam a ideia de vendê-la. Ou pelo menos não suportavam até que Franklin Delano Davenport apareceu, três gerações mais tarde, com uma pasta cheia de dinheiro vivo presa ao braço com uma algema. Papai disse que sabia que um cheque seria suficiente, mas às vezes era necessário um gesto grandioso.

Gloria achava que os brancos não cederiam, mas sabia melhor do que ninguém que seu marido era especialista em conseguir coisas difíceis. Quem imaginaria que ele, um professor de química do ensino médio, faria uma descoberta que os deixaria numa situação de vida *confortável*, como ela gosta de dizer? Quando ele voltou sem a pasta ela jogou fora os folhetos anunciando mansões modernas, de estuque, na periferia, e começou a pesquisar empreiteiros especializados em reformas históricas. De qualquer modo, ela diz que é mais feliz aqui, perto da antiga vizinhança, uma comunidade de professores, médicos de família e outros empregos com salários e benefícios que foram possibilitados pelo movimento pelos direitos civis. Em uma das subdivisões requintadas, mais a oeste, os vizinhos provavelmente seriam rappers, cirurgiões plásticos ou executivos de marketing. De sua parte, papai diz que se sente feliz por não ter ficado à mercê de alguma associação de proprietários que tentariam dizer o que ele poderia ou não fazer com a própria casa.

Papai é teimoso e persistente; essas qualidades são a chave de seu sucesso improvável. Durante vinte anos ele se trancou em seu laboratório no porão para brincar com compostos químicos depois de passar longos dias dando aulas para turmas de ensino médio. Na maior parte das minhas lembranças de infância, ele está usando um jaleco ornamentado com uma variedade de broches mostrando slogans vintage: "LIBERTEM ANGELA!" "QUEM CALA CONSENTE!" "EU SOU UM HOMEM!" Papai deixou seu cabelo afro crescer, revolto e desordenado, mesmo depois de "negro é lindo" ter se reduzido a "negro é ok". Poucas mulheres teriam ficado com esse tipo de marido desarrumado, sonhador, ainda mais com os odores peculiares que vinham do porão, mas Gloria encorajava as experiências do meu pai.

Ela também trabalhava o dia todo, mas arranjou tempo para preencher os pedidos de patente dele e colocá-los no correio. Quando perguntam como ele se transformou de um garoto descalço de Sunflower, Alabama, no cientista louco milionário que é hoje, ele explica que era genioso demais para se permitir fracassar.

Nunca imaginei que ele voltaria sua natureza inflexível contra mim e Dre. Afinal de contas, Dre tinha sido a primeira escolha do meu pai. Roy, com suas aspirações cruas, fazia com que meu pai gostasse dele como pessoa, mas não como marido para mim.

– Aposto que ele toma banho de paletó e gravata – dizia meu pai. – Respeito a ambição dele; eu tive a minha. Mas você não quer passar o resto da vida com alguém que precisa provar alguma coisa.

Pelo Dre, por outro lado, papai sentia apenas apreço.

– Dê uma chance ao velho Andre – insistia frequentemente, até a manhã da minha festa de noivado com Roy.

Nesse dia, quando reafirmei que nós éramos como irmãos, papai disse:

– Ninguém que não seja filho de pelo menos um dos seus pais é seu irmão. – Quando ele já estava meio bêbado, falou: – Sua mãe e eu chegamos ao casamento pelo caminho mais difícil. Mas você não precisa apanhar tanto para viver sua vida. Reflita sobre o Andre. Você o conhece. Ele já é parte da família. Pegue o caminho mais fácil pelo menos uma vez.

Mas agora ele só conseguia cumprimentar Dre com um leve aceno de cabeça.

Na manhã do Dia de Ação de Graças, cheguei à casa dos meus pais com as mãos abanando, levando pouco mais do que a notícia do nosso novo compromisso e da libertação iminente de Roy. Eu tinha prometido duas sobremesas: bolo de chocolate para o meu pai e uma torta para mamãe, receita de família, mas estava abalada demais para cozinhar. Doces são curiosos, temperamentais e mal-humorados. Qualquer bolo batido à mão nesse dia solaria, recusando-se a crescer.

Encontramos meu pai na frente da casa, lutando com seus enfeites de Natal. Com um terreno tão grande, ele tinha espaço suficiente para expressar adequadamente todo o seu espírito natalino. Sua camiseta estava com as costas para a frente, de modo que a frase SÓ EM ATLANTA atravessava suas costas estreitas enquanto ele se agachava no meio do vasto gramado verde, usando um estilete para abrir três caixas de papelão com reis magos.

– Lembra dessas camisas? – perguntou Dre enquanto subíamos pela entrada íngreme.

Eu me lembrava. Só em Atlanta foi um dos muitos empreendimentos de Roy. Ele esperava que fosse uma versão sulista da moda Eu Amo Nova York, que tinha feito alguém enriquecer muito em algum lugar por aí. Roy só teve tempo de encomendar algumas camisetas e chaveiros antes de ser levado embora.

– Ele sempre tinha um plano – falei.

– Sim. Sempre. – Dre se virou para mim. – Você está bem?

– Estou. E você?

– Estou pronto. Mas não posso mentir. Às vezes me sinto culpado à beça só por ser capaz de viver minha vida.

Não precisei dizer que entendia, porque ele sabia que sim. Deveria existir uma palavra para isso, para a sensação de roubar algo que já é nosso.

Ficamos observando meu pai durante alguns minutos, preparando-nos para representar o papel de pessoas animadas com o feriado. De cada uma das caixas papai extraiu Baltasar – o rei mago de tez escura – e enfiou os outros de volta. Eu não fazia ideia do que ele planejava para os seis reis brancos descartados. Havia um presépio esperando pela atenção dele: dois bonecos de neve infláveis e uma família de cervos pastando, cobertos de luzes. Tio Banks estava na varanda, na metade de cima de uma escada de mão, arrumando o que pareciam pingentes de gelo.

– E aí? – falei, levantando os braços e abarcando toda a cena.

– Celestial – disse papai, não ignorando Dre, mas também sem cumprimentá-lo. – Trouxe um bolo para mim?

– Olá, Sr. Davenport – falou Dre, fingindo ser bem-vindo. – Feliz Dia de Ação de Graças! O senhor sabe que não viríamos de mãos abanando no feriado! Trouxe uma garrafa de Glenlivet para o senhor.

Meu pai apontou o queixo na minha direção, eu me inclinei e beijei o rosto dele. Ele cheirava a manteiga de cacau e cânhamo. Finalmente estendeu a mão para Andre, que a aceitou com uma expressão otimista.

– Feliz Dia de Ação de Graças, Andre.

– Papai – sussurrei. – Seja mais gentil.

Então peguei a mão de Dre, a que não segurava a garrafa, e fomos na direção da varanda que envolvia toda a casa. Antes de chegarmos à porta, meu pai gritou:

– Obrigado pelo uísque, Andre! Vamos tomar depois do jantar.

– Sim, senhor – gritou Andre de volta, satisfeito.

Tio Banks estava à nossa frente na varanda, desembolando um emaranhado de luzes.

– Oi, tio Banks – falei abraçando suas pernas na escada.

– Olá, garotinha. E como vai, rapaz? – perguntou ao Dre.

Nesse momento tia Sylvia pôs a cabeça pela porta da frente. Minha lembrança mais antiga da minha tia era de quando ela e tio Banks começaram a namorar e me levaram ao Omni, para patinar no gelo. Como lembrança ela comprou para mim uma vela amarelo-clara, encaixada no bocal de uma garrafa de vinho. Minha mãe a confiscou imediatamente.

– Você não pode deixar uma criança brincar com fogo!

Mas tia Sylvia implorou a meu favor.

– Celestial não vai acender a vela, vai?

Eu fiz que não com a cabeça, e minha mãe fez uma pausa.

– Confie nela – disse minha tia a Gloria, mas os olhos dela estavam voltados para mim.

No meu casamento ela percorreu o caminho até o altar à minha frente, irradiando alegria como minha matrona de honra, ainda que tecnicamente não fosse uma mulher casada.

– Celestial e Andre! Que bom que vocês vieram. Sua mãe não quis botar os bolinhos no forno enquanto não chegassem. – Inclinando o rosto para Andre, ela disse: – Me dê um beijo, sobrinho.

Ela escancarou a porta e Dre a acompanhou. Fiquei parada na base da escada.

– Tio Banks?

– Não – respondeu ele, lendo minha mente. – Não contei a ninguém, só a Sylvia. Você é que deve dar a notícia aos seus pais.

– Obrigada. Você não desistiu.

– Não, não desisti. Aquela gentalha está até agora tentando entender o que aconteceu. – Usando seus sapatos de domingo, tio Banks desceu vários degraus da escada cuidadosamente e pousou na varanda ao meu lado. – Seu pai é o meu amigo mais antigo. Nós chegamos a Atlanta em 58, sem um tostão. Sou mais leal a ele do que aos meus irmãos. Mas quero que você saiba que não concordo com ele em tudo. Como advogado, já vi de tudo, por isso tenho alguma perspectiva. Frank tem uma noção antiquada com relação a alguns assuntos. Mas ele ama você, Celestial. Você está cercada por gente que te ama: seu pai, Andre, Roy. Tente pensar nisso como um problema de alto nível.

O JANTAR FOI SERVIDO NA pesada mesa de carvalho, coberta com uma toalha de renda para esconder anos de uso cotidiano. Enquanto todas as outras coisas na casa de sonhos meticulosamente reformada dos meus pais eram lindas e lustrosas, essa mesa tinha uma história para contar. Tinha sido presente de casamento da minha avó, um dos poucos que meus pais receberam depois do casamento no cartório.

– Vocês vão repassar isso aos seus filhos e eles aos filhos deles – disse ela.

Quando o pessoal da mudança chegou com ela na nossa casa, Gloria implorou:

– Tenham cuidado. Essa mesa é a bênção da minha mãe.

Só nos feriados meu pai revelava sua formação como filho de pastor.

– Ó, Senhor – trovejou ele, e todos baixamos a cabeça. Segurei a mão de papai do lado esquerdo e a do Andre do lado direito. – Estamos reunidos aqui para agradecer por todas as bênçãos que recebemos. Somos gratos por esta comida e pela mesa sobre a qual ela está posta. Somos gratos pela liberdade. Dedicamos nossas preces aos que estão atrás das grades esta noite e não podem desfrutar do bálsamo e do apoio da família.

Então ele recitou, de memória, um trecho das escrituras.

Antes que todos pudéssemos dizer "Amém", Andre falou:

– E agradecemos por termos uns aos outros.

Minha mãe levantou a cabeça.

– Amém.

Imediatamente a sala se encheu de sons agradáveis. Meu pai fatiou o peru com a faca elétrica, que lembrava uma motosserra em miniatura, enquanto Gloria servia chá gelado de uma jarra brilhante. Tio Banks e tia Sylvia ficaram sentados em seus lugares, calmos como um dia bonito, mas eu estava convencida de que, embaixo da mesa, a mão dele repousava na coxa dela. Era um tremendo quadro vivo: a sala cheia de flores e velas ardendo nos candelabros. Tomei um gole de chá gelado com limão num copo alto, o que me fez lembrar de Olive. Ela adorava cristais e comprava suas taças uma de cada vez. Imaginei o que teria acontecido com todas as coisas dela, depois do falecimento, já que ela não teve uma filha para abençoar com sua aprovação e suas vidrarias. Abaixei a cabeça e fiz uma oração por ela. *Que o céu seja cheio de objetos elegantes.* Depois sussurrei para o ar:

– Por favor, me perdoe.

Olhei para minha mãe, esperando que ela me concedesse ao menos um sorriso. Gloria é de uma beleza escandalosa. Eu costumava alertar Roy para não ver minha mãe como uma garantia da minha aparência futura, apesar de ter herdado muitas características dela. Nós duas somos altas, de um tom marrom-escuro, com olhos grandes e lábios grossos. Ela é Gloria Celeste e eu sou Celestial Gloriana. Quando eu era pequena ela costumava beijar minha testa e me chamar de sua "filha do amor".

Enchi meu prato, mas não consegui comer. Os segredos formavam um bolo na minha garganta, como um tumor. Cada vez que eu dizia algo diferente de *Roy vai sair antes do Natal* e *Andre e eu vamos nos casar*, era como se fosse uma mentira. Do outro lado da mesa tio Banks cortava sua comida mas também não estava com muito apetite. Eu estava cheia de ternura pelo meu doce tio. Ele tinha feito o máximo, e durante todos esses anos, até agora, seu máximo não havia sido suficiente. Ele merecia compartilhar a notícia com os amigos. Merecia agradecimentos e parabéns sinceros.

Senti Gloria me estudando. Olhei-a com uma pergunta nos lábios e ela assentiu sutilmente, como se soubesse o que não tinha como saber.

A sobremesa foi bolo de geleia de amora, uma receita que a mãe da minha mãe havia passado para ela. Para que o bolo esteja pronto no Dia de Ação de Graças, você precisa assá-lo no último dia do verão, encharcar com rum e lacrar quando os vaga-lumes ainda estão densos na brisa. Essa sobremesa faz parte da paquera entre meus pais. Gloria, que cursava ciências sociais, certa vez ofereceu uma fatia ao recém-formado professor de química.

– Eu fui enfeitiçado! – diz meu pai até hoje.

Ela pôs o bolo na mesa e o aroma de rum, cravo e canela subiu ao meu encontro. Olhei para ela por cima do ombro e ela disse baixinho:

– O que quer que seja, você sabe que sempre serei sua mãe.

Virei os olhos para o meu prato, para o bolo no centro e para a colher minúscula equilibrada na borda ornamentada. Isso me lembrou o jantar de ensaio do casamento. Para o bolo do noivo, Roy pediu a especialidade da minha mãe. Enquanto todas as outras pessoas comiam pato e bebiam cava, Gloria me levou para fora do restaurante. Parada no estacionamento, ao lado de um perfumado arbusto de gardênias, ela me puxou para perto.

– Hoje estou feliz porque você está feliz. Não porque vai se casar. Não me importo com todos os detalhes refinados. Só me importo com você.

E essa foi a bênção da minha mãe. Eu esperava que ela fizesse o mesmo agora.

Virei-me para Andre, que irradiava uma empolgação confiante. Depois olhei para tio Banks, imerso numa conversa murmurada com tia Sylvia. Por fim encarei meu pai. Por muitos anos fui a menininha do papai, sua pequena joaninha. Quando me casei com Roy usei sapatilhas de bailarina, não para ficar mais baixa do que ele, mas para não ficar muito mais alta do que meu pai. Mesmo tendo insistido que o pastor omitisse a palavra *obedecer*, em respeito a meu pai mantivemos a frase "Quem entrega esta mulher...", para que ele pudesse responder "Eu" em sua voz surpreendentemente grave.

À mesa, quando levantei meu copo, só restava um pouquinho de chá gelado.

– Eu gostaria de fazer um brinde. – Cinco taças subiram, como se por vontade própria. – Ao tio Banks, cujos esforços incansáveis deram fruto. Roy será libertado da prisão antes do Natal.

Sylvia deu um grito de alegria e levou sua taça à frente, esperando que alguém batesse outra contra a dela.

– Obrigado – disse tio Banks.

– Graças ao Senhor! – exclamou minha mãe.

E meu pai não disse nada.

Andre empurrou a cadeira para trás. Alto e magro, parecia uma torre de farol.

– Pessoal, eu pedi Celestial em casamento.

Roy e eu anunciamos nosso noivado nessa mesma mesa, mais ou menos do mesmo modo, mas nossa notícia foi recebida com Bordeaux e aplausos. Desta vez meu pai se virou para mim.

– E o que você respondeu, joaninha? – perguntou em tom afável.

Levantei-me ao lado de Andre.

– Papai, eu respondi que sim.

Tentei fazer com que minhas palavras parecessem definitivas, mas pude ouvir a pergunta que havia nelas, a necessidade.

– Podemos chegar a um acordo – falou minha mãe, olhando meu pai. – Podemos nos entender.

Andre passou o braço em volta dos meus ombros e eu me senti respirando fundo, para me acalmar, mesmo enquanto as lágrimas ardiam nos meus olhos. Havia conforto na verdade, não importava quão difícil fosse.

Meu pai pôs sua taça vazia ao lado do bolo intocado.

– Isso não está certo – disse casualmente. – Joaninha, não posso concordar com isso. Você não pode se casar com o Andre se já tem um marido. Estou disposto a assumir minha responsabilidade nisso. Eu fiz suas vontades desde que você era pequena, então você acha que tudo na vida são flores. Mas a realidade é esta. Você não pode ter sempre o que quer.

– Papai, você deveria saber melhor do que ninguém que o amor nem sempre obedece a um livro de regras. Quando você e mamãe se casaram...

– Celestial – disse Gloria, com uma expressão que eu não consegui decifrar, um alerta em língua estrangeira.

Papai interveio:

– Era uma situação totalmente diferente. Quando eu conheci Gloria havia circunstâncias atenuantes. Eu estava num casamento no qual tinha entrado jovem demais. Sua mãe é minha alma gêmea e minha companheira.

– Sr. Davenport – atalhou Andre. – Celestial é isso para mim. Ela é a pessoa que eu quero para sempre.

– Filho. – Meu pai segurou a colher de sobremesa como se fosse um forcado. – Eu tenho uma coisa a lhe dizer, como negro: Roy é refém do Estado. É uma vítima dos Estados Unidos. O mínimo que você pode fazer é largar a mulher dele quando ele voltar.

– Sr. Davenport, com todo o respeito...

– Que negócio é esse de Sr. Davenport isso, Sr. Davenport aquilo? Não é complicado. Você quer que esse homem volte para casa depois de cinco anos na penitenciária estadual por causa de uma besteira que ele nem cometeu, você quer que ele volte e veja a esposa dele com seu anelzinho no dedo e você dizendo que a ama? Vou lhe dizer o que o Roy vai ver: vai ver uma esposa que não conseguiu manter as pernas fechadas e um suposto amigo que não sabe o que é ser homem, quanto mais um homem negro.

Agora minha mãe estava de pé.

– Franklin, peça desculpas.

– Sr. Davenport – interveio Andre. – O senhor ouviu o que disse? Pode me odiar quanto quiser. Eu vim aqui esperando receber sua bênção, embora não precise dela. Mas Celestial é sua filha. O senhor não pode se referir a ela dessa forma.

– Não me condene, papai – pedi. – Por favor, não me condene.

Tio Banks não se levantou, mas transmitiu uma autoridade calma.

– Não é possível que você não tenha previsto que isso ia acontecer. Franklin, o que você quer que a garota faça?

– Quero que ela seja a garota que eu a criei para ser.

– Eu a criei para tomar as próprias decisões – disse Gloria.

Meu pai grudou as mãos nas laterais da cabeça como se estivesse tentando prendê-la no pescoço.

– Que ideias são essas sobre amor e sobre tomar as próprias decisões? Não quero ser grosseiro, mas estamos falando de algo mais importante que um romancezinho qualquer. Ela teve a vida toda para ficar com o Andre, se era isso que ela queria. Mas essa época ficou para trás. O que o Roy fez para merecer isso? Ele não fez nada além de ser um homem negro no lugar errado, na hora errada. Isso é básico.

Não havia resposta fácil a essa acusação. Andre e eu ainda estávamos de pé, presos ali. Meu pai cravou a colher no bolo, satisfeito com o próprio desempenho, dava para ver, adorando ter a última palavra.

Do outro lado da mesa, tia Sylvia sussurrou com tio Banks, os brincos parecendo espelhos minúsculos refletindo a luz. Juntando coragem, ela respirou ruidosamente e falou de forma afobada:

– Tecnicamente não faço parte desta família, mas convivo com ela há bastante tempo. Vocês passaram totalmente dos limites. Todos vocês. Em primeiro lugar, precisamos de pelo menos um minuto para dar uma salva de palmas ao Banks. Ele trabalhou incansavelmente nesses últimos cinco anos. Todas as outras pessoas só assinaram cheques e rezaram. Foi Banks quem *fez* as coisas. Era ele que estava lutando no tribunal.

Todos murmuramos agradecimentos envergonhados, que tio Banks aceitou com um gesto de cabeça caridoso. Depois ele pegou a mão de tia Sylvia, num pedido silencioso para que ela se sentasse. Mas ela não fez isso.

– Agora, Franklin. – Ela inclinou a cabeça na direção da cabeceira da mesa. – Você não pediu minha opinião, mas vou dar mesmo assim. Veja bem, Celestial já precisa escolher entre o Andre e o Roy. Não torne isso ainda mais difícil. Não obrigue Gloria a escolher entre a filha e o marido, porque você não tem como vencer essa disputa. Não faça sua filha sentir que precisa se deitar com quem você quer que ela se deite, como se você fosse algum tipo de cafetão. Isso é briga de rua, Franklin, e você sabe disso.

ROY

NAS SEMANAS CURTAS/LONGAS ENTRE o momento em que recebi a notícia de que ia sair até sair de verdade, Walter mal dormiu, virando noites sem parar de falar, 1.001 lições de vida para os recém-desencarcerados.

– Lembre-se – disse ele. – Sua mulher esteve no mundo esse tempo todo.

– Você não a conhece. Como vai me dizer o que ela esteve fazendo?

– Não posso dizer o que não sei, ou seja, o que ela andou fazendo. Não tenho ideia, nem você. A única coisa que sei com certeza é que a vida de todo mundo seguiu em frente, só a sua é que não.

Segundo ele, o segredo é limpar a mente. Eu deveria pensar era no futuro. Só não explicou como eu podia não ficar de luto pelo que tinha antes. Walter não entendia, porque não há nada no passado dele além de oportunidades perdidas e arrependimentos. Para ele a chance de começar do zero seria um alívio, mas para mim seria a mãe de todos os reveses.

Até jogarem uma sentença de doze anos em cima de mim, eu tinha conseguido tudo que almejava: um trabalho mais do que suficiente para pagar as contas, uma casa de quatro quartos com um gramado grande que eu mesmo aparava aos domingos e uma mulher que me animava como uma oração. Meu trabalho era bom, mas em alguns anos eu procuraria um melhor ainda. Nossa casa na Lynn Valley Road era nossa primeira.

Em seguida, na agenda, vinham os filhos. Ir para a cama com um objetivo maior do que os próprios sentimentos eleva o relacionamento a um outro nível. Mesmo com o que aconteceu em seguida, nunca vou me esquecer daquela noite e de todas as nossas intenções suadas.

– Walter, você diz para eu esquecer o que tinha antes e me concentrar no que quero para o futuro, mas, para mim, é a mesma coisa.

– Hum – reagiu ele, franzindo a testa como se estivesse tendo alguma epifania de Yoda do Gueto. – Bom, alguém na sua situação precisa olhar a vida como um recém-nascido. Finja que nunca esteve no mundo e que está esperando que ele mostre o que é o quê. Mantenha a cabeça no agora imediato.

Dei uma olhada no meu entorno deplorável.

– Você não pode dizer que eu tenho que manter a cabeça no presente quando o passado era muito melhor.

Ele estalou a língua.

– Sabe o que você tem que fazer agora? Agora você tem que limpar aquela pia.

Até mesmo na prisão, onde tudo é de cabeça para baixo, dava para ver como era estranho ele me delegar tarefas. Meu pai biológico jogou uma esponja pequena para mim e eu peguei.

– É a sua vez – respondi, atirando-a de volta para ele.

– Pais não têm vez – disse ele rebatendo-a de volta na minha direção.

Esfreguei a pequena barra de sabão na esponja amarela e comecei a lavar a pia, que na verdade não estava muito suja.

– Yoda do Campo – falei.

– Olha como fala.

O QUE WALTER NÃO ME DISSE foi que, sendo ou não inocente, eu não teria permissão para sair pela porta da frente, uma expectativa modesta por parte de um homem que deveria saber que não podia esperar muita coisa. Banks me alertou para não contar com nenhum tipo de desculpa formal, nenhum envelope com o selo do Estado. Porra, eu nem sabia o nome das autoridades a quem deveria exigir esse pedido de desculpas. Não receberia nenhuma restituição além dos lamentáveis 23 dólares que todo mundo recebe quando sai da Penitenciária do Estado da Louisiana.

Mas não era razoável pensar que, como inocente, tendo pagado a dívida de outra pessoa para com a sociedade, eu tinha permissão de sair pela porta da frente? Eu me visualizei descendo uma grande escadaria de mármore com o sol brilhando no rosto, seguindo por um pequeno gramado onde toda a minha família estaria esperando, apesar de Olive ter morrido dois anos antes e Celestial ter sumido também dois anos antes. Grande Roy estaria lá. Com isso eu podia contar. Mas, de verdade, só uma mulher pode realmente dar as boas-vindas a um homem, lavar os pés dele e preparar seu prato.

Sabendo que eu não sairia por porta da frente nenhuma, meu pai esperou no estacionamento dos fundos, encostado no capô de seu velho Chrysler. Fui na direção dele. Grande Roy ajeitou o colarinho e passou a mão pelo cabelo. Enquanto eu protegia os olhos do sol do fim de tarde, o rosto dele se abriu num sorriso.

Cerca de dez prisioneiros foram soltos naquele dia. Um cara novo, que não devia ter mais de 20 anos, encontrou a família esperando por ele com balões metálicos na forma de enfeites natalinos; um menininho com um nariz de borracha vermelho apertou a buzina de uma bicicleta, de algum modo fazendo o nariz se acender. Outro cara não tinha ninguém. Não olhou nem à direita nem à esquerda, apenas andou direto até o furgão cinza que o levaria à estação de ônibus, como se puxado por uma coleira. Todos os outros foram recebidos por mulheres: algumas eram mães, outras eram esposas ou namoradas. Elas dirigiam o carro até o portão mas se certificavam de deixar o homem se sentar ao volante quando saíam. Eu fui o último a passar pela porta naquele dia luminoso de inverno. Os sapatos pareciam estranhos nos meus pés – eram sociais, de couro. Minhas meias sociais tinham se perdido em algum lugar, de modo que calcei os sapatos sem meias. Senti a textura áspera do asfalto sob as solas de couro enquanto ia até meu pai. *Pai*, que palavra desajeitada, agora, enquanto eu me aproximava de Grande Roy, com medo de querer qualquer coisa que fosse. Não que eu fosse pedir muito. Quando eu estava no ensino médio, já velho demais para ele me colocar de castigo por matar aula, ele dizia:

– Escute aqui, garoto, se for preso, não telefone para mim. Não curto essa de filho pródigo. Não vai ter banquete de boas-vindas.

Mas isso era quando nós pensávamos que ir para a cadeia tinha algo a ver com ser culpado ou pelo menos ser idiota.

Se alguém merecia um banquete, era eu, o outro filho, o que não recebeu a vaca gorda. Ou Jó. Ou Esaú ou qualquer uma das muitas pessoas da Bíblia que ficaram na pior. Quando fui encher o balde de gelo naquela fatídica noite, todas as decisões inteligentes que eu tinha tomado até então se tornaram irrelevantes.

Alguém estuprou aquela mulher – isso ficou claro pelos seus dedos trêmulos se retorcendo no colo –, mas não fui eu. Eu me lembro de ter sentido certa ternura em relação a ela quando a vi perto da máquina de gelo. Disse que ela lembrava minha mãe e ela disse que sempre quisera um filho. A caminho do quarto dela eu abri o coração, contando sobre minha briga estúpida com Celestial, e ela prometeu acender uma vela por mim.

No julgamento, senti um pouco de pena enquanto ela contava sua história terrível, arruinando minha vida. Ela falava com cuidado, como se tivesse decorado a declaração, usando termos de livros didáticos para descrever o próprio corpo e o que tinha sido feito com ele. Ela olhou para mim no tribunal com a boca tremendo de medo, mas também com mágoa e raiva. Em sua mente eu tinha feito aquilo, logo depois de ela rezar por mim, pelo meu casamento e pelo bebê que estávamos tentando conceber. Quando perguntaram se ela tinha certeza, ela disse que me reconheceria em qualquer lugar.

Às vezes fico me perguntando se ela me reconheceria agora. Será que alguém que me conhecia na época me reconheceria hoje? Sendo inocente ou não, a prisão muda a pessoa, transforma a gente em culpado. Enquanto andava pelo estacionamento, balancei a cabeça como um cachorro molhado, para afastar essas ideias. Lembrei a mim mesmo que o fato era que eu estava saindo. Pela porta da frente ou pelos fundos, dava no mesmo.

Então este sou eu. Um homem livre, como dizem. Ninguém se importa com balões brilhantes, conhaque ou vacas gordas.

GRANDE ROY NÃO SE AFASTOU do capô nem correu pelo estacionamento ao meu encontro. Ficou olhando enquanto eu me aproximava e, quando eu cheguei perto, ele abriu os braços e me puxou. Eu tinha 36 anos. Sabia que me restavam muitos pela frente, mas não conseguia parar de pensar nos que tinha perdido. Mordi o lábio e experimentei o sabor quente do meu sangue, ali parado, sentindo o peso e a segurança dos braços do meu pai.

– Que bom ver você, filho.

Gostei da sensação de cada palavra, da verdade que havia nelas.

– É bom ver você também.

– Você está adiantado.

Não pude deixar de sorrir. Eu nem sabia de que *adiantado* ele estava falando. Seria do adiantamento de cinco dias, anunciado três dias antes? Mas, claro, também havia o fato de eu estar saindo após cumprir menos da metade de uma pena de doze anos. Por isso falei:

– Foi você que me ensinou que cinco minutos antes do horário marcado já é tarde.

Ele também sorriu.

– Fico feliz em saber que você estava escutando.

– Durante toda a minha vida.

Nos acomodamos no Chrysler, o mesmo carro que ele tinha quando eu entrei.

– Quer visitar Olive? Ainda não fui lá hoje.

– Não – respondi, porque não estava pronto para confrontar o retângulo de terra com o nome da minha mãe gravado no mármore frio.

A única mulher que eu queria ver era Celestial, mas ela estava em Atlanta, a 815 quilômetros de estrada dali, e ainda nem sabia que eu já estava livre.

Grande Roy deixou os ombros caírem.

– Acho que tudo bem. Olive não vai a lugar nenhum.

Acredito que ele quis dizer isso de forma casual, mas as palavras calaram fundo.

– É, não vai – concordei.

Seguimos em silêncio por mais um quilômetro e meio, mais ou menos. À direita as luzes de neon do cassino competiam com o sol e venciam. Carros se amontoavam em volta, procurando vaga para estacionar. Adiante, a frente de uma radiopatrulha se projetava de alguns arbustos, armadilha de excesso de velocidade, como sempre.

– E quando você vai vê-la?

Dessa vez ele estava falando de Celestial.

– Daqui a alguns dias.

– Ela sabe que você vai?

– Sabe. Mandei uma carta. Mas ela não soube que a data mudou.

– Como ela saberia, se você não contou?

Eu não tinha muito a dizer a respeito disso a não ser a verdade.

– Primeiro me deixe colocar as ideias no lugar.

Grande Roy assentiu.

– Você tem certeza de que ela ainda é sua esposa?

– Ela não pediu o divórcio. Isso deve significar alguma coisa.

– Ela está se saindo bem.

Assenti.

– Acho que sim, de certa forma. – Quase acrescentei que uma artista plástica só podia ser famosa até certo ponto nos Estados Unidos, mas não queria parecer invejoso ou mesquinho. Concluí: – Sinto muito orgulho dela.

Meu pai não desviou o olhar da estrada.

– Não vejo Celestial desde o enterro da sua mãe, com o seu amigo Andre. Foi bom vê-la lá.

Assenti de novo.

– Isso foi há dois anos, na verdade um pouco mais. Desde então não tive notícias.

– Eu também não, mas ela colocava dinheiro na minha conta. Todo mês.

– É alguma coisa – disse Grande Roy. – Respeito isso. Quando chegar em casa vou lhe mostrar a revista com a foto dela.

– Eu já vi.

Na imagem, Celestial posa com duas bonecas que se parecem com os pais dela. Sorri como se nunca tivesse sofrido na vida. Li a matéria três vezes. Duas em silêncio e uma em voz alta para Walter, que concordou que o texto não tocava no meu nome, mas também observou que não tocava no de nenhum outro homem. Mesmo assim, eu não estava ansioso para ver a revista de novo.

– A prisão tem uma assinatura da *Ebony*, da *Jet*, da *Black Enterprise*. Todo o trio.

– Isso é racista? – perguntou Grande Roy.

– Talvez um pouco. – Eu ri. – Meu companheiro de cela gostava de ler a *Essence*. Ele abanava a revista e dizia: “Tem um monte de mulher aí fora precisando de um homem!” Era um cara mais velho. O nome dele é Walter. Ele cuidou de mim.

Uma emoção que eu não tinha previsto abalou minhas palavras.

– É mesmo? – Ele tirou a mão do volante e a levantou como se fosse ajustar o retrovisor, mas então coçou o queixo e pôs a mão de volta onde estava. – Isso é uma bênção. Uma pequena bênção. – O sinal abriu, mas Grande Roy hesitou. Atrás de nós carros buzinaram, mas timidamente, como se não quisessem interromper o momento. – Fico feliz por qualquer coisa ou qualquer pessoa que tenha ajudado você a voltar para casa vivo, filho.

A viagem até Eloe levava uns 45 minutos, tempo suficiente para uma pessoa desabafar, mas não contei nenhuma das notícias que vinham se debatendo na minha mente nos últimos três anos. Disse a mim mesmo que a história não era como leite, que azedava se fosse guardado por muito tempo. A verdade permaneceria verdadeira por uma semana, um mês, um ano, dez anos, quanto demorasse para que eu sentisse vontade de falar para Grande Roy sobre Walter, se é que algum dia fosse sentir.

Grande Roy entrou com o carro no quintal.

– As coisas estão ficando ruins por aqui – disse ele. – Alguém tentou roubar o Chrysler. Entrou no quintal com um reboque quando eu não estava em casa e disse aos vizinhos que eu tinha pedido. Por sorte meu amigo Wickliffe tinha chegado do trabalho e expulsou os sujeitos com uma pistola.

– Wickliffe está com quantos anos? Oitenta?

– A única idade que importa é a da arma dele – respondeu Grande Roy.

– Só em Eloe.

Era estranho chegar em casa sem malas. Meus braços pareciam inúteis oscilando ao lado do corpo.

– Com fome? – perguntou Grande Roy.

– Faminto.

Ele abriu a porta lateral e eu entrei na sala. Tudo estava igual – todos os assentos posicionados de modo que desse para ver a televisão de cada um deles. A poltrona reclinável era nova, mas estava no mesmo lugar em que a antiga ficava. Na parede atrás do sofá havia um quadro grande que Olive adorava, mostrando uma mulher de expressão serena lendo um livro, usando um turbante africano. Olive comprou a obra na feira de artes e pagou um valor extra pela moldura dourada. A sala estava tão limpa que um leve cheiro de limão subia das marcas do aspirador de pó no tapete.

– Quem arrumou a casa? – perguntei.

– As colegas da sua mãe, da igreja. Quando elas souberam que você ia voltar, apareceram aqui feito um exército da faxina.

Assenti.

– Alguma mulher da igreja em particular?

– Não – respondeu Grande Roy. – É cedo demais para isso. Venha. Vá ao banheiro lavar as mãos e o rosto.

Em frente à pia, pensei em Walter lavando as mãos de modo obsessivo. Imaginei se ele já teria um novo companheiro de cela. Eu dei tudo que tinha ao Walter: roupas, escova de cabelo, meus poucos livros e o rádio. Deixei até o desodorante. Ele ficaria com o que pudesse usar e trocaria ou venderia o resto.

Sentir a água quente era bom, e mantive as mãos embaixo da torneira até não suportar mais o calor.

– Na sua cama estão algumas coisas de primeira necessidade. Amanhã você pode ir ao Walmart e comprar o que mais precisar.

– Obrigado, pai.

Essa palavra, *pai.* Nunca a tinha usado com Walter, mesmo achando que ele gostaria. Ele até a disse algumas vezes. "Ouça o que eu digo. Sou o seu pai." Mas nunca a ouviu dos meus lábios.

Assim que saí do banheiro, Grande Roy e eu nos servimos. Era o mesmo cardápio de quando alguém morria: frango assado, vagens cozidas lentamente com presunto, pãezinhos, macarrão com queijo. Grande Roy pôs seu jantar no micro-ondas, apertou alguns botões e o prato girou embaixo da luz. Fagulhas voaram quando a borda de metal estalou como um revólver de espoleta. Ele colocou luvas, tirou a comida, cobriu-a com uma toalha de papel e estendeu a mão para a minha.

Sentamos juntos na sala com os pratos no colo.

– Quer dizer a prece? – perguntou ele.

– Pai celestial – comecei, hesitando de novo na palavra *pai.* – Obrigado por essa comida que vai alimentar nosso corpo. – Tentei encontrar outras coisas para dizer, mas só conseguia pensar que minha mãe havia partido para sempre e minha mulher também não estava ali. – Obrigado por meu pai. Obrigado por essa volta ao lar. Amém.

Mantive a cabeça baixa esperando que ele também dissesse amém. Quando ele não fez isso, levantei os olhos e o vi se sacudir ligeiramente com a mão cobrindo a boca.

– Tudo que Olive queria era ver esse dia chegar. Era tudo que ela pedia, e não está aqui para aproveitar. Você está em casa e nós estamos aqui sentados, comendo a comida que outras mulheres fizeram. Sei que o Senhor tem um plano, mas isso não está certo.

Eu deveria ter ido até ele, mas o que sabia sobre como consolar um homem da idade dele? Olive teria se sentado a seu lado, puxado seu rosto para o peito e o acalmado, como uma mulher sabe fazer. Apesar de estar com fome, só peguei meu garfo quando ele enfim pegou o dele. Nesse ponto a magia do micro-ondas havia se esvaído, deixando a comida dura e seca.

Grande Roy se levantou.

– Está cansado, filho? Eu gostaria de ir dormir cedo. Começar de novo pela manhã.

Eram apenas sete horas, mas no inverno os dias são curtos. Fui para o meu quarto e vesti o pijama que Grande Roy – ou talvez tivessem sido as mulheres da igreja – deixara para mim.

Cinco anos são muito tempo em termos de vida real. Já dentro de mim não foi uma eternidade. Foi um período de tempo com um final possível de ver. Imagino o que eu teria feito diferente se soubesse que só ia ficar cinco anos lá. Foi difícil estar preso quando fiz 35 anos, mas teria sido tão difícil se me dissessem que no ano seguinte eu seria um homem livre? O tempo nem sempre pode ser medido com um relógio, um calendário ou mesmo grãos de areia.

– Celestial.

Eu fazia isso toda noite: entoava o nome dela como uma prece, mesmo depois de receber a carta que ela escreveu num papel da cor da palma das minhas mãos inúteis. Mesmo quando fiz as coisas que fico sem graça de lembrar, estava sempre pensando nela, imaginando o que contaria sobre o que tinha feito, o que me foi dado, o que foi roubado, quem eu toquei. Às vezes eu achava que ela entenderia. Ou, mesmo que não entendesse, que teria empatia. Ela saberia que eu achava que estava perdido para sempre.

Celestial era uma mulher difícil de decifrar; quase não se casou comigo, ainda que eu nunca tenha duvidado do seu amor. Para começo de conversa, eu cometi alguns erros de procedimento ao fazer o pedido. Porém, mais do que isso, não creio que ela planejasse se casar. Ela tinha um quadro de cortiça que chamava de "quadro de visão", onde basicamente pregava palavras como *prosperidade, criatividade, paixão!* Também havia fotos de revistas que mostravam o que ela queria da vida. Seu sonho era que suas obras de arte fossem expostas no Smithsonian, mas além disso havia um chalé na Ilha Amelia e uma imagem da Terra vista da Lua. Nenhum vestido de casamento nem anel de noivado tinha lugar nessa pequena colagem. Isso não me incomodava, mas me incomodava.

Não que eu estivesse planejando um casamento como uma adolescente, nem era um paspalho fantasiando que seria pai de dez filhos, distribuindo charutos a cada ano e meio. Mas eu me via com dois filhos, Trey e depois uma menina. Ser espontâneo e improvisar é bom para quem pode se dar a esse luxo, mas um garoto de Eloe precisava ter uma estratégia. Isso era algo que Celestial e eu tínhamos em comum: nenhum de nós acreditava em deixar as coisas por conta da sorte.

Há cerca de um ano, nas garras da desesperança, destruí todas as cartas que ela me mandou, menos a carta de rompimento, cuidadosamente escrita. E, sim, Walter me aconselhou a não amassar todo aquele papel perfumado nem jogá-lo na privada de metal. Não sei por que optei por guardar a carta que mais doía. Mas agora, na primeira noite respirando ar irrestrito, cá estava eu, prestes a ler aquilo outra vez.

Se eu pudesse me impedir, teria feito isso. Desdobrando a página com cuidado, para que ela não se rasgasse nos vincos, corri os dedos pelas palavras, tateando em busca da esperança que às vezes encontrava abrigada ali.

CELESTIAL

Nossa história foi uma história de amor, do tipo que não deveria mais acontecer com garotas negras. Era um romance antigo que ficou raro depois do Dr. King, assim como as lojas de roupas, farmácias e cafés pertencentes a negros. Quando eu nasci, a Sweet Auburn, que já havia sido a rua de negros mais rica do mundo, estava dividida ao meio pela via expressa e abandonada à própria sorte. A teimosa igreja Ebenezer ainda se mantinha de pé, uma lembrança orgulhosa de seu filho célebre Martin Luther King, cujo túmulo de mármore e chama eterna permaneciam de vigília ali perto. Quando eu tinha 24 anos e estava morando em Nova York, achava que talvez o amor negro tivesse seguido o mesmo caminho, desintegrado a ponto de praticamente se extinguir.

Nikki Giovanni disse: "O amor negro é a riqueza negra." Numa noite de bebedeira no West Village, minha colega de quarto Imani tatuou isso no quadril direito, torcendo pelo melhor. Nós duas tínhamos vindo de estabelecimentos de ensino negros, de modo que a faculdade era ao mesmo tempo um choque cultural e uma distopia. Na escola de artes plásticas só havia dois alunos negros, e o outro, um cara, parecia sentir raiva de mim diariamente por estragar sua possibilidade de ser especial. Imani estava no mesmo barco, para se formar em poesia, por isso nós arranjamos trabalho como garçonetes no Maroons, um restaurante em Manhattan especializado em comida negra de todo o mundo: churrasco de frango jamaicano, arroz jollof, couve galega e pão de milho. Nossos namorados eram nossos supervisores, homens ardentes com sotaques coloniais. Velhos demais, falidos demais, bonitos demais. E infiéis demais. Mas, como dizia Imani, "Negro e vivo é sempre um bom começo".

Na época eu estava tentando me encaixar na cena artística nova-iorquina. Vivia de dieta e tentava não falar com sotaque sulista. Na maior parte do tempo era bem-sucedida, a não ser que estivesse bebendo. Depois de três coquetéis de gim todo aquele sudoeste de Atlanta jorrava da minha boca como se eu nunca tivesse tido uma aula de prosódia. Na época Roy morava mais ou menos na área central de Atlanta – seu apartamento alugado era tão longe que mal se conseguia sintonizar a estação de R&B no rádio. Tinha um emprego que o remunerava razoavelmente bem por ter concordado em ser o elemento negro do lugar. Ele não gostava nem desgostava; para ele, um emprego era um meio para alcançar um fim. A parte das viagens o agradava, já que antes de pegar o serviço ele nunca tinha se aventurado a oeste de Dallas ou ao norte de Baltimore.

Claro, eu não sabia de nada disso quando Imani levou o grupo dele para se sentar a uma grande mesa redonda na área que eu servia. Só sabia que na mesa 6 havia um grupo de oito pessoas, sete das quais eram brancas. Esperando que ele fosse *aquele* tipo de negro, fui totalmente profissional. Enquanto recitava os pratos especiais, senti o cara negro me encarando, apesar de a ruiva à esquerda dele parecer ser sua namorada, inclinada para ele enquanto lia o cardápio. Por fim ela pediu uma caipirinha.

– E o que o senhor vai querer? – perguntei, fria como uma fiscal do imposto de renda.

– Jack Daniel's com Coca – disse ele. – Garota da Geórgia.

Encolhi-me como se alguém tivesse jogado um cubo de gelo dentro da minha blusa.

– É o meu sotaque?

Todas as pessoas à mesa riram, especialmente a ruiva.

– Você não tem sotaque sulista – declarou ela. – Todos nós somos da Geórgia. Você é totalmente ianque.

Ianque era uma palavra branca, o equivalente verbal da bandeira rebelde, sobra da raiva da guerra civil. Virei-me de volta para o negro – agora nós éramos do mesmo time – e dei uma revirada de olhos minúscula. Em resposta ele deu de ombros quase imperceptivelmente, de um modo que dizia: *Brancos são sempre brancos.* Depois se inclinou um pouquinho para longe da ruiva, desta vez comunicando: *Isso é um jantar de trabalho. Nós não somos um casal.*

Então, em voz alta, ele disse:

– Acho que conheço você. Seu cabelo está diferente, mas você não estudou na Spelman? Meu nome é Roy Hamilton, do Morehouse.

Na verdade eu nunca tinha engolido a mentalidade Spelhouse de que éramos todos irmãos, talvez porque eu tivesse me transferido para lá e não tivesse passado pelos rituais e cerimônias da semana dos calouros. Mas naquele instante foi como se descobríssemos que éramos primos afastados muito tempo atrás.

– Roy Hamilton.

Falei o nome lentamente, tentando evocar algum tipo de lembrança, mas ele parecia demais um cara como outro qualquer do Morehouse, do tipo que no jardim de infância já sabia que faculdade ia fazer.

– Qual é seu nome mesmo? – perguntou ele, franzindo os olhos para o meu crachá, onde estava escrito IMANI.

A verdadeira Imani estava usando um crachá que dizia CELESTIAL.

– Imani – disse a ruiva, obviamente irritada. – Você não sabe ler?

Roy fingiu não ter ouvido.

– Não, não é esse – observou ele. – O seu nome era algo dos velhos tempos, tipo Ruthie Mae.

– Celestial – respondi. – Recebi esse nome por causa da minha mãe.

– Fico surpreso por você não usar Celeste, agora que está aqui em Nova York. Sou Roy, Roy Othaniel Hamilton, para ser exato.

Ao ouvir aquele segundo nome – isso sim era coisa de velhos tempos –, eu me lembrei. Na época ele era um conquistador, um mulherengo, um vigarista. Todas essas coisas. Meu gerente, que no dia anterior mesmo tinha insistido que não era meu namorado, pigarreou. Um competidor reconhece outro.

Isso é nostalgia? Foi assim que aconteceu mesmo? Queria que tivéssemos tirado uma foto para lembrar como éramos, parados do lado de fora do restaurante mais tarde naquela noite. Naquele ano o inverno chegou cedo. Roy usava um paletó de lã fino, com uma echarpezinha insignificante que provavelmente veio junto, de brinde. Eu estava embrulhada num casaco que Gloria me mandara, certa de que eu morreria de hipotermia antes de terminar minha "fase artística" e voltar para casa para fazer mestrado em pedagogia. A neve caía em aglomerados úmidos, mas não amarrei o capuz, querendo que Roy visse meu rosto.

Agora percebo que boa parte da vida é questão de tempo e circunstância. Roy apareceu quando eu precisava de um homem como ele. Será que eu teria me jogado de cabeça na história com ele se nunca tivesse saído de Atlanta? Não sei. Mas o modo como a gente sente o amor e o modo como entendemos o amor são duas coisas diferentes. Agora, tantos anos depois, reconheço que eu estava sozinha e à deriva e que ele estava solitário de um modo que só um mulherengo pode ficar. Ele me fazia lembrar de Atlanta e eu o fazia lembrar da mesma coisa. Tudo isso era motivo para nos sentirmos atraídos um pelo outro, mas, parados do lado de fora do Maroons, tínhamos ultrapassado a razão. A emoção humana fica além da compreensão, tranquila e contínua como um globo feito de vidro soprado.

ROY

Parado na calçada do lado de fora do restaurante, eu a memorizei – o formato dos lábios, o roxo do batom, que combinava com as mechas no cabelo. Eu conhecia seu sotaque: sulista mas discreto. E conhecia a forma de seu corpo, largo nos quadris e magro na parte de cima. Tinha dito que seu nome era "dos velhos tempos", mas deveria ter dito "clássico". Lembrava da sensação de seu nome na minha boca, como os detalhes de um sonho.

– Quer ir ver o Brooklyn? – perguntou ela. – Minha outra colega de quarto trabalha no Two Steps Down. Se formos lá podemos beber de graça.

Meu primeiro pensamento foi dizer a ela que não precisávamos de bebidas grátis, mas imaginei que ela fosse ficar mais irritada do que impressionada, por isso falei:

– Vamos pegar um táxi.

– Você não vai conseguir um táxi hoje à noite.

– Por causa disso? – perguntei, mostrando a pele negra que aparecia entre meu paletó de pelo de camelo e minhas luvas de couro macio.

– Por isso e porque está nevando. É tarifa dobrada. Melhor pegarmos o metrô.

Ela apontou para uma esfera verde e nós descemos uma escada até um mundo que me lembrava o filme *O mágico inesquecível.*

– Primeiro você – disse ela, depositando uma ficha na roleta e me cutucando para passar.

Eu me senti como um cego que tivesse deixado a bengala em casa.

– Sabe – falei. – Estou aqui a negócios. Tenho uma reunião de vendas amanhã de manhã.

Ela sorriu educadamente.

– Que legal – disse, mas não se importou nem um pouco com minha postura profissional.

Diabos, nem eu me importava muito com isso, mas o objetivo era lembrar a ela que havia algo acontecendo na minha vida.

Não sou fã de transporte público. Em Atlanta havia ônibus ou o metrô, e você só pegava um deles se não tivesse carro. Quando entrei no Morehouse, não tinha escolha, mas assim que juntei meus primeiros trocados comprei o último Ford Pinto que ainda existia. Andre o chamava de "Autobomba" por causa da questão de segurança, mas isso nunca o impediu, nem a ninguém, de pegar uma carona.

A linha A não se parecia nada com o que você pensaria ao ouvir a música "Take the A Train". A estação estava apinhada de gente, e dava para sentir o cheiro de qualquer coisa que preenchia os casacos úmidos das pessoas. O piso era coberto com o tipo de linóleo que você só encontrava em conjuntos habitacionais e os bancos eram de um tom de laranja proletário. E não vou nem falar dos homens saudáveis esparramados no assento, às vezes ocupando dois lugares, enquanto senhoras ficavam de pé.

Durante o trajeto, enquanto a composição seguia sacolejando, ficamos em pé na frente de uma senhora negra abraçada a uma enorme sacola de compras, dormindo como se estivesse na própria cama. A seu lado estava um cara de pele mais clara, do tipo que a gente costumava chamar de "DeBarge" por causa do grupo de R&B. Ele tinha uma galeria de retratos tatuada em toda a cabeça. Acima do malar ficava um rosto de mulher que parecia estar chorando.

– Geórgia – falei com o rosto quase enfiado no cabelo dela. – Como você pode viver aqui?

Ela se virou para me responder e estávamos tão próximos que ela se inclinou para trás, para não me beijar.

– Não estou vivendo aqui de verdade. Estou estudando e ganhando experiência.

– Então você está fingindo ser uma garçonete?

Ela ajeitou a mão na alça e levantou o pé para me mostrar um sapato preto com sola grossa de borracha.

– Alguém precisa dizer aos meus pés que estou fingindo, porque eles estão me matando como se eu trabalhasse de verdade.

Eu ri com ela, mas fiquei com pena, pensando na minha mãe lá na Louisiana, que vivia reclamando das dores. Ela dizia que era por causa dos sapatos de salto alto que usava aos domingos, mas na verdade era porque ficava em pé o dia inteiro arrumando bandejas no restaurante a quilo.

– O que você está estudando?

Eu torci para que ela não estivesse fazendo doutorado, mestrado ou especialização em direito. Não que eu tivesse alguma coisa contra mulheres progredindo no mundo, mas não queria ter de explicar por que eu tinha decidido parar na graduação.

– Belas-artes – disse ela. – Especialização em têxteis e arte folclórica.

Pela ligeira curvatura para cima nos cantos dos olhos pude ver que ela sentia tanto orgulho que poderia ser sua própria mãe, mas eu não fazia ideia do que ela estava falando.

– É mesmo? – falei.

– Sou artesã – respondeu ela, não como se estivesse explicando, mas sim compartilhando uma boa notícia. – Faço bonecas.

– É isso que você vai fazer para viver?

– Nunca ouviu falar de Faith Ringgold? – Eu não tinha ouvido, mas ela continuou: – Quero ser como ela. Com bonecas, em vez de colchas de retalhos. Quero virar pessoa jurídica, entrar no mundo dos negócios.

– Qual é o nome da empresa?

– Babydolls.

– Parece nome de boate de striptease.

– Não parece, não – rebateu ela, suficientemente alto para acordar a senhora que cochilava no banco à nossa frente; o cara com tatuagens de rostos se remexeu um pouco.

– É que eu sou formado em marketing. Meu trabalho é pensar em coisas assim.

Ela continuou parecendo bastante ofendida.

– Talvez outro nome seja mais eficaz. – Como parecia que eu estava conseguindo seguir na direção certa, continuei: – Você poderia chamar de Poupées. Bonecas, em francês.

– Francês? – Ela me encarou. – Você é haitiano?

– Eu? – Balancei a cabeça. – Sou um preto americano típico.

– Mas fala francês? – Ela pareceu esperançosa, como se precisasse de um serviço de tradução.

Por um segundo pensei em mostrar minhas credenciais da Louisiana, porque as mulheres curtem quando você diz que tem ancestralidade crioula, mas não senti vontade de mentir.

– Estudei francês no ensino médio e fiz alguns créditos como optativa no Morehouse.

– Meu supervisor, Didier, é haitiano – contou ela. – Meio haitiano. Ele nasceu no Brooklyn mas mesmo assim é haitiano. Você sabe como são as coisas aqui. Ele fala francês.

Pode parecer que eu sou meio ignorante, mas eu sabia o suficiente para entender que nunca é bom sinal quando uma mulher fala de outro cara assim do nada.

Depois de fazermos baldeação ela finalmente disse:

– É o nosso ponto.

Foi me levando por uma escadinha imunda com ladrilhos que pareciam de um banheiro público. Quando saímos na noite do Brooklyn, fiquei surpreso em ver árvores dos dois lados da rua. Enquanto eu olhava os galhos nus, grossos flocos de neve caíam flutuando. Sou um garoto do Sul por nascimento e temperamento, de modo que ver a neve caindo de verdade foi algo que me impressionou. Eu mal consegui não esticar a língua para provar um floco.

– É igual à TV – falei.

– Amanhã vai estar tudo imundo e amontoado na lateral da rua. Mas é legal quando está fresca assim.

Viramos na rua seguinte e eu senti vontade de segurar a mão dela. Os prédios dos dois lados eram marrom-claros, como aparas de lápis, e as paredes de um tocavam o outro, de modo que a rua parecia flanqueada por castelos. Ela explicou que cada prédio tinha sido construído para ser moradia de apenas uma família, os quatro andares, mas que agora eram divididos em apartamentos.

– Eu moro bem ali – falou ela, apontando para o outro lado da rua, mais adiante. – No térreo, está vendo?

Acompanhei o braço de Celestial com o olhar.

– Ah, droga, não! – exclamou ela. – De novo, não.

Eu estava forçando a vista, tentando enxergar entre os flocos de neve para ver o que a tinha preocupado. Antes que eu pudesse descobrir, ela gritou:

– Ei!

E saiu correndo como se tivesse sido disparada de um estilingue. Demorei quatro ou cinco segundos para reagir, só pelo fator surpresa. Quando parti atrás dela, ainda não tinha cem por cento de certeza do que estava acontecendo. Fui com tudo, mas ainda estava bem atrás. Como Spike Lee dizia naquele comercial antigo de tênis: *Só pode ser por causa dos sapatos*. Os que eu estava usando tinham sido escolhidos pelo estilo, não pela praticidade – Florsheims de couro legítimo que deixariam qualquer pastor cheio de inveja. A parte de cima *e* a sola eram de couro. Celestial estava com sapatos de enfermeira, feios como cachorrinhos recém-nascidos, mas bastante úteis numa corrida de rua.

Quando vi o cara correndo, avaliei a situação. Em meio a todas as variações de filho da puta que ela gritava contra ele, ordenou:

– Larga as minhas coisas!

Pelo jeito estávamos perseguindo um ladrão, um que corria muito. Ela estava indo bem, mas o cara estava levando a melhor. Calçava um par de tênis Jordan que provavelmente tinha roubado de alguém. E, como eu disse, só pode ser por causa dos sapatos.

A Carlton Avenue é uma rua comprida, com prédios de arenito marrom dos dois lados, até o fim, e árvores com raízes que deformavam a calçada, o que transformava a perseguição numa corrida de obstáculos. Pelo jeito eu era o único sem experiência naquilo. Celestial pulava por cima das raízes expostas sem perder o pique. O ladrão era ainda melhor, até mesmo gracioso. Dava para ver que ele já tinha feito aquilo antes.

Ele sabia que ela não o alcançaria. *Eu* sabia que ela não o alcançaria. Como um homem sensato, não sou de perseguir o impossível, mas precisava continuar correndo enquanto ela corresse. Que tipo de homem eu seria se ficasse para trás enquanto a garota que estava comigo perseguia um criminoso? Por isso continuei, mesmo lutando para respirar. O homem faz o que precisa.

Por quanto tempo essa perseguição continuou? Para sempre. Com o ar frio gelando os pulmões e os sapatos apertando os pés, me ocorreu que eu podia estar me matando. À frente Celestial estava focada no cara, xingando feito um estivador. Comecei a ter cãibras, só que no coração. Apesar de todo aquele palavreado estar obrigando-a a diminuir um pouco a velocidade, eu ainda não consegui alcançá-la. Eu era maior, tinha demorado a começar a correr e, para completar, estava vestido feito o Louis Farrakhan. Não sou seguidor do Nation of Islam, mas pensar em Farrakhan me deu um pouco de incentivo. Ele pode ser revoltante em determinadas questões, mas entende algumas coisas básicas. Independentemente do que estivesse usando, ele jamais deixaria uma mulher capturar um ladrão enquanto ele ficasse sentado olhando.

Juro, nesse momento os deuses sorriram para mim. Enquanto eu buscava minha reserva interior de força e resistência, Celestial tropeçou num pedaço de calçada levantado e caiu esparramada. Em três passos largos eu a alcancei e pulei por cima dela feito Carl Lewis, o velocista. Para mim a corrida tinha terminado nesse momento, antes que meus sapatos chiques batessem no chão. Enquanto eu estava no ar a música tema podia ter tocado e os créditos rolado.

Uma pena que não era um filme. Eu pousei, escorreguei alguns centímetros na direção errada, me equilibrei de novo e continuei em movimento. O garoto só estava alguns quadrados de calçada adiante, olhando para trás. Então eu parti para o grande prêmio. Forcei mais os braços e as pernas, tentando me lembrar de tudo que tinha aprendido nas aulas de atletismo do ensino médio. Aí ele tropeçou, o que lhe fez perder alguma distância. Agora ele estava suficientemente perto para eu ler a etiqueta na parte de trás da sua camisa: Kani. Meus dedos se fecharam em volta de seu tornozelo magricelo enquanto eu batia no asfalto com o joelho direito à frente. Ele sacudiu a perna vigorosamente algumas vezes, mas eu estava segurando com toda a força.

– Você tá maluco? – perguntou ele, pasmo. – E se eu tivesse uma arma?

Eu realmente parei um segundo para pensar nisso, e nesse segundo ele soltou o pé e me deu um chute na cara. A favor dele, preciso dizer que não foi um chute tão forte quanto poderia ter dado. Não me fez bater com a cabeça na calçada. Em termos de potência, foi mais como uma pancadinha de amor, desferida direto na minha boca, fazendo um dos dentes inferiores se soltar.

Atrás de mim pude ouvir os passos de Celestial com as solas de borracha.

Tive medo que ela saltasse por cima de mim como se eu fosse um obstáculo e continuasse a perseguição maluca, mas ela parou e se ajoelhou ao meu lado.

– Não consegui recuperar suas coisas – falei, ofegante.

– Não importa. Você é meu herói.

Achei que ela estivesse brincando, mas suas mãos envolvendo meu rosto diziam que não.

O dentista que fez minha prótese disse que podia ter salvado meu dente se eu tivesse ido ao hospital. Celestial até sugeriu isso, mas eu descartei a ideia enquanto voltávamos ao apartamentinho que ela dividia com três pessoas e mais de dez bonecas. Ela preparou uma bolsa de gelo para mim e ligou para a polícia. O oficial só chegou duas horas depois, e nesse ponto eu estava totalmente apaixonado por ela. Estava bobo feito os Jackson 5. *Do re mi. ABC.* No relatório para a polícia ela assinou o nome inteiro e eu seria capaz de tatuá-lo na minha testa: Celestial Gloriana Davenport.

ANDRE

A VERDADE TOTAL NÃO ERA DA CONTA de ninguém, a não ser da minha e da de Celestial.

No domingo antes de irmos ao enterro de Olive, fui visitar Roy na prisão enquanto Celestial ficava com o pai dele. Digo *visitar* por falta de palavra melhor. Talvez seja melhor dizer que fui vê-lo. Enquanto comíamos três sacos de batata chips da máquina automática, Roy pediu que eu carregasse o caixão da mãe no lugar dele na segunda-feira de manhã. Concordei, mas não de bom grado; esse não foi um pedido que se cumpre com prazer. Grande Roy havia solicitado um diácono extra para segurar a alça do caixão do lado direito, mas eu explicaria a ele que Roy tinha me mandado e que o diácono não seria necessário. Nós trocamos um aperto de mão, como se estivéssemos fechando um negócio. Depois, eu me levantei para ir embora, mas Roy não se mexeu.

– Vou ficar aqui até acabar a hora de visita.

– Vai ficar aí sentado?

Ele curvou um canto da boca.

– É melhor do que voltar para lá. Não me importo.

– Posso ficar mais um pouco – falei, voltando à cadeira de plástico.

– Está vendo aquele cara? – Ele apontou para um sujeito magricelo com o cabelo cortado reto em cima e óculos estilo Malcolm X. – É o meu pai. Meu pai biológico. Eu o conheci aqui.

Dei uma olhada no sujeito mais velho que estava falando com uma morena gordinha de vestido florido.

– Ele a conheceu nos classificados – explicou Roy.

– Eu não estava olhando a mulher dele – falei. – Estou chocado. Ele é mesmo seu pai?

– Pelo jeito, sim.

Ele olhou meu rosto atentamente, como se estivesse examinando um mapa.

– Você não sabia – falou. – Você não sabia.

– Como eu saberia?

– Celestial não contou. Se ela não contou a você, não contou a ninguém.

Enquanto ele demonstrava satisfação, eu senti uma pequena pontada de incômodo.

– Você se parece com seu pai – falei, apontando o homem mais velho com o queixo.

– Grande Roy é o meu pai. Esse aí... agora a gente está numa boa, mas na época o cara saiu para comprar cigarros e nunca mais voltou. Agora eu o vejo todo dia. – Ele balançou a cabeça. – Pelo jeito isso deveria significar alguma coisa, mas não sei o quê.

Fiquei sentado em silêncio, desconfortável no terno cinza que usaria no velório no dia seguinte. Eu não tinha ideia do que aquilo poderia significar. Pais são seres complicados. Eu tinha 7 anos quando o meu conheceu uma mulher numa feira de negócios e foi embora com ela para criar outra família. Meu pai tinha feito esse tipo de coisa antes, caindo de amores por uma estranha, como um idiota, e ameaçando ir morar com ela. Seu negócio, uma fábrica de gelo, exigia que ele viajasse para ir a convenções, onde se envolvia nesse tipo de situação. Claramente, era um homem passional. Quando eu tinha 3 anos ele se apaixonou por uma mulher que trabalhava com gelo seco e remessas, mas ela decidiu não abandonar o marido, e aí ele voltou para Evie e para mim. Depois disso houve outros flertes entusiasmados, mas nada além disso. Ele conheceu a Escultora de Gelo numa feira empresarial em Denver. Depois de apenas 36 horas naquela companhia maravilhosa, voltou para casa, pegou todas as coisas dele e foi embora de vez. Para todos os efeitos, os dois têm um filho e uma filha juntos e ele ficou lá, vendo-os crescer.

Abri as mãos.

– Deus escreve certo por linhas tortas.

– Por aí – disse ele. – Minha mãe morreu.

– Eu sei. Sinto muito.

Ele balançou a cabeça, olhando as palmas das mãos.

– Obrigado. Por carregar o caixão dela no meu lugar.

– Você sabe que pode contar comigo.

– Diga a Celestial que estou com saudade. Que agradeço por ela cantar.

– Pode deixar – falei, me levantando da cadeira.

– Dre. Não me entenda mal, mas ela é minha mulher. Lembre-se disso. – Então ele sorriu, um sorriso largo, revelando um buraco escuro. – Estou brincando, cara. Diga a Celestial que eu perguntei por ela.

Celestial não é o tipo de cantora que você ia querer no seu casamento. Enquanto a mãe dela é uma soprano daquelas que desafiam a gravidade, ela é uma contralto com voz de fumante que gosta de uísque. Mesmo quando era pequena, sua voz parecia o meio da noite. Quando ela canta não é divertido; parece que está contando segredos que não deveria revelar.

Assim como me pediu que carregasse o caixão, Roy pediu a Celestial que cantasse um hino. Ela foi até a frente da congregação e parecia uma pessoa completamente diferente. Com o cabelo alisado com chapinha e o vestido azul-marinho emprestado de Gloria, tinha uma aparência simples. Não insignificante, mas sua decisão de não estar estonteante tinha sido respeitosa.

– Dona Olive amava duas coisas. – O microfone dava às suas palavras um eco fantasmagórico. – Ela amava o Senhor e amava sua família, especialmente o filho. A maioria de vocês sabe por que Roy não está aqui hoje. Mas ele não está ausente.

Quando Celestial deu alguns passos para trás, as enfermeiras se comunicaram com gestos, prontas para agir caso ela estivesse a ponto de desmoronar, mas ela só tinha recuado porque sua voz era forte demais para ficar tão perto do microfone.

Entoou um hino a capela, olhando para além do caixão de madeira escura. Encarando o Hamilton, cantou com toda a emoção, até que mulheres se levantaram e ergueram os leques e os cavalheiros da frente repetiram "Obrigado, Jesus". Cantando, Celestial feria e curava ao mesmo tempo. "Se Ele disse, sei que é verdade." Ela não estava tentando chamar atenção nem fazer o Sr. Hamilton desabar, mas bradou a canção, evocando tanto o Espírito Santo quanto a emoção terrena, até que os ombros dele se curvaram e as lágrimas vieram. Não sou teólogo, mas havia Amor naquela sala. Ela disse que Roy não estava ausente e, quando terminou, absolutamente ninguém duvidava disso.

Celestial voltou ao banco ao meu lado, exausta, e eu segurei sua mão. Com a cabeça no meu ombro, ela disse:

– Quero ir para casa.

Depois do discurso fúnebre, que foi o de praxe sobre esposas e mães, citando o livro de Ruth, chegou a hora de nos posicionarmos para erguer o caixão. O Sr. Hamilton insistiu que sustentássemos o peso dela do modo formal, equilibrado nos ombros sem a ajuda das mãos. O agente funerário nos orientou como se estivesse regendo uma orquestra, e ao seu comando nós seis acomodamos dona Olive nos ombros e saímos lentamente da capela. Não há nada tão pesado quanto um corpo. O peso estava dividido por seis, mas eu me sentia carregando o caixão sozinho. A cada passo ele batia no meu ouvido e, durante um segundo supersticioso, achei que talvez estivesse recebendo uma mensagem do além.

Nós três – Sr. Hamilton, Celestial e eu – fomos numa limusine dirigida pelo filho do agente funerário, que perguntou se queríamos que ligasse o ar-condicionado.

– Não, Reggie – respondeu o Sr. Hamilton. – Prefiro ar puro.

Então baixou o vidro, deixando entrar uma brisa úmida, densa como sangue. Fiquei imóvel, me concentrando em respirar. Celestial usava um perfume com cheiro de romance. O Sr. Hamilton chupava uma bala de hortelã, forte e doce. Do meu lado esquerdo, Celestial segurou minha mão e eu gostei da sensação fria.

– Eu agradeceria se vocês não fizessem isso – disse o Sr. Hamilton.

Ela afastou a mão, deixando a minha vazia.

Depois de alguns quilômetros o carro fúnebre guiou o pequeno cortejo, descendo por uma rua esburacada e sem calçamento. As sacudidelas libertaram alguma coisa no Sr. Hamilton, que disse:

– Eu amo Olive de uma maneira que vocês, jovens, nem podem imaginar.

Fui o melhor marido que pude e o melhor pai que consegui ser. Ela me mostrou como me unir a uma mulher. Me ensinou a cuidar de um menininho.

Fechei o punho.

– Sim, senhor – falei.

Celestial cantarolou uma música que eu reconheci, mas cujo nome não sabia. Ela parecia uma pessoa diferente, mais profunda e mais forte, como se tivesse percebido alguma coisa sobre a vida, a morte e o amor que eu ainda não tinha o privilégio de saber.

No cemitério, erguemos o caixão de novo. A caminho da sepultura eu fiquei assombrado ao ver como uma cidade tão pequena havia acumulado tantos mortos. À frente estavam as lápides modernas, de granito polido, mas a distância ficavam as gastas pelo tempo, provavelmente de calcário. Para esse trecho da viagem de Olive tivemos permissão de usar as mãos para firmá-la e depois a pousamos nas correias esticadas sobre o buraco na terra.

O pastor estava atrás de nós, entoando um cântico enquanto ocupava seu lugar. Falou sobre o corpo corruptível que os vermes destruiriam e sobre o espírito imaculado, intocável. Todos dissemos *do pó vieste, ao pó voltarás.* O pequeno grupo de enlutados separou os arranjos e jogou as flores coloridas no buraco enquanto os coveiros afrouxavam as correias e baixavam Olive até o chão.

Sob o toldo verde, Celestial se sentou ao lado do Sr. Hamilton, consolando-o quando o bloco de cimento do jazigo foi posto no lugar. Ela secou os olhos com um lenço de papel amarrotado enquanto os coveiros desenrolavam o tapete de grama artificial. Eles se mantiveram a distância, esperando que a família se afastasse para terminar o trabalho. Fiquei um pouco incomodado ao pensar que Celestial, o Sr. Hamilton e eu constituíamos "a família", mas ali estávamos.

Fiquei de pé.

– Acho que está na hora de irmos, senhor. As pessoas devem estar nos esperando na capela.

Celestial também se levantou.

– Todo mundo vai estar lá.

– Quem é todo mundo? Sem minha mulher não existe ninguém.

Atrás de nós os coveiros estavam inquietos, prontos para fazer seu serviço. Eu podia sentir o cheiro da sepultura, fértil e mofado, como isca de pesca. Finalmente o Sr. Hamilton se levantou e avançou como se fosse pegar um punhado de terra e jogar no caixão, já acomodado a sete palmos. Celestial e eu o seguimos e ficamos surpresos quando ele se sentou no monte de terra de um modo deliberado, quase como um protesto.

– Senhor? – chamou Celestial.

E ele não disse nada. Celestial o imitou, sentando-se também. Eu virei a cabeça procurando alguém que nos ajudasse a sair dali, mas os poucos acompanhantes tinham ido embora, provavelmente em busca de comida. Seguindo a deixa de Celestial, me juntei a eles. A terra estava molhada e a umidade atravessou os fundilhos da minha calça enquanto os coveiros cochichavam entre si em espanhol.

Apesar de eu estar do lado dele, o Sr. Hamilton se dirigiu somente a Celestial, explicando que agora ela era a responsável.

– Olive ia ver o Pequeno Roy toda semana, até ficar doente demais para a viagem. Ela ficava no pé do Sr. Banks. Ligava para ele toda quarta-feira mais ou menos na hora do almoço. Não sei o que ele fez até agora, mas ela continuava em cima. Agora ela se foi, então a tarefa fica sob responsabilidade sua, Celestial. Eu farei o que puder, mas um homem precisa de uma mulher para cuidar dele.

Celestial assentiu com os olhos marejados.

– Sim, senhor – respondeu. – Eu entendo.

– Entende? – disse ele, encarando-a com os olhos cansados. – Você acha que sabe tudo, mas é nova demais, menina.

Levantei-me e espanei a parte de trás da roupa. Estendi a mão para Celestial e ela ficou de pé. Então estendi a mão para Grande Roy.

– Senhor, vamos deixar esses homens fazerem o trabalho deles.

Ele se levantou, mas não se apoiou no meu braço. É um homem grande, e ao lado dele eu me sentia fino como um chicote.

– Não é o trabalho deles – falou. – É o meu.

Em seguida foi até uma árvore e pegou a pá encostada no tronco. Apesar de não ser jovem, encheu a pá de terra diversas vezes, jogando-a sobre o caixão de Olive. Nunca vou me esquecer da terra caindo.

Peguei a outra pá, pensando em Roy, afinal eu deveria ser o substituto dele ali. O Sr. Hamilton disse rispidamente que eu deveria largar a pá, mas depois, mais delicado, acrescentou:

– Não é trabalho seu. Sei que você está representando o Pequeno Roy, mas se ele estivesse aqui também não seria trabalho dele. Isso é entre mim e minha mulher. Preciso cobri-la com minhas próprias mãos. Você e Celestial, vão indo pegar o Cadillac; encontro vocês quando terminar aqui.

Obedecemos como se ele fosse nosso pai. Afastamo-nos, ziguezagueando entre as lápides até chegarmos ao sedã ligado em ponto morto. Quando abrimos a porta o motorista levou um susto, desligando rapidamente a música que explodia nos alto-falantes. Enquanto nos afastávamos, como crianças, nos viramos para olhar pelo vidro traseiro e vimos o Sr. Hamilton encher de terra a sepultura da esposa.

Celestial suspirou.

– Você nunca mais vai ver algo assim, não importa quanto viva.

– E nem quero.

– Roy está longe há muito tempo – sussurrou ela. – Eu fiz tudo que deveria. Nem *pensei* em outro homem, muito menos toquei em um. Mas ao ver o Sr. Hamilton lá, junto da sepultura da mulher, percebi que eu só estava brincando de casinha. Que não sei o que é estar comprometida com alguém. – E então ela soluçou, criando uma mancha molhada na minha camisa branca suja. – Não quero ir à igreja. Só quero ir para casa.

Acalmei-a, inclinei a cabeça na direção do motorista e falei baixo:

– Esta é uma cidade pequena. Não precisa comentar por aí nada que possa ser mal interpretado.

Quinze minutos depois, entramos na Igreja Batista Cristo Rei, imundos como mineiros de carvão, e comemos uma refeição digna de reis. As pessoas falavam de nós pelas costas; sei que falavam. Mas na nossa frente eram educadas e nos serviam mais ponche de frutas. Olhei nos olhos de Celestial e soube que, como eu, o que ela queria era um martíni extrasseco, mas comemos o jantar sulista e só fomos embora quando ficou claro que o Sr. Hamilton não ia aparecer.

DEMOROU UM TEMPO, MAS ENCONTRAMOS um bar. Teria sido mais rápido dirigir 50 quilômetros até o cassino, onde as bebidas eram baratas e os garçons eram generosos. Mas, quando guiei o carro na direção da estrada, Celestial me impediu.

– Não vá por aí – disse. – Não quero passar pela penitenciária.

– Tudo bem.

– Tudo bem? É uma vergonha eu nem poder *olhar* a cerca de arame farpado enquanto ele precisa *viver* atrás dela. Será que eu o amo, Dre?

Não consegui responder diretamente.

– Você se casou com ele – falei.

Ela se virou para a janela, batendo de leve a testa no vidro. Enfiei a mão no bolso do paletó e lhe dei meu lenço enquanto procurava um bar aonde pudéssemos ir.

Não que houvesse escassez de álcool em Eloe. Havia igrejas e lojas de bebidas a cada 30 metros. Homens ficavam parados nas esquinas emborcando garrafas dentro de sacos de papel pardo. Se eu não encontrasse logo um bar decente íamos acabar comprando uma garrafa inteira e beber direto do gargalo, como bebuns.

Finalmente chegamos a um boteco chamado Earl Picard's Saturday Nighter. Escolhemos dois bancos bambos junto ao balcão e olhamos salsichas de cachorro-quente girando em volta de uma lâmpada vermelha. As janelas tinham os vidros pintados, de modo que, apesar de serem apenas duas da tarde lá fora, no lado de dentro parecia uma madrugada eterna. Não havia praticamente ninguém, mas acho que as pessoas que tinham emprego estavam trabalhando e os desempregados não iriam desperdiçar o dinheiro em bares. Quando nos sentamos, a atendente levantou os olhos do livro que estava lendo sob a luz de uma lanterna de bolso.

– O que vão querer? – perguntou, pousando a lanterna e lançando um círculo de luz no teto.

Aquele não era o tipo de estabelecimento que servia drinques muito elaborados, por isso Celestial pediu um suco de laranja com vodca e a atendente serviu uns bons quatro dedos de Smirnoff num copo frágil antes de abrir uma lata de suco. Remexeu embaixo do balcão e pegou um vidro com cerejas, fisgando-as com um espetinho de plástico.

Bebemos sem brindar. Estávamos tão sujos que eu senti gosto de terra na bebida.

– Você acha que o Sr. Hamilton ainda está lá com a pá ou acha que ele deixou os caras assumirem depois que nós saímos?

– Ele está lá – afirmou Celestial. – Não vai deixar ninguém que não seja ele enterrá-la. – Balançando a bebida para dissolver o gelo, ela perguntou: – E o Roy? Será que está segurando as pontas?

– Ele estava bem, acho. Pediu para dizer que sente saudade de você.

– Você sabe que eu o amo, não é, Dre? A mãe dele nunca acreditou em mim.

– Bem, ela não conhecia você, não é? Talvez achasse que nenhuma mulher era suficientemente boa para o filho. Você sabe como são as mamas negras.

– Mais um – disse ela à atendente, que preparou mais uma bebida igual.

Peguei algumas moedas de 25 centavos no bolso.

– Vai com calma, mocinha – falei a ela. – Vai lá colocar alguma coisa na jukebox.

Ela pegou o dinheiro e foi para os fundos, insegura, como se estivesse andando com as pernas de outra pessoa. Seu cabelo reagiu à umidade, perdendo o aspecto liso do enterro e se enrolando em volta das orelhas. Os homens sentados na outra ponta do balcão ficaram olhando enquanto ela se abaixava para olhar a jukebox.

– É sua mulher? – perguntou a atendente, com o que poderia ser um brilho de flerte nos olhos.

– Não – respondi. – Somos velhos amigos. Viemos de Atlanta para um enterro.

– Ah. Olive Hamilton?

Assenti.

– Que tristeza. É a nora dela?

Tive a sensação de que ela já sabia a resposta. Aquele brilho no olhar não passava de bisbilhotice de cidade pequena.

Enquanto Celestial voltava até mim, a atendente recuou como se estivesse sem graça. De repente Prince soou na jukebox, cantando "I Wanna Be Your Lover".

– Lembra quando estávamos na oitava série e entendíamos errado a parte "Quero ser a pessoa que faz você gozar"? "Quero ser a pessoa que faz você posar", algo assim.

– Nunca entendi essa parte errado.

– Você sabia o que era gozar? Na oitava série?

– Acho que eu sabia que era *alguma coisa*.

Ficamos em silêncio por um tempo. Ela tomou vodca barata e eu passei para cerveja e depois Sprite.

– Ela me bateu – disse Celestial, chacoalhando o gelo no copo. – A mãe do Roy. Quando fiquei muito tempo sem aparecer. Na primeira vez em que me viu depois disso, me deu um tapa. Estávamos jantando no cassino e ela esperou até Gloria ir ao banheiro, estendeu a mão e *plaft*. – Celestial bateu palmas. – Me deu um tapa na cara. Fiquei com os olhos cheios de lágrimas e ela disse: "Escuta aqui, queridinha, se eu não posso chorar, ninguém pode. Sofri mais nessa manhã do que você sofreu em toda a sua vida."

– O quê? – falei, tocando o rosto dela. – Por que isso?

– Por tudo. Olive me fez parar de chorar no tapa. – Ela cobriu minha mão em seu rosto com a dela. – Durante todo o velório, a não ser quando eu estava cantando, senti o rosto arder. Bem aqui – disse, acariciando a própria face com a minha mão.

Depois virou o rosto e beijou minha palma.

– Celestial, você está bêbada, meu bem.

– Não estou – disse ela, pegando minha mão de novo. – Bom, estou. Mas ainda sei o que estou fazendo.

– Pare com isso. – Puxei a mão de volta. – As pessoas aqui sabem quem a gente é.

Olhei para ela com um ar sério, a cabeça inclinada.

– Ah, sim. Cidade pequena.

Assenti e ela ficou meio sem graça.

– Microscópica.

Agora era o Isley Brothers na jukebox. Havia algo naquelas músicas antigas, lentas. Aqueles coroas cantavam sobre um tipo de devoção que saiu de moda há muito tempo.

– Sempre gostei dessa música – falei.

– Sabe por quê? Porque essa é a música que estava tocando quando fomos concebidos. Ela afeta a gente num nível primitivo.

– Prefiro não imaginar o momento da minha concepção.

Agora ela estava meio cabisbaixa enquanto girava o cubo de gelo dentro do copo com a unha roída até o sabugo.

– Dre, estou tão cansada disso tudo... Cansada dessa cidadezinha reprovadora. Cansada de ter sogros. E da prisão. A prisão não deveria fazer parte da minha vida. Fazia um ano e meio que eu estava casada, só isso. Quando Roy foi preso meu pai ainda estava pagando as parcelas da festa de casamento.

– Eu nunca me acostumei a pensar em você como Sra. Hamilton.

Sinalizei pedindo a conta e pedi dois copos de água gelada.

Ela revirou os olhos.

– Quando você foi vê-lo, ele pareceu estar com raiva de mim? Na última vez ele disse que não estava gostando da minha vibração, que eu estava indo só por obrigação. – Ela pousou o copo. – Ele não estava errado, mas o que eu deveria fazer? Eu me mato de trabalhar na loja, depois dirijo horas até a Louisiana para dormir na casa dos pais dele, que nem gostam de mim. Depois passo por... – Ela balançou os dedos no ar. – Passo por tudo, e ele acha que meu sorriso não está suficientemente animado? Eu não me comprometi a fingir nada.

Ela estava séria, mas eu ri mesmo assim.

– Não é um contrato. Não é assim que a coisa funciona.

– Pode rir – disse ela com um olhar raivoso. – Sabe como me sinto quando estou aqui? Negra e desesperada. Você não sabe como é ficar na fila para ir visitá-lo.

– Sei. Estive lá ontem.

– Para as mulheres é diferente. Eles tratam você como se estivesse indo visitar o seu cafetão. Absolutamente todos eles dão risadinhas, como se a gente devesse ter sido mais esperta. Como se a gente fosse uma vítima iludida. Se você se empertiga para parecer respeitável, é pior ainda. Eles a tratam como se você fosse uma idiota, porque claramente você *poderia* estar melhor se não fosse uma bobona.

Ela estalou os dedos ao ritmo da música, como se estivesse tentando quebrar o feitiço dos sentimentos que a dominavam, mas estava bêbada a ponto de não controlar as emoções.

Se estivéssemos sozinhos eu a teria tocado, mas, na frente da atendente e dos outros três homens ali, não fiz nenhum movimento. Só falei:

– Vamos embora.

Quando voltamos ao hotel estava escuro, mas o estacionamento do cassino estava cheio. Aparentemente haviam programado uma premiação de dez carros para aquela noite. Assim que estávamos em segurança atrás da porta do elevador, eu olhei para ela. Celestial envolveu meu tronco com os braços, me fazendo lembrar da nossa infância, quando costumava me deixar sem fôlego com os abraços. Estava com cheiro de vodca, mas também de lavanda e pinho. Abracei-a até chegarmos ao quinto andar, até mesmo enquanto as portas se abriram, revelando uma família que esperava pacientemente para entrar.

– Recém-casados – explicou a mãe.

Saímos do elevador e ficamos parados encarando o corredor que levava aos nossos quartos.

– Todo mundo achava que a gente se casaria um dia – disse ela.

– Você está bêbada. Muito bêbada.

– Discordo. – Ela foi em direção ao próprio quarto e enfiou a chave na porta. Minúsculas luzes verdes piscaram. – Estou alguma coisa, mas não bêbada. Entra! Você quer?

– Celestial – falei, mas me senti tombando na direção dela, como se alguém tivesse inclinado o mundo. – Sou eu, o Dre.

Ela riu e o som pareceu brincalhão, como se não tivéssemos praticamente acabado de ver o pai do Roy enterrar a esposa com uma pá antiga. Riu como se vivêssemos um tempo antes de tudo de ruim ter acontecido.

– Sou eu, também – falou, rindo. – Celestial.

Tentei rir junto, mas não saiu nenhum som. E, de qualquer maneira, seria falso, e eu nunca fingi nada quando se tratava de Celestial.

Tudo acabou quando passei pela soleira e ouvi a porta se fechar com um estalo. Não caímos nos braços um do outro, como num filme, com beijos desesperados e nos agarrando como loucos. Nos primeiros momentos, vagarosos, só nos olhamos, como se o que tínhamos escolhido fosse um pacote que não sabíamos exatamente como abrir. Ela se sentou na cama e eu também, e isso me lembrou a outra vez que ultrapassamos esse limite, durante o ensino médio. Naquela época, como agora, estávamos com roupas formais e exaustos. O porão estava escuro, mas eu podia ver a silhueta dos babados do vestido de festa dela. Agora, porém, estávamos em plena luz. O cabelo de Celestial se avolumava em volta da cabeça num halo escuro; nossa boca estava quente de álcool e as roupas manchadas com terra de cemitério.

Cheguei mais perto dela e enrolei uma mecha grossa de seu cabelo no dedo.

– Nós sempre estivemos juntos – disse ela. – Não assim. Mas sempre.

Assenti e falei:

– Quero ser a pessoa que faz você posar.

Nós rimos, um riso verdadeiro, recíproco. E foi aí que nossa vida mudou. Chegamos um ao outro com júbilo nos lábios. O que veio em seguida podia não ser uma união legal; não havia clérigo nem testemunha. Mas era nosso.

ROY

Em Eloe, se você quiser saber suas origens, basta consultar a Bíblia da sua casa. Bem ali, numa página em branco, antes de "No princípio Deus...", está tudo que você precisa saber. Há outras verdades no mundo, mas nem todas costumam estar escritas assim. Esses registros não oficiais sobre membros das famílias eram passados de boca em boca. Boa parte deles era formada por parentes brancos, sobre os quais se sussurrava às vezes com vergonha, às vezes com satisfação, dependendo dos detalhes. E havia outros parentes do lado certo da linha da cor, mas do lado errado da linha de propriedades. Eu era uma pessoa rara em Eloe, sem laços familiares além dos pais. Olive tinha nascido em Oklahoma City e tinha parentes lá, mas eu não os conheci. Grande Roy era de Howland, Texas, e tinha chegado a Eloe a caminho de Jackson. Eles ganharam nossa Bíblia como presente de casamento da senhoria de Grande Roy. Quando você abre a capa de couro, só há os nomes de nós três escritos com a letra cuidadosa de Olive.

Roy McHenry Hamilton + Olive Ann Ingelman

Roy Othaniel Hamilton Jr.

Olive nunca escreveu o nome de Celestial ao lado do meu, mas havia muito espaço na página, suficiente para listar todos os Hamiltons do futuro, conectados com linhas diagonais e tracejados.

Davina Hardrick era diferente. Pelo menos uns dez Hardricks negros moravam na cidade, até alguns Hardriks, sem o *c*, que fizeram essa mudança no nome quando a família se dividiu como uma congregação em guerra. Eu invejava suas raízes robustas, grossas a ponto de estufar a calçada. Ela disse que estava morando na casa da Sra. Annie Mae e eu tentei lembrar o grau de parentesco da Sra. Annie Mae com ela, quais linhas numa Bíblia as conectavam. Eu me lembrava do Sr. Picard, avô de Davina – ou será que era tio? Havia uma extensão na linha da família dela, disso eu me recordo. Antigamente eu sabia as relações de parentesco de todo mundo.

Eu tinha esbarrado em Davina no Walmart quando fui comprar flores para Olive. Davina, de uniforme azul, abriu a porta do ambiente climatizado onde ficavam as flores e me ajudou a escolher um buquê que eu não consegui me obrigar a entregar. Embrulhando as flores em papel branco, perguntou se eu me lembrava dela, do ensino médio, mesmo ela estando uns dois anos à minha frente. Eu disse que lembrava. Ela perguntou se eu gostaria de uma comidinha caseira. Eu disse que sim. Algumas horas depois eu estava à frente da casa de tábuas enfeitada para o Natal com luzes multicoloridas e fitas metalizadas.

Subi os três degraus de concreto e parei na varanda meio torta. A casinha devia ter uns setenta, talvez oitenta anos, construída provavelmente pelo marido da Sra. Annie Mae. O bairro era conhecido como Hardwood, onde viviam as pessoas de cor que trabalhavam no moinho na época em que existia um moinho, na época em que *de cor* era uma expressão de respeito. Bati à porta coberta de revestimento prateado, quase desejando ter um chapéu, para tirá-lo e segurá-lo nas mãos.

– Oi – disse ela através da porta de tela, parecendo tentadora num avental natalino que destacava seu tom de pele, um marrom luxuriante com uma nuance avermelhada, como o de um belo par de mocassins. Ela inclinou a cabeça para um lado. – Você está bonito.

– Você também.

Aromas que vinham da cozinha temperavam o ar ali fora e eu queria mais do que qualquer coisa nesse mundo passar pela soleira.

– Você chegou cedo – disse ela com um sorrisinho, não como se estivesse irritada, mas só comentando. – Me dê um minuto para ajeitar meu cabelo.

Então ela fechou a porta. Acomodei-me nos degraus da frente e esperei. Cinco anos longe e você fica bom nesse tipo de coisa. Sentei ali mas não virei o rosto na diagonal, na direção da funerária de tijolos laranja que tinha cuidado do enterro da minha mãe. Em vez disso fiquei olhando minhas mãos, tão parecidas com as de Walter, os dedos cheios de calos amarelados. Entrei com mãos de banqueiro e saí parecendo um funcionário de usina. Mas pelo menos estava do lado de fora. Algo que a gente aprende lá: se concentre no que é importante.

A Edwards Street estava bastante silenciosa. Um grupo de menininhos usava pedacinhos de bacon e barbante para pegar caranguejos na vala que corria nas laterais da estrada. À distância dava para ver o reflexo das luzes de neon na vitrine da loja de bebidas e sentir a fraca vibração dos alto-falantes que atravessava o ar. Essa era a minha cidade natal. Eu tinha ralado os joelhos nessas ruas, aprendi a ser homem nessas esquinas. Mas não me sentia em casa.

Quando Davina apareceu pela segunda vez à porta não estava usando o avental, e eu senti falta dele, ainda que o vestido cor de vinho enfatizasse tudo que é fascinante no corpo de uma mulher. No ensino médio ela tinha um físico perfeito – era pequena e cheia ao mesmo tempo. Grande Roy me alertou dizendo que essas garotas são ótimas aos 15 anos, mas ficam gordas aos 30, de modo que você não deve se casar com uma delas. Pensando em Davina, esse conselho parecia infantil e cruel. Sim, ela estava com o busto e os quadris bem volumosos, mas parecia bastante apetitosa.

– Você ainda está casado? – perguntou ela pela porta de tela.

– Não sei.

Ela sorriu inclinando a cabeça, mostrando um enfeite cintilante preso atrás da orelha, como uma gardênia.

– Entre – convidou. – O jantar vai estar pronto em um minuto. Quer beber alguma coisa?

– O que você acha?

Fiquei olhando suas curvas esplêndidas enquanto ela dava os poucos passos até a cozinha.

O eu antigo, e não estou falando do eu antes de ir para a prisão, mas do eu mais antigo ainda, de muito antes de começar a namorar Celestial, o eu de 20 e poucos anos que andava cheio de desenvoltura no meio das mulheres. *Esse* eu teria sabido o que dizer. Na época eu sabia me concentrar. *Mantenha a mente no dinheiro e o dinheiro na mente.* Eu costumava dizer isso a mim mesmo, baixinho, não importava para o que estivesse olhando. Uma coisa de cada vez. É assim que você vence. Mas ali estava eu, sentado diante de uma mulher, uma mulher *ótima*, e pensando na esposa com quem não falava fazia dois anos.

Não estou dizendo que fui um santo durante o casamento. Houve erros e sentimentos feridos, como na vez em que Celestial encontrou nas minhas coisas uma nota fiscal de duas peças de lingerie, não somente da que dei de aniversário a ela. Não ficou lívida, mas foi quase isso. Eu disse: "Celestial, você é a única mulher que eu amo." Isso não explicava necessariamente o pedacinho de papel na mão dela, mas era a verdade de Deus, e suspeito que ela tenha entendido.

Sentado na sala da casa de Davina, tomando a bebida que ela tinha me oferecido, mantive o rosto de Celestial na mente, seu cheiro no nariz, sua voz no ouvido. Mesmo assim, olhei para Davina e fiquei com água na boca.

– Quando foi que a Sra. Annie Mae faleceu? – perguntei. – Ela era uma senhora boa. Eu me lembro de quando ela vendia picles por dez centavos. Quando nós éramos pequenos. Você se lembra disso?

– Já faz quatro anos que ela se foi. Fiquei surpresa quando soube que ela tinha deixado tudo para mim, mas nós sempre fomos bem próximas, e o filho dela mora em Houston agora. O nome dele é Wofford. Lembra dele?

Eu me lembrava dele como o garoto que tinha se dado bem na vida e foi falar com a gente quando estávamos no ensino médio, dizendo para não abandonarmos os estudos, não engravidarmos ninguém nem fumarmos crack.

– É, lembro.

Davina deu um risinho.

– Agora que a Sra. Annie Mae se foi, acho que a gente não vai vê-lo de novo nesta cidade. – Ela balançou a cabeça. – Com meu pai foi a mesma coisa. Antes mesmo de eu fazer 5 anos ele já estava a caminho de Dallas.

– Você não sabe o que o fez ir.

Ela sorriu de novo, um sorriso sincero, como se apreciasse o fato de eu estar tentando ver o lado bom.

– Só sei que ele foi. A mesma história sem importância que todo mundo conta.

– Não diga que foi sem importância. Os homens têm suas razões.

Ela me fez calar.

– Você não veio aqui para falar do meu pai, veio?

E havia outra pergunta por trás da pergunta. As mulheres têm esse talento.

– A comida está com um cheiro bom… – falei, tentando descontrair. – Mulheres da Louisiana. Vocês só podem nascer segurando uma frigideira.

Eu esperava chegar à mesa e ver uma tigela de feijões-fradinhos, colhidos das plantas que cresciam ao longo da cerca que separava a propriedade de Davina das vizinhas. Na minha época de escola, o Sr. Fontenot, professor de francês, tinha morado ali. Acabei matriculado na turma dele por acaso; era o único aluno negro na sala. Nós dois acabamos ficando próximos, já que éramos únicos.

Ele me falou sobre o Clube de Francês, disse que eles se reuniam depois da escola e treinavam o idioma, se preparando para uma viagem de dez dias a Paris. Perguntei ao Sr. Fontenot se havia negros em Paris, e ele disse: "Tanto locais quanto importados."

Ele me deu um romance de James Baldwin, *Go Tell It on the Mountain*, que não tinha nada a ver com a França, mas o Sr. Fontenot me garantiu que o autor estava lá enquanto conversávamos. Virei o livro e examinei o rosto triste mas inteligente na quarta capa. James Baldwin era bastante negro. "Aprenda a língua que eu ajudo a patrocinar a sua viagem – prometeu o Sr. Fontenot.

Mas havia três questões. Primeira, eu seria o único negro na viagem, e ninguém gostou muito da ideia. "Se acontecer alguma coisa ruim lá, vai ser sua palavra contra a deles", apontou Grande Roy.

A segunda questão era o dinheiro. Eu teria que arcar com 750 dólares, mesmo com o Sr. Fontenot ajudando a pagar a minha parte. Era por isso que não ia nenhum aluno negro.

E a terceira questão era o próprio Sr. Fontenot.

Quando ele me instigou a ler *Go Tell It on the Mountain*, não disse nenhuma palavra sobre Jimmy ser homossexual. "Jimmy" era como o Sr. Fontenot sempre se referia a James Baldwin, como se os dois se conhecessem de longa data. Segundo o Sr. Fontenot, Jimmy começou a guardar seus papéis para a posteridade quando tinha apenas 11 anos, porque sabia que ia ser importante e que precisaria de "documentação de sua trajetória". Então ele me deu um caderninho preto. "Você devia fazer um diário para as gerações futuras", sugeriu. "Quando for embora desta cidade, as pessoas vão querer saber como você conseguiu isso."

Foi esse diário que acabou com todos os meus planos, mais do que a falta de dinheiro. Grande Roy não gostou do caderninho e minha mãe também não. Eloe é uma cidade pequena, às vezes claustrofóbica e cruel. Não foram necessários mais do que dois telefonemas para meus pais descobrirem que o Sr. Fontenot era "esquisito" e de jeito nenhum me deixariam ir para Paris com o patrocínio dele.

– O que aconteceu com o Sr. Fontenot? – perguntei.

– Faleceu no início dos anos 90 – respondeu Davina.

– De quê?

– Você sabe do que estou falando. Venha, você precisa comer.

Levantei-me e fui para a mesa oval, parecida com a que havia na minha casa. Acomodava seis pessoas confortavelmente. Puxei a cadeira e já ia me sentar quando Davina perguntou se eu gostaria de lavar as mãos. Envergonhado, perguntei onde era o banheiro. Enquanto usava o sabonete que tinha um cheiro bem feminino, senti uma pontada de raiva, mas joguei água fria no rosto até passar. Enfiando a cabeça embaixo da torneira, enchi a boca com água e engoli. Fazia muito tempo que eu não me olhava num espelho de vidro de verdade, mas, agora que podia, preferiria não ter olhado. Minha testa estava enrugada como o leque que Olive guardava na bolsa. Mas pelo menos eu estava limpo, com a barba feita. Assim que arranjasse dinheiro iria a um dentista colocar uma ponte nova. Usando uma toalha marrom e fofa pendurada num gancho, sequei o rosto e voltei à mesa, onde Davina havia servido um verdadeiro banquete.

Parecia algo saído da Bíblia. Costeletas de porco nadando em molho; macarrão com queijo gratinado e brilhoso de tanta manteiga; purê de batata numa tigela azul listrada e, ao lado, uma pilha dos pãezinhos brancos iguais aos que Olive costumava fazer. Quando você os pegava, eles se desfaziam em pedaços amanteigados. Ali, numa tigela prateada e brilhante, encontrava-se o feijão-fradinho que eu estava desejando.

– Quer fazer a prece? – perguntou ela, estendendo a mão para a minha.

Fechei os olhos e baixei a cabeça, mas não tinha passado do "Deus amado" quando um bolo se formou na minha garganta. Precisei respirar fundo duas vezes para começar a falar. Fechei os olhos com força e engoli em seco para conter o que quer que fosse aquele sentimento querendo sair de mim.

– Deus amado – repetiu Davina. – Obrigada por essa comida que alimentará nosso corpo. Agradecemos por esta amizade. Em nome de seu filho, Jesus Cristo, amém.

Ela apertou minha mão no *amém*, como o ponto no final da frase, mas quando tentou recolher a mão eu continuei apertando. Consegui dizer antes de soltá-la:

– Abençoe as mãos que a prepararam.

Enquanto Davina enchia meu prato com porções enormes, eu me visualizei: um homem que tinha acabado de sair da prisão, prestes a causar um dano sério a algumas costeletas de porco. Estava me sentindo meio deslocado, mais sem graça do que um dia já tinha me sentido no mundo corporativo, bem ali na minha cidade natal. Davina colocou a comida à minha frente e, no último momento, me lembrei dos bons modos e só toquei no meu garfo quando ela pegou o dela.

– *Bon appétit* – disse ela com um sorrisinho.

Eu me recostei na cadeira e me lembrei de Celestial, que dizia exatamente isso antes de comer qualquer coisa, até o cereal no café da manhã.

Estava no segundo prato e no terceiro copo de limonada quando Davina perguntou num tom despreocupado demais para quem estava se repetindo:

– Você ainda está casado?

Terminei de mastigar lentamente, engoli e ajudei tudo a descer com um gole de limonada.

– O que você quer que eu responda? O que sei é o seguinte: eu era casado quando entrei lá e ela não pediu o divórcio.

– Você não precisa falar em círculos, como um advogado.

Ela pareceu magoada, como se eu tivesse aparecido em sua casa e jantado sua comida sob falsos pretextos.

Respirei fundo e disse o máximo de verdade que eu sabia:

– Nós não nos vemos há dois anos. Desde que minha mãe faleceu.

– Você fala com ela pelo telefone?

– Não nos últimos tempos. E você? Está com alguém?

Ela olhou em volta.

– Está vendo outra pessoa aqui?

Deixamos o assunto de lado, como se estivéssemos ambos satisfeitos por termos cumprido com o dever.

Quando terminamos de comer, eu me levantei para ajudar a tirar a mesa. Joguei fora os restos de comida e empilhei os pratos na pia. Davina deu um sorrisinho, o mesmo que se dá para uma criancinha tentando fazer uma coisa de adulto, tipo tocar piano.

– Não se preocupe com a cozinha. Você é visita.

Juro por Deus, não fui até ali só para transar com Davina. Juro por Deus que não foi isso que planejei. Será que fui esperando isso? Não posso mentir e dizer que não estava ávido por uma mulher, como Walter me alertou a não ficar. Mas também estava ávido em termos gerais. Estava ávido pela comida da minha mãe, ávido por isso desde o dia em que fui para a faculdade. Davina Hardrick tinha me convidado para jantar. Se só tivéssemos feito isso, eu já iria embora no lucro.

– Quer café? – perguntou ela.

Fiz que não com a cabeça.

– Alguma outra bebida?

– Sim – respondi, e ela me serviu.

– Não vai inventar de dirigir bêbado – alertou ela.

Fiquei decepcionado porque ela já estava pensando em me mandar para casa.

– Posso perguntar uma coisa? – continuou ela. – Sobre quando você foi embora?

– Você sabe que eu não fiz aquilo.

– Sei. Ninguém por aqui achou que você fez. Foi só um homem da cor errada na hora errada. A polícia é traiçoeira à beça. É por isso que todo mundo está preso.

Inclinei a bebida em um brinde e tomei de uma vez só. Estendi o copo para Davina.

– Mais uma pergunta – disse ela.

Enquanto ela ficava séria, eu me preparei para responder mais alguma coisa sobre Celestial.

– Sim?

– Quando você foi para lá, conheceu alguém chamado Antoine Guillory? Antoine Fredrick Guillory?

– Por quê? É o seu homem?

Ela balançou a cabeça.

– Meu filho.

– Não – respondi em um tom de lamento. Se era filho dela, não poderia ter mais do que 17 ou 18 anos. – Não conheci.

– Chamam ele de Gafanhoto.

Esse apelido eu conhecia. Gafanhoto não era a pessoa mais nova de lá, mas ainda assim era jovem demais para uma penitenciária de adultos. Frágil demais e bonito demais. Eu me lembrava de seus lábios pintados e do cabelo esticado com alisante caseiro.

– Não conheço – repeti.

– Tem certeza?

– Tenho. Nenhum Gafanhoto. – Estendi o copo para ela de novo. – Por favor, senhora?

Ela se recusou.

– Chega. É para o seu próprio bem.

– Garota, não estou preocupado em ser preso por dirigir bêbado. Eu vim a pé. Esta cidade é um ovo.

– Roy, muita coisa mudou. Você não vai querer andar por aí à noite. Não sei o que é pior, a polícia ou as pessoas comuns. Gafanhoto foi preso acusado de porte ilegal de arma. Ele só estava tentando se proteger. Tem 16 anos e eles o acusaram como se fosse adulto.

– Acredite. Não estou com medo. Sabe onde estive nos últimos cinco anos? – falei, dessa vez com um riso que escapou da garganta. – Acha que vou ter medo de um filho da puta caipira pulando de trás dos arbustos do nada?

– Se for um filho da puta caipira com uma *arma*, acho que vai. – Então ela bateu no meu braço e me deu um sorriso de verdade, com covinhas. – Você é doido. Vou preparar mais uma bebida para você. Mas não vou fazer muito forte.

– Faça uma para você também. Não gosto de beber sozinho.

Ela voltou com dois copos como os que minha mãe usava para servir suco de laranja.

– Acabou o gelo – falou.

Estendi meu copo e nós brindamos sem dizer a quê, depois engolimos de uma só vez. A sensação foi boa, me lembrou do meu primeiro emprego. Na festa de fim de ano da empresa os brancos serviram bebida de primeira e a gente engolia como se fosse água, como se o dinheiro não tivesse fim.

Davina se levantou e pôs uma música para tocar. Frankie Beverly falando sobre "sentimentos felizes". Estalou os dedos algumas vezes enquanto voltava. Dessa vez se enrolou na almofada como se estivesse me mostrando toda a sua flexibilidade.

– Olá – disse em um tom ligeiramente brincalhão.

Não posso afirmar que o uísque a tornava linda. Davina não era nenhuma beldade, assim como eu não era nenhum jovem executivo. Mas já fui, assim como ela também já foi linda; restava em nós dois alguma coisa daquela época, acho. Davina era tudo de que eu sentia falta, personalizada num corpo caloroso e negro.

– Você está bem?

Balancei a cabeça, porque era só isso que conseguia fazer.

– O que houve?

Balancei a cabeça de novo.

– Tudo bem – disse ela. – Você acabou de voltar para casa. Voltar é sempre cansativo.

Ela falou isso como se eu tivesse sido liberado do exército ou do hospital.

Num movimento parecido com o de uma bibliotecária, Davina tocou os lábios e eu me inclinei na direção dela. Celestial – eu não conseguia deixar de pensar nela – não é uma mulher pequena; tem ossos grandes e é carnuda. Mas não é macia como Davina, que parece os roupões de um hotel cinco estrelas. Tentei me conter porque não queria partir para cima dela feito um homem das cavernas, e posso dizer que cada segundo que passei totalmente vestido foi um milagre. Beijei-a profundamente quando perdi a inibição, enfiando a língua em sua boca, sentindo o sabor temperado do uísque e adorando. Ela deixou os dedos percorrerem meu corpo, delicada feito uma borboleta, mas com cura nas mãos. Tateou embaixo da minha camisa e a sensação das palmas das mãos frias nas minhas costas quentes foi eletrizante.

No quarto, não tiramos a roupa um do outro. Nos despimos em nossos pedaços separados de escuridão. Davina pendurou o vestido no armário com um tilintar de cabides, depois se deitou na cama ao meu lado, cheirando a uísque mas também a manteiga de cacau. Virou-se de lado e deixou o cabelo cair sobre meu rosto. Eu me afastei da textura plástica daquele cabelo porque não queria tocar em nada que não fosse verdadeiro. Ansiava por me esfregar em algo que respirasse. Ansiava por alguma coisa viva. Ela levantou a coxa para colocá-la sobre meu quadril.

– Você está bem? – sussurrou.

– Estou. E você?

– Estou.

– Sinto muito pelo seu filho.

– Sinto muito pela sua mãe.

Para pessoas normais, falar sobre as perdas acabaria com o clima, mas para mim teve o efeito contrário. Beijei-a de novo, me posicionando em cima dela. Olhando sua silhueta no escuro, senti mais uma vez o impulso de dar explicações. Mas jamais poderia lhe dizer que estava querendo evitar trepar com ela como um homem que tinha acabado de sair da prisão. Que queria fazer isso como um homem que estivesse visitando a família. Como um rapaz da cidade que tivesse se dado bem na vida. Queria comê-la como se ainda tivesse dinheiro, um belo escritório, sapatos italianos e um relógio de aço. Como você pode explicar a uma mulher que quer trepar com ela como um ser humano?

Eu não diria que estava com medo, mas pairei ali em cima dela, sustentando o peso nos antebraços, honestamente sem saber o que fazer em seguida. Queria satisfazê-la – não fazer com que ela berrasse meu nome nem nada do tipo. Queria simplesmente causar uma boa impressão. Ela disse que não acreditava que eu tinha estuprado aquela mulher no Piney Woods Inn, mas não há sempre uma pequena semente de dúvida? O outro lado que cada história deve ter?

– Meu bem – disse Davina, cruzando os braços às minhas costas e unindo nossos corpos.

Confiando na memória muscular, usei o joelho para abrir as pernas dela, mas ela se desvencilhou e ficou de lado, me olhando. Quando fiz menção de sentar para puxá-la para mim, ela me empurrou de volta com o indicador no meu peito.

Então Davina cuidou de mim. É o único modo que tenho de dizer. Dois dias depois de eu sair da prisão ela me deitou em sua cama e cuidou de mim. Com a mão e a boca tocou todo o meu corpo, sem deixar nenhum pedacinho de pele sem ser amado. Moveu-se em cima, embaixo e talvez até através de mim. Qualquer parte minha que não estivesse sendo tocada estava em chamas, esperando atrair a atenção dela em seguida. Você não sabe que está precisando tanto de algo até que alguém lhe dá isso exatamente como você precisa.

Quando ela se enroscou em mim de um modo que seu pé ficou perto do meu rosto, estiquei a cabeça para beijá-lo. Eu não sabia como alguém criado em Eloe podia ter pés tão macios. Celestial também tinha pés assim. Pensar na minha mulher fez algo se agitar em mim e eu tive um sobressalto, como se estivesse acordando de um pesadelo. Davina fez uma pausa, e a pouca luz que havia no quarto se refletiu nos olhos dela.

– Você está bem?

– Não – respondi.

– Vem cá – disse ela, deitando-se de costas e estendendo os braços. Depois me chamou de "meu bem". Foi um convite. Foi como se dissesse "por favor". Enrolou as pernas na minha cintura e eu me agarrei a ela, porque minha vida dependia disso. – Meu bem – repetiu.

– Você tem uma camisinha?

– Acho que sim – respondeu ela. – No armário de remédios.

– No banheiro?

– É.

– Eu preciso colocar?

Davina ficou em silêncio, no escuro. Apoiei-me nos cotovelos e tentei ver o rosto dela, mas não consegui.

– Se você quiser, eu vou pegar – prometi, mas estava beijando-a de novo, mordendo suavemente seu lábio inferior. – A gente precisa? – Eu estava implorando, quer ela soubesse disso ou não. Eu ansiava por aquilo, por tocar outra pessoa sem a intermediação da borracha. Era como tocar seu cabelo de verdade, crescendo crespo na base do couro cabeludo. Era a diferença entre falar ao telefone e falar pessoalmente. – Por favor – ouvi-me dizer. – Eu tiro antes. Prometo. Por favor. – Ainda estávamos nos tocando. Ela não havia me empurrado nem fechado as pernas. – Meu bem – acrescentei, falando aquela língua secreta.

– Está bem – disse ela finalmente. – Está bem, meu bem. Estou segura.

CELESTIAL

GLORIA ME ENSINOU A REZAR quando eu tinha 3 anos. Ela se ajoelhou ao meu lado e mostrou como juntar as mãos embaixo do queixo como um querubim. A igreja era coisa dela, não do meu pai. Há um certo tipo de mulher cristã que não consegue resistir a um homem sem Deus, mantendo a alma dele em suas preces. Às vezes eu gostaria de ser como ela, nascida para salvar um homem; então poderia seguir a trilha de migalhas deixada por ela.

– "Agora me deito para dormir." – Gloria quase cantava as palavras e eu repetia, um pequeno eco infantil, os olhos fechados com força. – "Amém."

Abri os olhos e pedi que ela explicasse "Rezo ao senhor para minha alma levar".

Ela disse que Deus é que decidia se a gente ia acordar na manhã seguinte, se merecia um dia a mais. Se você morresse durante a noite, era um pedido para voltar com Ele para o Céu. Ou pelo menos foi assim que entendi. Aflita, eu me deitava na minha cama de dossel com medo de simplesmente fechar os olhos e cair num sono eterno.

Toda noite ela me colocava para dormir assim, nós duas entoando essa prece. Enquanto Gloria ficava ajoelhada ao meu lado, eu rezava como ela esperava. Mas assim que ela saía eu voltava atrás, negociando para ficar com minha alma.

Em algum lugar está escrito que nossos pecados recaem sobre nossos pais, principalmente sobre nossa mãe, até que façamos 12 anos. Depois disso as faltas são registradas na nossa ficha. Quando passei a ter escolha, raramente acompanhava minha mãe aos cultos, preferindo a companhia fácil do meu pai. Mas sempre fazia minhas preces.

Na época em que morava sozinha eu rezava em voz alta, mas agora, dividindo o quarto com Andre, movo os lábios, mas não digo as palavras em voz alta. Rezo pelo Roy. Rogo pela segurança dele. Peço o seu perdão, ainda que à luz clara da manhã eu saiba que não fiz nada de errado. Também rezo por Andre, e peço que ele me perdoe por pedir perdão. Rezo pelo meu pai e rezo por um modo de fazê-lo me ver como sua filha outra vez.

Minha mãe me ensinou que não há nada que Deus não saiba. Ele conhece nossos sentimentos, porque os criou. Quando confessamos nossos pecados, Ele nos abençoa pela coragem. Pela humildade. Nos abençoa quando estamos de joelhos.

Deus deve saber que no fundo do meu porta-joias, numa caixinha de feltro, está o dente de Roy que falta. Uma feiticeira saberia o que fazer com ele; até mesmo eu, que não tenho muito talento com coisas do além, posso sentir sua energia chamejante de cometa na palma da minha mão. Mas não tenho como aproveitar esse poder nem submetê-lo à minha vontade.

ROY

Passei umas 36 horas com Davina Hardrick na casa que foi da Sra. Annie Mae. A vida é cheia de maravilhas. Quem poderia imaginar que uma garota que eu só conheci superficialmente no ensino médio me capturaria tão completamente que eu mal me lembraria do caminho para casa? O único motivo para eu ter saído de sua cama foi que ela me expulsou para poder ir trabalhar. Com sua comida e seu amor, eu poderia ter ficado para sempre. Quando finalmente apareci com as roupas amarrotadas que usara (ou não usara) durante um dia e meio, Grande Roy estava esperando na varanda da frente. As duas cadeiras Huey Newton estavam vazias, com ele sentado no piso de concreto, os pés plantados nos canteiros de flores. A mão esquerda segurava a caneca de café amarela da minha mãe e a outra tinha um pãozinho de mel que ele comia direto da embalagem.

– Está vivo?

– Sim, senhor – respondi subindo os degraus. – Vivo e *bem*.

Grande Roy levantou as sobrancelhas.

– Qual é o nome dela?

– Jurei segredo para proteger a inocente.

– Desde que não seja casada… Eu detestaria você ter passado por tudo o que passou para acabar levando um tiro por causa de uma mulher.

– Tem razão. Minha história já é suficientemente trágica.

– Tem café no fogão – disse ele, gesticulando com a cabeça na direção da porta.

Peguei uma xícara, depois voltei à varanda e me sentei ao lado do meu pai. Olhei para um lado e para outro da rua pensando em mim mesmo, hábito que adquiri quando estava preso. Você fica sentado pensando no lugar onde quer estar, com quem quer estar. O que gostaria de ouvir. Eu ficava sentado por até vinte minutos, pensando em azeitonas pretas e no que comeria com elas. Agora estava pensando em Davina e me perguntando se poderia voltar para lá à noite.

Será que eu estava traindo Celestial ou as lembranças que tinha dela? Acho que um cara na minha posição deveria receber algum tipo de compensação especial. Não direi que Davina Hardrick salvou minha vida com suas coxas fartas e seu jeito de me chamar de "meu bem", mas ela resgatou *algo* em mim, se não minha vida, talvez meu espírito.

Grande Roy falou por cima da borda da caneca amarela:

– Você precisa aprender a usar o telefone, filho. Não pode simplesmente desaparecer. Ainda mais depois de tudo que aconteceu.

Senti os ombros encurvando enquanto abaixava a cabeça quase até o peito.

– Desculpe, pai. Não pensei nisso.

– Você precisa se lembrar de ter consideração pelas outras pessoas.

– Eu sei. – Bebi mais um gole de café e ele me entregou o pãozinho de mel comido pela metade. Eu o parti ao meio e enfiei um pedaço na boca. – Estou tentando me acostumar a ser eu mesmo.

– Você precisa falar com a sua mulher hoje.

– Falar o quê?

– Não sobre a pessoa que fez você chegar aqui com um sorriso de orelha a orelha. Mas você precisa avisar que voltou para casa. Acredite, filho. Quem quer que seja, a pessoa com quem você esteve pode parecer especial agora, mas não é sua mulher.

Levantei as mãos.

– Eu sei. Eu sei.

Eu não tinha tido uma migalha de felicidade em cinco anos inteiros, e ele não ia me deixar aproveitar o sol nem por uma horinha.

– Mas deixe para fazer isso depois do banho – disse ele.

Meu pai estava certo. Eu precisava me programar para ir a Atlanta, encontrar Celestial cara a cara e perguntar se ainda estávamos casados. Parte de mim dizia que, se eu precisava perguntar, a resposta era não. Talvez eu estivesse juntando forças. Dois anos sem visitas são uma mensagem clara; por que eu precisava ouvir dos lábios dela? O que quer que Celestial tivesse a dizer seria bem doloroso. A verdade cortaria minha carne como uma faca.

Mas ainda havia o fato simples e inquestionável de que ela não tinha dado entrada no divórcio. Se não havia feito isso, era porque não queria. No meu manual isso tinha algum peso. Além do mais, até um corte com faca pode sarar.

Quando o telefone começou a tocar, eu só tinha vestido a cueca. O aparelho antigo soava com um tilintar metálico alto.

– Diga ao Wickliffe que estou esperando na varanda! – gritou Grande Roy lá de fora.

Andando nas pontas dos pés até a cozinha, seminu e descalço, peguei o telefone e disse:

– Ele está esperando na varanda.

O homem do outro lado disse:

– Perdão?

– Desculpe. Alô? Casa dos Hamilton.

O homem disse:

– Roy, é você?

– Pequeno Roy. Você quer falar com o Grande Roy?

– Aqui é o Andre. O que está fazendo aí, atendendo ao telefone? Achei que você só fosse sair na quarta-feira.

Na última vez em que vi Andre ele estava com o terno cinza que usaria no enterro de Olive. Eu podia sentir as pessoas na sala de visitas olhando-o enquanto conversávamos, tentando entender qual era a nossa. Eu sabia qual era minha aparência, igual à de todo mundo lá dentro: macacão velho, pele negra. Todo o resto eram detalhes. Com sua roupa social, Dre não parecia um advogado; tinha mais cara de músico que havia se mudado para a Europa porque "as pessoas nos Estados Unidos não entendem nada de jazz".

Tinha sido bom vê-lo. Dre era meu amigo. Foi ele quem me apresentou a Celestial, ainda que só tenha rolado muito tempo depois. Quando nós nos casamos ele foi meu padrinho, assinou os papéis como testemunha. E ali estava ele, no último domingo que Olive passaria acima da terra.

– Você vai carregá-la no meu lugar? – pedi.

Dre respirou fundo e assentiu.

É doloroso até mesmo lembrar, mas quando ele concordou eu me senti grato e furioso ao mesmo tempo.

– Obrigado – falei.

Ele descartou minhas palavras com um gesto de seus dedos de pianista.

– Sinto muito por tudo isso. Você sabe, o Banks ainda está...

Agora era minha vez de silenciá-lo.

– Foda-se o Banks. Mesmo que ele me faça sair amanhã, vai ser tarde demais. Minha mãe já morreu.

Escutando a voz dele agora, senti a mesma mistura de vergonha e raiva de quando ele disse que carregaria o caixão de Olive. Isso provocou uma coceira na minha garganta e eu precisei pigarrear duas vezes antes de falar.

– E aí, Dre? É bom falar com você.

– Digo o mesmo, cara. Mas você saiu antes. A gente só esperava você daqui a alguns dias.

Ele disse *a gente. A gente só esperava você.*

– Burocracia – falei. – Alguém no Departamento Correcional disse que era a minha hora, e aí eu saí.

– Pois é. Celestial sabe?

– Ainda não.

– Sem problema – disse Dre depois de um instante. – Espero que você não se importe em ficar aí esperando uns dois dias.

– Vocês vêm juntos?

– Só eu – respondeu Dre.

Desliguei o telefone, voltei à varanda e parei junto de Grande Roy. Com ele sentado, eu podia ver as pequenas cicatrizes no topo da sua careca. Lembro de minha mãe beijando-as quando ele batia a cabeça no lustre que ficava um pouco baixo demais sobre a mesa de jantar. Ela adorava aquele lustre pequeno e elegante, e meu pai nunca lhe pediu para tirá-lo.

– Não era o Wickliffe – falei. – Era o Andre.

– O que ele disse que deixou você tão abalado a ponto de estar aqui fora só de cueca?

Olhei minhas pernas nuas, já ficando esbranquiçadas.

– Ele disse que vem aqui me buscar. Só ele.

– Isso parece certo para você?

– Não sei o que é certo.

– É melhor você ir a Atlanta e ver se ainda restou alguma coisa do seu casamento. – Grande Roy fez uma pausa. – Se é isso que você quer.

– Claro que é o que eu quero.

– Achei melhor perguntar porque há dez minutos você não parecia ter tanta certeza.

O telefone tocou de novo e Grande Roy apontou o queixo para a casa.

– Vá atender. É o Wickliffe ou a Celestial. Se for Wickliffe, diga que estou indo. Se for Celestial, você que sabe.

Deixei tocar até ela desistir.

VOLTEI PARA A COZINHA VESTINDO os melhores trajes que o Walmart tem a oferecer, calça cáqui e uma camisa de tricô com colarinho. Pelo menos eu tinha sapatos bons. No espelho eu parecia um Tiger Woods pobre, mas não parecia um ex-presidiário.

– Quero ir para casa.

Grande Roy estava curvado na frente da geladeira, remexendo lá dentro.

– Quer dizer, Atlanta?

– É.

– Decidiu rápido. Andre despertou alguma coisa em você.

– Eu sempre soube que iria, só não exatamente quando. Agora sei que *quando* é o mais rápido que puder.

– Você pode dirigir?

Enfiei a mão no bolso de trás e peguei minha carteira. Depois de todos aqueles anos no depósito da penitenciária, o couro ainda estava macio e flexível. Grudada a um cartão perfurado estava minha carteira de motorista. A foto era do eu bem-sucedido; arrogante e seguro de mim, com a camisa social e a gravata vinho, eu sorria, mostrando duas fileiras de dentes fortes e quadrados. De acordo com o estado da Geórgia, eu tinha autorização para dirigir um veículo por mais seis meses. Além disso, o estado achava que eu morava no número 1.104 da Lynn Valley Road. A carteira era a única coisa que me restava de antes. Levantei-a e deixei a luz brincar no brasão do estado.

– Posso, mas não tenho carro.

– Pode levar o Chrysler – disse Grande Roy, abrindo uma embalagem de ovos e achando um único ovo solitário. – Tenho que fazer compras. Dois homens adultos precisam de um café da manhã decente.

– Pai, como você vai trabalhar sem o carro?

– Wickliffe pode me dar carona se eu ajudar com a gasolina.

– Me deixe pensar.

– Achei que você tivesse dito que estava pronto para ir.

– Disse, mas estou pensando.

– Sabe, às vezes a gente pode compensar com bacon o que não tem em ovos. – Grande Roy abriu mais a geladeira e se abaixou para remexer numa gaveta. – Uma pobre tirinha de bacon. Acho que você podia ficar com o ovo e eu com o bacon. – Ele foi até o armário e o abriu, revelando fileiras de latas bem arrumadas. – Já sei! Croquetes de salmão. Você come, não é?

Olhei para Grande Roy como se estivesse sendo apresentado a um estranho. Seu corpo era grande demais para a cozinha da minha mãe, mas ele se saiu bem, quebrando o ovo com uma das mãos e batendo com um garfo.

– O que foi?

– Nada, pai. É só que durante toda a minha infância nunca vi você tocar numa só panela ou frigideira. E agora você se vira na cozinha igual a um profissional.

– Bom – disse ele, de costas para mim enquanto continuava batendo aquele ovo solitário –, perder Olive me deixou com duas opções: aprender a cozinhar ou morrer de fome.

– Você poderia casar de novo. – Eu mal consegui pôr as palavras para fora. – Não é contra a lei.

– Quando eu quiser outra pessoa, vou encontrar outra pessoa. Mas se só quero uma refeição, eu cozinho. – Ele estendeu a lata de salmão e sorriu. – Ninguém conta isso, mas um monte de comidas tem receitas na parte de trás da lata.

Observei-o por mais um tempo e imaginei se era isso que significava seguir em frente, aprender a viver sem alguém. Ele continuou batendo o ovo na tigela pequena e salpicou um pouco de pimenta-caiena.

– O problema é que não ensinam a temperar direito. Um bom macete é jogar um pouco de pimenta sempre que você estiver fazendo uma receita de lata.

– Mamãe cozinhava de cabeça.

Grande Roy espalhou um pouco de óleo numa frigideira de ferro fundido.

– Ainda não acredito que ela se foi.

Quando terminou de cozinhar, ele serviu a comida nos nossos pratos. Cada um ficou com dois croquetes de bom tamanho, meia fatia de bacon e uma laranja cortada em triângulos.

– *Bon appétit* – falei pegando o garfo.

– Ó, Senhor! – começou Grande Roy, orando, e eu pousei o garfo.

A comida não estava ruim. Não estava boa, mas também não estava ruim.

– Boa, hein? – disse ele. – A receita pedia farinha de rosca, mas usei biscoitos esmigalhados. Dá um sabor de castanhas.

– Sim, senhor – falei, comendo numa mordida só minha meia fatia de bacon.

Não conseguia deixar de pensar em Olive, uma virtuose na cozinha. Nas noites de sexta ela fazia bolos, tortas e biscoitos para vender no sábado à tarde e serem servidos depois dos jantares de domingo em casas de toda a cidade. Outras mulheres faziam a mesma coisa, mas Olive tinha o desplante de cobrar dois dólares acima do valor padrão. "Minhas sobremesas valem um pouquinho mais", costumava dizer.

Comemos devagar, imersos em pensamentos.

– Você vai precisar cortar o cabelo antes de ir – disse Grande Roy.

Passei a mão pela cabeça lanosa.

– Onde vou conseguir cortar o cabelo numa segunda-feira?

– Aqui mesmo. Você sabe que eu cortava cabelo quando estava no exército. Mantenho meu registro em dia. Se a coisa piorar, sempre dá para ganhar um dinheiro trabalhando como barbeiro.

– Mas depois de todos esses anos?

– Eu cortei seu cabelo todo sábado até você fazer 10 anos. – Ele balançou a cabeça e mordeu uma das fatias de laranja. – Parece que antigamente as frutas tinham mais sabor.

– Era disso que eu mais sentia falta quando estava lá. Frutas. Uma vez paguei seis dólares por uma pera. – Assim que falei isso, balancei rapidamente a cabeça para afastar a lembrança, mas ela estava vívida. – Não consigo me esquecer daquela pera. Tive que barganhar muito por ela. Vendi um saco de lixo para um cara. Ele queria me dar só quatro dólares, mas eu fiz jogo duro.

– Nós tentamos suprir você quando estava lá dentro. Talvez não tenhamos conseguido tanto quanto seus sogros, mas o que demos significou mais para nós.

– Não estou comparando – falei. – Estou tentando contar uma coisa aqui, pai. Eu vendi um saco de lixo e não me perguntei por que alguém pagaria tanto por ele. Só pressionei o cara até conseguir cada centavo que ele tinha, porque precisava de dinheiro para comprar uma fruta. Eu estava desesperado para sentir aquele gosto fresco.

A pera era rosada como uma folha de outono e macia como sorvete. Comi tudo: sementes, miolo e cabo. Tudo. Comi no banheiro imundo porque não queria que ninguém a visse e tirasse de mim.

– Filho... – disse Grande Roy, e pelos músculos relaxados em seu rosto eu soube que até *ele* sabia o resto da história.

Eu me senti como se fosse a única pessoa no mundo que não sabia como um homem na prisão usa um saco de lixo. Eu tinha tentado dividir a pera com Walter, mas ele não quis tocá-la quando eu contei como tinha conseguido.

– Como eu ia saber? – perguntei ao meu pai.

Na prisão você aprende rapidamente que qualquer coisa pode ser uma arma a ser usada contra outro homem ou contra você mesmo. Uma escova de dentes vira uma adaga, uma barra de chocolate pode ser derretida para fazer napalm caseiro e um saco de lixo vira uma forca perfeita.

– Eu não sabia. Não teria entregado o saco a ele, quanto mais aceitado o dinheiro.

Me lembrei de ter tentado vomitar na latrina de metal, esperando que o odor medonho me ajudasse a pôr a pera para fora, mas não saiu nada a não ser bile.

– Não estou culpando você, filho. De nada.

Então o telefone começou a tocar, como se soubesse que estávamos sentados ali e se recusasse a ser ignorado.

– Não é o Wickliffe – disse Grande Roy.

– Eu sei.

Tocou até ela se cansar. E tocou de novo.

– Não quero falar com Celestial até ter o que dizer.

– Você acabou de me contar que vai para lá. Isso é uma coisa para dizer.

Estava na hora de falar as palavras que eu não queria.

– Não tenho dinheiro.

– Eu posso ajudar. Ainda não recebi, mas você pode ficar com o que eu tenho. Talvez Wickliffe possa me emprestar algum.

– Pai, você já me ofereceu seu carro. Não pode pedir dinheiro emprestado ao Wickliffe.

– Não é hora de ser cabeça-dura. Ou você vai até lá sozinho com o dinheiro que eu conseguir ou espera o Andre vir buscá-lo. Aceitar dinheiro de um idoso pode ferir seu ego, mas vai ferir mais ainda esperar até quarta-feira.

Foi incrível como nesse momento Grande Roy me lembrou o Walter. Eu morria de saudade do meu pai biológico. Imaginei o que ele diria sobre tudo isso. Sempre achei que Walter era o mais diferente de Grande Roy que duas pessoas poderiam ser, e não só porque Grande Roy era o tipo de homem que assumia o filho de outro cara, enquanto Walter era praticamente um parasita. Conhecendo os dois, consigo ver o tipo de homem da minha mãe, e acho que todos temos um tipo que nos atrai mais. O tipo de homem dela era o que tem um ponto de vista. Alguém que acha que descobriu como a vida funciona.

– Sabe – disse Grande Roy. – Tem o dinheiro que sua mãe guardou quando você nasceu. Deve ter uns duzentos dólares no seu nome. Com sua carteira de motorista e a certidão de nascimento, talvez você consiga sacar. Olive guardava todos os seus documentos na gaveta dela na cômoda.

O quarto estava arrumado como quando Olive ainda era viva. A cama coberta com a colcha de retalhos feita de círculos sobrepostos que ela comprou na feira de artesanato. Numa das paredes havia um quadro de três garotas usando vestidos cor-de-rosa e pulando corda. Eu o havia comprado para ela com meu primeiro salário. Não era original, mas a cópia era assinada e numerada. Em cima da penteadeira, como um anjo travesso, estava a *poupée* vestida com meu macacão.

Quando Grande Roy disse que os documentos da poupança estavam na cômoda, estava falando da gaveta de cima à direita, onde Olive guardava a maioria das suas coisas pessoais. Toquei o puxador de latão e me imobilizei.

– Achou? – perguntou ele.

– Ainda não – respondi.

Então puxei a gaveta como se estivesse arrancando um curativo. A corrente de ar no quarto soprou nas roupas bem dobradas, liberando o odor que eu sempre associo a Olive. Se você me perguntasse que cheiro era, eu não saberia responder, assim como ninguém sabe descrever a fragrância do café. Era o cheiro da minha mãe e não tinha como ser descrito. Levantei uma echarpe florida e pressionei-a contra o rosto. A pressão das lágrimas se acumulou atrás dos meus olhos, mas nenhuma escorreu. Inalei fundo o tecido na minha mão e a tensão aumentou, quase como uma dor de cabeça, mas o choro não veio. Tentei dobrar a echarpe, mas ela parecia enrolada e eu não queria bagunçar as pilhas bem-feitas.

Um maço de papéis preso com um elástico verde encontrava-se encaixado no canto de trás da gaveta. Peguei-o e levei para a cozinha, onde Grande Roy esperava.

– Você ainda não tirou as coisas dela? – perguntei.

– Não vi motivo para isso – respondeu ele. – Eu não preciso de espaço extra.

Tirei o elástico do maço de papéis. Em cima estava minha certidão de nascimento, indicando que eu era negro, do sexo masculino, nascido vivo em Alexandria, Louisiana. Meu nome original estava nela, Othaniel Walter Jenkins. A assinatura de Olive é pequena e apertadinha, como se as letras se escondessem umas atrás das outras. Abaixo dela estava o documento revisado, com meu novo nome e a assinatura floreada de Grande Roy em tinta azul; nele a letra da minha mãe é redondinha e bem feminina. A primeira página da caderneta de poupança mostrava um depósito de 50 dólares no ano em que eu nasci e um de 50 em cada ano seguinte. Os valores aumentaram quando fiz 14 anos e eu acrescentava 10 dólares a cada mês. Quando fiz 16, saquei 75 dólares para tirar o passaporte que estava segurando agora. Abrindo o livreto azul, encarei a foto em preto e branco tirada no correio de Alexandria. Olhando de novo a caderneta do banco, notei a retirada que fiz depois do ensino médio, 745 dólares para levar para a faculdade, deixando um saldo de 187 dólares. Com mais dez anos de juros, provavelmente havia um pouco mais. Talvez o suficiente para chegar a Atlanta sem precisar extorquir meu pai e o velho Wickliffe.

Não me levantei imediatamente. Havia mais um item no maço. Um caderninho que eu podia jurar que era de couro, mas que o tempo mostrou ser de vinil. Era o diário que o Sr. Fontenot tinha me dado quando eu achei que seria igual a James Baldwin. Eu não tinha feito mais do que um punhado de anotações nele. Escrevi principalmente sobre a tentativa de dar entrada no passaporte, fazer o pagamento e ir a Alexandria tirar a foto. A última anotação dizia: "Querida História, O mundo precisa se preparar para Roy Othaniel Hamilton Jr.!"

No mundo existem muitas pontas soltas que precisam ser amarradas. É impossível dar conta de todas elas, mas a gente precisa tentar. Foi o que Grande Roy me disse enquanto cortava meu cabelo na segunda-feira de manhã. Ele não tinha máquina, por isso estava fazendo do modo antigo, com tesoura e pente. O barulho metálico soava alto nos meus ouvidos, me lembrando da época em que eu ainda não sabia que um garoto podia ter mais de um pai. A época em que os nomes anotados à caneta na primeira página da Bíblia contavam toda a história, quando éramos uma família de três.

– Tem alguma coisa que você queira me contar?

– Não, senhor – respondi com a voz esganiçada.

– O que foi isso? – Grande Roy gargalhou. – Você falou como se tivesse 4 anos.

– É a tesoura. Me lembra de quando eu era pequeno.

– Quando conheci Olive, você só sabia dizer uma palavra: "não". Quando eu ia vê-la você gritava "não" e fechava o punhozinho sempre que eu chegava perto dela. Mas ela deixou claro que o que tinha a oferecer era o pacote completo. Você e ela. Eu brinquei com ela, dizendo: "E se eu quiser só o menino?" Ela ficou vermelha quando eu falei isso, e até você parou de brigar comigo. Assim que você deu a sua aprovação, ela começou a aceitar a ideia de ser minha mulher. Veja bem, mesmo antes de ela dizer, eu sabia que era a você que eu ia ter que pedir a mão dela. Um bebê arrogante. – Ele sorriu de novo, antes de prosseguir: – Eu tinha acabado de sair do serviço militar. Acabado de voltar. Conheci Olive no restaurante a quilo. Minha senhoria tentou me fazer ficar longe dela. Para começo de conversa, ela estava tentando arranjar marido para as próprias filhas, que deviam ser umas seis. Por isso ela sussurrou para mim "Você sabe, Olive tem um filhinho", como se estivesse dizendo que ela sofria de tifo. Mas isso fez com que eu a quisesse mais ainda. Não gosto quando as pessoas falam mal das outras. Seis meses depois estávamos casados no civil, com você pendurado no quadril dela. Para mim, você era meu filho. Sempre vai ser meu filho.

Assenti porque conhecia a história. Tinha até contado a Walter.

– Quando você mudou meu nome, isso me deixou confuso?

– Você mal sabia falar.

– Mas tinha idade para saber meu nome. Quanto tempo demorei para assimilar?

– Praticamente nenhum. Começou como uma promessa a Olive, mas você é meu filho. É o único parente que me resta. Você já sentiu que não tinha pai? Houve algum momento em que você achou que eu não fiz tudo que podia por você?

A tesoura parou de estalar e eu girei na cadeira para encarar Grande Roy. Os lábios dele estavam apertados e o maxilar trincado.

– Quem contou a você? – perguntei.

– Olive.

– Quem contou a ela?

– Celestial – respondeu ele.

– Celestial?

– Ela apareceu aqui quando sua mãe estava recebendo cuidados. Nós colocamos a cama hospitalar na sala, para que Olive pudesse ver TV. Celestial veio sozinha, sem o Andre. Foi nesse dia que deu a Olive o boneco que ela tanto queria, o que se parece com você. Olive não estava recebendo oxigênio suficiente, mesmo com a máscara. Ainda assim, sua mãe lutava. Aguentava firme. Era terrível de ver. Eu não queria lhe contar isso, filho. Dizem que foi "rápido". Dois longos meses depois de fazerem os exames, ela se foi. Mas foram dois longos meses. Isso eu preciso dizer em defesa da Celestial: ela veio duas vezes. A primeira foi quando ficou sabendo. Passou a noite toda dirigindo para encontrar Olive sentada na cama, mais cansada do que doente. Depois, quase no fim, ela voltou. Nessa última vez, pediu para eu sair da sala. Achei que ela fosse ajudar Olive a se limpar ou algo assim. Depois de uns quinze minutos a porta se abriu e Celestial pegou a bolsa como se estivesse de saída. Olive estava deitada na cama, tão imóvel que eu fiquei com medo de ela ter morrido. Então ouvi a respiração dificultosa. Havia um ponto brilhante na testa dela, onde Celestial tinha dado o beijo de despedida. Depois disso consegui convencer Olive a tomar a morfina. Enfiei o comprimido embaixo da língua dela, e então ela disse: "Othaniel está lá com ele." Não foram as últimas palavras. Mas foi a última coisa que ela disse que realmente teve importância. Então, dois dias depois, ela se foi. Antes da visita de Celestial ela estava lutando. Queria viver. Mas depois desistiu.

– Celestial prometeu não contar. Por que ela faria uma coisa dessas?

– Não tenho ideia – disse Grande Roy.

ANDRE

QUANDO EU TINHA 16 ANOS, tentei brigar com meu pai porque achei que Evie fosse morrer.

Os médicos tinham dito que era o fim, que o lúpus finalmente a havia dominado, por isso estávamos percorrendo as fases do luto em ritmo vertiginoso, tentando escapar do além antes que o relógio chegasse ao prazo final. Entrei no estágio da raiva e fui de carro à casa de Carlos. Dei um soco no maxilar dele enquanto ele trabalhava no quintal da frente, aparando os arbustos para deixá-los redondos. Seu filho – meu irmão, acho que se poderia chamar assim – tentou ajudar, mas ele era pequeno e eu o empurrei na grama.

– Evie está morrendo – falei ao meu pai, que se recusou a revidar minha agressão.

Dei outro soco, desta vez no peito, e ele bloqueou o terceiro golpe, mas não me bateu. Em vez disso gritou meu nome, fazendo com que eu paralisasse.

Agora meu irmão estava de pé, olhando para nós dois, esperando instruções. Carlos, num tom afetuoso que eu nunca tinha ouvido sair da boca dele, disse:

– Entre em casa, Tyler. – Depois, para mim: – Você poderia estar passando com Evie esse tempo que desperdiçou vindo aqui brigar comigo.

– É só isso que você tem a dizer?

Ele abriu as mãos. Vi em seu pescoço o brilho de uma corrente trançada. Escondido sob a camisa havia uma medalha de ouro do tamanho de uma moeda de 25 centavos. Sua mãe tinha dado aquilo a ele uma vida atrás, e ele jamais o tirava.

– O que você quer que eu diga? – perguntou em um tom afável, como se quisesse mesmo saber.

E era uma boa pergunta. Depois de todos aqueles anos, o que ele poderia dizer? Que lamentava?

– Quero que você diga que não quer que ela morra.

– Meu Deus, garoto. Não, não quero que Evie morra. Sempre achei que a gente acabaria se acertando, voltando a ser amigos de algum modo. Achei que no final das contas poderíamos consertar as coisas. Ela é uma mulher incrível. Olhe para você. Ela o criou. Tenho uma dívida eterna com ela por isso.

Sei que é uma declaração muito simples, mas foi como um presente.

Uma semana depois, Evie melhorou e foi transferida da UTI para um quarto comum no terceiro andar do hospital. Em sua mesinha de cabeceira havia um buquê alegre, meia dúzia de rosas cor-de-rosa e algumas folhas verdes. Ela pediu que eu lesse o cartão. *Melhoras. Com carinho, Carlos.* Depois disso as coisas melhoraram um pouco entre nós. Por gentileza, agora ele faz convites para os jantares das festas de fim de ano, e por gentileza eu recuso. Devo estar para receber um cartão de Natal por esses dias, e dentro do envelope haverá uma carta animada da mulher dele. Não leio esses boletins anuais; não suporto os relatos dela sobre como seus filhos estão saudáveis e bem-sucedidos. Não tenho nenhum ressentimento em relação a eles, mas não os conheço.

Essa era uma inveja que eu tinha do Roy: o pai dele. Não que eu nunca houvesse conhecido alguém que tivesse um pai responsável. Afinal de contas, cresci na casa ao lado da de Celestial e do Sr. Davenport. Mas um homem que tem uma filha é diferente de um que tem um filho. É como se um fosse o pé esquerdo e o outro o direito. São a mesma coisa, mas não são intercambiáveis.

Não penso em Carlos o tempo todo, como se eu fosse um negro trágico que cresceu sem pai e ficou estragado pelo resto da vida. Evie cuidou bem de mim e no geral sou uma pessoa decente. Mas sentado atrás do volante da minha picape, perdido na faixa central de uma estrada de oito pistas, eu queria falar com meu pai. Roy Hamilton tinha saído da prisão, sete anos antes do previsto. Não que isso mudasse tremendamente a dinâmica, mas o relógio acelerado dava um nó nas minhas entranhas e fazia minha cabeça girar.

Eu ansiava por um mentor ou talvez um treinador. Quando eu era criança, o Sr. Davenport assumia esse papel de vez em quando, mas agora ele age como se não suportasse ver minha cara. Evie estalou a língua e disse que nenhum homem gosta do bunda-suja que dorme com a própria filha. Tentei explicar que era algo mais profundo do que isso.

– Ele era todo amoroso com o Roy antes de ele ser preso? – perguntou Evie.

Não, não era, mas isso era irrelevante. Agora o Sr. Davenport era mais leal com o Roy do que com a filha. De certa forma, toda a raça negra era leal a Roy, um homem que tinha acabado de descer da cruz. "Apareça qualquer hora", tinha dito meu pai, em tom casual, quando o encontrei com a mulher num mercado na Cascade Road. Ele estava empurrando um carrinho abarrotado de frango, costeletas, batatas, açúcar mascavo, refrigerante e tudo o que era necessário para um churrasco. Ele me viu antes que eu o visse, caso contrário jamais teríamos nos falado. Enquanto sua mulher desviava convenientemente para o balcão de saladas, Carlos pôs a mão no meu braço e disse: "Já faz tempo demais."

Como isso acontece com as famílias? Eu vi as fotos. Eu montado nos ombros dele, cabelo afro igual ao do Michael Jackson. Lembro de coisas cotidianas como ele me ensinando a fazer xixi sem respingar no chão. Até me lembro da ardência de seu cinto nas minhas pernas, mas não com frequência. Ele era meu pai, e agora nós nunca nos falamos. Me ocorre que talvez um homem só consiga amar o filho tanto quanto ama a mãe dele. Mas não, não pode ser verdade. Ele era meu pai. Não tínhamos o mesmo nome, mas eu usava seu sobrenome com tanta facilidade quanto usava minha própria pele.

"Você é sempre bem-vindo na minha casa", dissera ele.

E então eu decidi acreditar em sua palavra.

Não acho que laços de sangue sejam o que une uma família; parentes são o círculo que você cria. Há alguma coisa na genética compartilhada, mas a questão é: o que é exatamente essa coisa? O fato de eu não ter crescido com o meu pai tem importância. É como ter uma perna um centímetro mais curta do que a outra. Você consegue andar, mas não sem mancar.

Carlos mora na Brownlee Road, numa casa quase idêntica àquela onde morava comigo e com minha mãe. Era como se quisesse a mesma vida, mas com pessoas diferentes. Sua mulher, Jeanette, até se parecia um pouco com Evie, uma negra de pele relativamente clara e corpo generoso. Quando eles se casaram, de algum modo ela conseguia ganhar a vida fazendo esculturas de gelo para casamentos e coisas assim. Na época ela era muito mais nova do que Evie, mas depois de todos esses anos a idade das duas se aproximou daquele modo estranho determinado pela passagem do tempo.

Carlos atendeu à porta sem camisa, a careca coberta por espuma de barbear. Enquanto secava a testa com uma toalha felpuda, vi a medalha dourada de São Cristóvão reluzir em meio aos pelos escuros do seu peito.

– Andre, tudo bem?

– Tudo. Estava pensando se eu poderia bater um papo rápido com você. – Ele continuou em silêncio, e acrescentei: – Você disse que eu poderia aparecer a qualquer hora.

Ele escancarou a porta para eu entrar.

– Claro. Entre. Vou me vestir. – Então ele anunciou a quem quer que estivesse em casa: – Andre está aqui.

Entrei e fui recepcionado pelos aromas do café da manhã: bacon, café e algo doce como pãezinhos de canela. À minha frente, no saguão, havia uma árvore de Natal com cheiro de pinheiro e cheia de bolas prateadas. Dezenas de presentes brilhantes já estavam sobre um pano vermelho com acabamento em branco. E, como uma criança, fiquei preocupado pensando que não havia um presente ali para mim; depois, como um adulto, fiquei preocupado pensando que tinha aparecido com as mãos abanando.

– Bela árvore, não é? – disse ele. – Eu deixo a decoração a cargo da Jeanette. Só carrego a árvore para dentro, que é o que um homem pode fazer.

Ele se abaixou e conectou um fio verde à tomada da parede, fazendo a árvore se acender com luzes tão claras e radiantes que reluziram, mesmo na sala ensolarada.

Nesse momento Jeanette apareceu, vestida com um quimono com estampa de pavões. Arrumando o cabelo, ela disse:

– Olá, Andre. Que bom ver você!

– É bom ver a senhora também.

– Não me chame de senhora. Nós somos da mesma família. Vai tomar o café da manhã com a gente?

– Não, senhora – respondi.

Ela beijou meu pai no rosto, como para me lembrar que aquela era a casa dela, o marido dela e o pai dos filhos dela. Ou talvez fosse afeto, ainda florescendo depois de tantos anos. De qualquer maneira, eu me senti traindo Evie só por estar ali, ainda que minha mãe estivesse muito mais relaxada em relação a esse assunto agora que também tinha encontrado um amor verdadeiro.

– Venha comigo enquanto eu termino de raspar a cabeça. – Ele apontou para a espuma no cocuruto. – Quando eu era novo, as mulheres me conheciam por causa do cabelo. Metade negro e metade porto-riquenho, sabe? Totalmente negritude, ondulado. Um pouco de brilhantina e um pente molhado? Perfeição. Mas agora?

Ele suspirou, como se dissesse: *Nada é para sempre.*

Acompanhei-o pela casa, que estava silenciosa a não ser pelas panelas ressoando na cozinha.

– Onde estão os garotos? – perguntei.

– Na faculdade – respondeu meu pai. – Os dois chegam hoje à noite.

– Onde eles estudam?

– Tyler na Oberlin e Mikayla na Duke. Tentei fazer com que fossem para faculdades negras, mas...

Ele balançou a cabeça como se não se lembrasse de que só tinha concordado em pagar minha faculdade se eu fosse para a que ele escolhesse.

No banheiro ele se posicionou entre dois espelhos e raspou cuidadosamente a espuma da cabeça.

– Michael Jordan foi a melhor coisa que já aconteceu com os homens negros da minha geração. Podemos raspar a cabeça e ser carecas de propósito.

Estudei nosso reflexo no espelho. Meu pai era um homem grande. Existe uma foto dele me segurando quando eu nasci, e aninhado em seu peito eu não pareço maior do que uma noz. Ele deve estar com 60 anos agora. A musculatura suavizou um pouco. Em seu peito, do lado esquerdo, há um queloide em homenagem à fraternidade que ele integrou. Quando me viu olhando, meu pai o cobriu com a mão.

– Fico sem graça por isso agora.

– Fico sem graça é por não ter entrado para a fraternidade – falei.

– Não fique. Aprendi algumas coisas nos últimos trinta anos.

Ele voltou à tarefa de raspar a cabeça e eu me olhei no espelho. Era como se Deus soubesse que Evie acabaria me criando sozinha, por isso me fez totalmente à imagem dela. Nariz largo, lábios generosos e cabelo cor de papelão mas crespo feito a África. A única coisa que puxei do meu pai foram os malares que se projetavam como clavículas.

– Bom – disse ele, alongando a palavra como um rufo de tambor. – O que está se passando pela sua cabeça?

– Vou me casar.

– Quem é a moça de sorte?

Hesitei, surpreso por ele não saber, provavelmente do mesmo modo como ele ficou surpreso por eu não saber em que faculdade seus filhos estudavam.

– Celestial. Celestial Davenport.

– Arrá! – exclamou ele. – Eu previ isso quando vocês ainda eram bebês. Ela ficou bonita como a mãe? Mas espere um minuto. Ela não era casada com um cara que acabou estuprando uma mulher? Ex-aluno do Morehouse?

– Mas ele era inocente.

– Quem disse que ele era inocente? Ela? Se ela ainda está afirmando isso, você tem um problema. – Encarando meus olhos no espelho, meu pai adotou um tom mais cuidadoso. – Me desculpe por ser tão direto. Hoje em dia é assim que falam, *ser direto*, mas sua mãe chamava de *ser um babaca*. – Ele deu uma risadinha. – Estou aqui no Sul há 38 anos, mas ainda falo igual a um nova-iorquino.

Quando ele disse *nova-iorquino* mudou o sotaque, como se estivesse falando uma palavra em outra língua.

– Você não sabe todos os detalhes – retruquei, na defensiva com relação a Celestial e Roy. – É sobre isso que vim conversar com você. O advogado conseguiu reverter a condenação. Ele saiu. Estou indo para a Louisiana me encontrar com ele.

Meu pai baixou o aparelho de barbear, lavou-o na pia. Fechou a tampa do vaso e se sentou nele, como se fosse um trono. Em seguida fez um gesto me chamando, por isso me acomodei diante dele, na borda da banheira espaçosa.

– E você está falando em se casar com a ex-mulher do cara. Entendo o desafio.

– Ela não é ex-mulher. Pelo menos tecnicamente.

– Caramba, cara. Eu sabia que só podia ser alguma coisa *importante*, para você vir falar comigo.

Contei a história inteira, do início ao fim. E, quando terminei, meu pai apertou o osso do nariz como se sentisse a chegada de uma enxaqueca.

– Isso é culpa minha – falou com os olhos fechados. – Isso nunca teria acontecido se você tivesse sido educado por mim. Eu teria lhe ensinado a ficar longe de um poço de cobras desse tipo. Não tem como ninguém sair ganhando. Em primeiro lugar, você deveria ter bom senso para não se envolver com uma mulher comprometida. Mas... – acrescentou ele com um gesto cortês – quem sou eu para julgar? Quando me envolvi com Jeanette, não devia ter feito isso. Evie me expulsou de casa. Sim, é verdade que eu tinha para onde ir, mas a decisão foi dela. Você sabe disso, não sabe? Eu não a abandonei.

Ele passou o dedo na cabeça úmida, checando se havia algum pedaço que tivesse deixado de raspar.

– Não foi para isso que eu vim aqui.

– Então *por que* você veio?

– Obviamente, preciso de conselhos. Orientação. Palavras de sabedoria, alguma coisa.

– Bem, eu fui um dos lados de um triângulo amoroso, disso você sabe. Também sabe que numa situação como essa não existe final feliz para ninguém. Eu sinto saudade da sua mãe todo dia. Nós crescemos juntos também. Mas ela não pode ficar no mesmo ambiente com Jeanette e...

– Você poderia ter ido nos ver sozinho.

– Agora Jeanette é minha mulher. E aí nós tivemos Tyler e Mikayla. Você não pode dizer que eu fiz uma escolha, porque foi sua mãe que me pôs para fora. Não se esqueça disso.

– Chega. Chega dessa palhaçada histórica. Ela pôs você para fora porque você vivia atrás de rabos de saia. Ela pôs você para fora e você se casou com um dos rabos de saia, e agora quer pôr a culpa nela. E quanto a mim? *Eu* não expulsei você. Eu estava na segunda série.

O ar no banheiro fechado era quente, apesar do exaustor barulhento. A espuma de barbear cheirava a cravo e começou a me deixar enjoado. O que eu estava fazendo ali? Meu pai não me conhecia, não conhecia Celestial nem conhecia Roy. Como poderia me orientar nessa confusão?

Do outro lado do nosso silêncio, Jeanette anunciou numa voz cantarolada:

– O café da manhã está pronto!

– Vamos, Dre – disse meu pai. – Vamos comer um pouco de ovo com bacon.

– Não vim aqui tomar café da manhã com você.

Carlos enfiou a cabeça no corredor.

– Já estou indo, Jeanette. – Depois se virou para mim com um olhar urgente, como se tivesse apenas mais um minuto. – Vamos começar de novo. Você falou que quer meus conselhos. O que posso dizer é o seguinte: diga a verdade. Não tente aliviar o golpe. Se você teve coragem para fazer, precisa ter coragem para dizer. Pode perguntar à sua mãe. Ela vai lhe dizer que era infeliz daquele jeito porque eu não dizia mentiras no café da manhã. O tempo todo ela sabia exatamente com quem estava casada. Vá dizer àquele cara o que você fez, o que ainda está fazendo. Ele tem o direito de saber. Não fale com a cabeça baixa. Fale para informar a ele, para que ele veja que tipo de homem você é, independentemente de como ele for receber a notícia.

– E aí o que eu faço?

– Depende do que ele fizer. Acho que ele vai partir para a agressão física. Não creio que vá matar você por causa disso. Ele não está querendo ser preso de novo. Mas, filho, você vai levar uma bela surra. Aceite e continue com a vida.

– Mas...

– O "mas" é o seguinte. Ele pode encher você de porrada, mas isso não importa. Essa é a boa notícia. Ele não pode afastar Celestial de você lhe dando uma surra. Não é "quem bater mais fica com o prêmio".

Então ele riu. Eu, não.

– Certo, filho, agora falando sério. Só porque acho que você merece o que vai acontecer na Louisiana, não quer dizer que eu não queira que você seja feliz com Celeste. Todo relacionamento exige que a gente faça algum sacrifício. – Ele roçou os dedos na cicatriz no peito. – Isso foi estupidez. Nós marcamos uns aos outros feito gado. Feito escravos. Arrebentamos a cara uns dos outros. Mas isso criou um laço entre nós. Eu amo cada um deles.

Quando digo que nós superamos isso, falo sério. Talvez o que me manteve junto com Jeanette durante todos esses anos tenham sido as coisas pelas quais eu tive que passar e das quais tive que desistir para ficar com ela.

E com isso ele abriu a porta do banheiro e nós saímos para a casa alegre. No corredor, fechei o zíper do casaco por causa do frio e fui em direção à porta, passando pela árvore reluzente. Uma parte de mim que ainda era muito infantil fez com que eu me detivesse por um instante, esperando que houvesse um presente de Natal com meu nome, para o caso de ele ter se lembrado de mim.

– Volte no Natal – disse ele. – Vai haver uma caixa embaixo da árvore para você.

Meu rosto ardeu de vergonha por eu ser tão transparente e, como eu tinha a mesma cor de Evie, ele pôde ver.

Dei as costas, mas meu pai me virou pelo ombro.

– Eu nunca me esqueci de você – continuou ele. – Nem durante o ano nem no Natal. Nunca. Só não estava esperando que você aparecesse. – Então ele bateu nos bolsos como se esperasse encontrar alguma coisa ali. Desalentado, tirou o cordão de ouro do pescoço. – Minha mãe comprou isso em Chinatown quando eu terminei o ensino médio. Outros garotos ganhavam máquinas de escrever para levar para a faculdade ou talvez uma pasta, coisas assim, e ela me deu um santo. São Cristóvão é o santo das viagens seguras e *buena sorte* para os bacharéis. – Ele beijou o lado gravado da medalha antes de estender o cordão para mim. – Odeio que você não a tenha conhecido. Não há nada como uma avó porto-riquenha. Passar um verão ou dois no East Harlem teria dado um jeito em você. – Ele sacudiu o cordão na palma da mão, como se fosse um dado. – Olhe, é seu. É o que está escrito no meu testamento. Mas não vejo razão para esperar.

Meu pai segurou minha mão e me forçou a pegar a joia, apertando meus dedos em volta dela com tanta força que doeu.

ROY

DIZER "ADEUS" NÃO É O MEU PONTO FORTE. Sou mais do tipo "até mais tarde". Quando saí da prisão não me despedi do Walter. Ele arranjou uma briga no pátio e conseguiu ser posto na solitária um dia antes da minha saída. Enquanto eu juntava meus pertences e colocava tudo no lado dele da cela, imaginei que dizer adeus também não devia ser o ponto forte dele. Sentindo sua falta antecipadamente, escrevi um bilhete na primeira página do caderno que deixei lá.

Querido Walter,

Quando a porta se abre, a gente precisa passar correndo por ela. Vou manter contato. Você foi um bom pai para mim nesses anos.

Seu filho,
Roy

Antes disso eu nunca tinha me referido a mim mesmo como filho dele. Eu queria, mas sentia um medo ridículo de que Grande Roy descobrisse ou mesmo que Olive soubesse, no túmulo. Mas deixei o bilhete. No travesseiro dele deixei uma foto que Celestial mandou, eu e ela na praia em Hilton Head. Outros homens tinham fotos dos filhos, então por que Walter não deveria ter também? Seu filho, Roy, era quem eu era.

Agora estava na hora de visitar o túmulo de Olive, no que antigamente era chamado "cemitério das pessoas de cor". O lugar datava do século XIX, logo depois do fim da escravidão nos Estados Unidos. O Sr. Fontenot me levou lá uma vez para fazer águas-fortes nas lápides; agora ele também estava embaixo da terra. Havia outros lugares onde ser enterrado – atualmente os cemitérios são integrados, assim como todo o resto –, mas jamais conheci alguém que não escolhesse enterrar os familiares no Great Rest Memorial.

Grande Roy me deu um buquê grande de flores amarelas preso com uma fita verde natalina. Guiei o Chrysler pela rua esburacada no meio do cemitério e parei quando o calçamento terminou. Saí do carro e andei dez passos a leste e depois seis ao sul, com as flores às costas, como se fosse dia dos namorados.

Passei por lápides chiques gravadas com o rosto da pessoa enterrada. Essas lápides eram reluzentes como Cadillacs, e os rostos entalhados na pedra eram quase todos de rapazes jovens. Parei diante de uma, coberta com beijos de batom cor-de-rosa, e fiz as contas: 15 anos. Pensei em Walter novamente. "Seis ou doze", ele dizia algumas vezes quando estava deprimido, o que não acontecia o tempo todo, mas com frequência suficiente para que eu já conseguisse reconhecer. "É o destino do negro. Ser carregado por seis ou julgado por doze."

Seguindo as orientações de Grande Roy como se fossem um mapa do tesouro, virei à direita junto à nogueira-pecã e encontrei o local de descanso de Olive, exatamente onde ele prometeu que estaria.

O cinza crepuscular da lápide me fez cair de joelhos. Aterrissei pesadamente na terra escura e compactada onde a grama só crescia em pequenos trechos. No topo da pedra estava gravado nosso sobrenome. Abaixo dele estava Olive Ann e, à direita dele, Roy. Perdi o fôlego, pensando que a sepultura já fora aprontada para mim, mas então percebi que o lugar de descanso ao lado da minha mãe era do meu pai. Conheço Grande Roy e imagino que ele tenha pensado que podia muito bem aproveitar para gravar o próprio nome ali também, uma vez que já havia contratado o entalhador de qualquer maneira. Quando ele fosse enterrado, eu só precisaria pagar o entalhe da data. Passei as mãos pelos dois nomes e imaginei onde *eu* seria enterrado quando chegasse a hora. O cemitério estava cheio. Olive tinha vizinhos de todos os lados.

De joelhos, enfiei as flores no vaso de metal oxidado, preso à pedra, mas não me levantei.

"Reze por ela", tinha dito Grande Roy. "Diga a ela o que você precisa que ela escute."

Eu nem sabia por onde começar.

– Mãe – falei, e então veio o choro.

Eu não chorava desde que tinha recebido a sentença e me humilhado diante de um juiz que não se importava comigo. Naquele dia horrível, meus soluços melequentos tinham se fundido com os soluços tristes de Celestial e Olive. Agora eu sofria a capela; o choro queimava na garganta como quando a gente vomita uma bebida forte. Essa palavra, *mãe*, foi minha única oração enquanto meu corpo se sacudia no chão como se eu sentisse a presença do Espírito Santo. Só que o que eu sentia não era êxtase. Meus espasmos ali na terra preta e fria eram de dor, dor física. Minhas juntas doíam; eu sentia algo como golpes de cassetete na nuca. Era como se revivesse cada ferida da minha vida inteira. O sofrimento continuou até terminar por conta própria e eu me sentei, sujo e exaurido.

– Obrigado – sussurrei para o ar e para Olive. – Obrigado por fazer parar. E obrigado por ser minha mãe. Por cuidar de mim com tanto amor.

Então fiquei imóvel, talvez esperando uma resposta, talvez uma mensagem no canto de um pássaro. Qualquer coisa. Mas tudo estava silencioso. Fiquei de pé e espanei a sujeira da calça do melhor modo que pude. Toquei a lápide com a mão.

– Tchau – murmurei, porque não conseguia pensar em mais nada para dizer.

Eu estava no posto de gasolina abastecendo o carro do meu pai quando finalmente ouvi o que acho ter sido a voz da minha mãe no meu ouvido. *Qualquer idiota pode se levantar e seguir em frente.* Sempre que ela começava a dizer o que "qualquer idiota" podia fazer, completava com o modo como um "homem de verdade" resolveria o problema. Outra coisa que ela adorava era falar sobre o que os cachorros eram capazes de fazer. Como em "Até um cachorro pode fazer um punhado de filhotes, mas um homem de verdade cria os filhos." Ela fazia dezenas de observações assim, dirigidas constantemente a mim, e eu me esforçava ao máximo para ser o homem de verdade que ela tinha em mente. Mas ela nunca me falou nada sobre dizer adeus – para ela, homens de verdade não têm necessidade de dizer adeus, porque eles nunca vão embora.

Com o bico da bomba na mão, parei para ouvir se ela teria mais alguma coisa sábia para dizer, mas pelo jeito era só isso mesmo.

– Sim, senhora – falei em voz alta, depois segui na direção do Hardwood.

Eu devia uma despedida de verdade e um agradecimento a Davina Hardrick. Talvez devesse ser direto e dizer que o melhor que ela tinha a fazer era se livrar de mim, porque eu era uma mercadoria estragada. Não era o que chamam de "bom partido". Tudo isso era verdade, e eu nem precisaria mencionar Celestial. Mas enquanto pensava essas coisas, sabia que não seria tão fácil assim. O que havia acontecido entre mim e Davina não tinha sido só sexo. Também não se comparava ao que eu tinha com Celestial quando estávamos tentando ter um filho. Era meio como dançar quando você está tão bêbado que o ritmo domina você, e aí você olha a mulher nos olhos e os dois se movem na mesma batida. Em parte era isso, e a outra parte era que ela tinha me devolvido a saúde através de uma trepada. Eu jamais diria isso a ela – há certas coisas que as mulheres não gostam de ouvir –, mas foi o que aconteceu. Às vezes a única coisa capaz de curar um homem é estar dentro de uma mulher, a mulher certa que faz as coisas do modo certo. Era isso que eu deveria agradecer.

Quando cheguei à casa dela, toquei a campainha e esperei, mas já sabia que ela não estava. Pensei em deixar um bilhete, tipo o que deixei para Walter, mas não parecia certo. Uma carta dando o pé na bunda de um homem era ruim, e uma carta desse tipo para uma mulher era pior ainda. Não é que eu estivesse tentando não ser um clichê. Estava apenas tentando agir como um ser humano. Como você consegue retribuir a alguém que o fez lembrar como é se sentir um homem, e não um crioulo recém-saído da prisão? Que tipo de moeda nos deixaria quites? Eu não tinha nada para oferecer além do meu lamentável eu. Meu lamentável eu *casado*, para ser um pouco mais exato.

Voltei ao carro, liguei a ignição e o aquecedor. Não podia ficar ali sentado até ela voltar, perdendo um tempo que eu não tinha e queimando gasolina que eu não podia me dar ao luxo de desperdiçar. Remexi no porta-luvas e encontrei um lápis e um bloco pequeno. Se eu quisesse deixar um bilhete, deveria pelo menos usar uma folha de papel grande. Saí do carro e procurei no porta-malas, mas não havia nada além da minha bolsa de lona e um atlas. Sentei-me no para-lama, usando a palma da mão como apoio enquanto pensava no que escrever. *Querida Davina, obrigado por dois dias de sexo restaurador. Estou me sentindo muito melhor agora.* Sabia muito bem que não deveria nem encostar o lápis no papel com essa ideia.

– Ela está trabalhando – disse uma voz atrás de mim.

A voz pertencia a um garotinho de 5 ou 6 anos, com um chapeuzinho de papai Noel na cabeça.

– Está falando de Davina?

Ele assentiu e enfiou uma bengalinha de açúcar num picles de pepino enrolado em celofane.

– Sabe a que horas ela volta?

Ele assentiu e chupou o pepino com a bengalinha doce.

– Pode dizer a que horas vai ser?

Ele fez que não com a cabeça.

– Por quê? – perguntei.

– Porque pode não ser da sua conta.

– Justin! – disse uma mulher na varanda da casa ao lado, onde o professor de francês morava antigamente.

– Eu não estava falando com ele – respondeu Justin. – Ele é que estava falando comigo.

Expliquei à mulher na varanda do Sr. Fontenot:

– Estou precisando falar com Davina. Justin disse que ela está no trabalho e eu perguntei a que horas ela volta.

A mulher, que deduzi ser a avó de Justin, era alta e de pele escura. Seu cabelo, branco nas têmporas, estava trançado no topo da cabeça, como um cesto.

– Como vou saber se é da sua conta?

Justin me deu um risinho.

– Ela é minha amiga – respondi. – Estou indo embora da cidade e queria me despedir.

– Você pode deixar um bilhete. Eu entrego a ela.

– Ela merece mais do que um bilhete – retruquei.

A velha senhora levantou as sobrancelhas como se deduzisse do que eu estava falando. Não um "vejo você mais tarde", e sim um adeus para valer.

– Está na época do Natal. Ela só sai à meia-noite.

Eu não podia passar o dia inteiro esperando a oportunidade de desapontar Davina pessoalmente; eram 16h25 e eu precisava pegar a estrada. Agradeci à avó e a Justin antes de entrar de novo no carro e seguir para o Walmart.

Atravessei a loja, examinando todos os corredores, até achar Davina nos fundos, perto dos suprimentos de artesanato, cortando um pedaço de alguma coisa azul e peluda para um homem magro e de óculos.

– Me dê mais um metro – pediu ele, e ela girou um rolo algumas vezes, cortando-o em seguida com uma tesoura grande.

Ela me viu quando estava dobrando o tecido e prendendo nele a etiqueta de preço. Entregou tudo ao homem e sorriu para mim. Eu me senti a pior pessoa do mundo.

Quando o cliente se afastou, me aproximei da mesa como se também precisasse que ela medisse e cortasse algo para mim.

– Em que posso ajudá-lo, senhor? – disse ela, como se fosse algum tipo de joguinho natalino.

– Oi, Davina. Posso falar com você um minuto?

– Você está bem? – perguntou ela, olhando minha roupa suja. – Aconteceu alguma coisa?

– Não. Só não deu para trocar de roupa. Mas preciso falar com você.

– Não vou ter nenhum intervalo por enquanto, mas pegue algum tecido e volte. Posso conversar com você assim.

Os tecidos, organizados por cor, me fizeram lembrar dos sábados com minha mãe, quando ela me arrastava para a Cloth World, em Alexandria. Peguei um tecido vermelho salpicado de dourado, voltei à mesa de corte e o entreguei a Davina, que começou a desenrolar o tecido imediatamente.

– Às vezes as pessoas perguntam quanto nós temos de determinado tecido, de modo que precisamos medir tudo. Vou fazer isso enquanto você fala. O que houve? Veio dizer que sentiu saudade? – perguntou, sorrindo de novo.

– Vim aqui dizer que *vou* sentir saudade.

– Aonde você vai?

– Voltar para Atlanta.

– Por quanto tempo?

– Não sei.

– Vai voltar para ela?

Assenti.

– Esse era o seu plano o tempo todo, não era?

Ela puxou o pano com força até que o rolo chegou ao fim e o tecido ficou estendido na mesa, parecendo um tapete para uma estrela de cinema. Davina mediu-o com o metro que ficava na borda, contando baixinho.

– Eu não queria que fosse assim – falei.

– Eu perguntei com todas as letras se você estava casado.

– E eu disse que não sabia.

– Você não agiu como se não soubesse.

– Quero agradecer. É por isso que estou aqui, para agradecer e me despedir.

– Eu quero dizer foda-se. Que tal?

– O que nós tivemos foi especial – falei me sentindo um canalha, apesar de não ter dito nenhuma mentira. – Gosto de você. Não fique assim.

– Eu fico do jeito que eu quiser. – Davina estava furiosa, mas dava para ver que tentava não chorar. – Então vá, Roy. Volte para a Miss Atlanta. Mas eu quero duas coisas de você.

– Certo – falei, ansioso para fazer algo e mostrar que estava cooperando, mostrar que não queria magoá-la.

– Não arraste meu nome na lama dizendo que, quando saiu da cadeia, estava tão desesperado que transou com uma mulher do Walmart. Não diga isso aos seus amigos.

– Eu não diria isso. Não foi isso que aconteceu.

Ela levantou a mão.

– Sério. Não fale o meu nome. E, Roy Hamilton, prometa que nunca mais vai bater à minha porta de novo.

CELESTIAL

— É AMOR OU CONVENIÊNCIA? – perguntou Gloria naquele dia de Ação de Graças, depois que meu pai subiu a escada feito um furacão e Andre foi pegar nossos casacos.

Ela explicou que conveniência, hábito, conforto, obrigação, tudo isso são coisas que às vezes se disfarçam de amor. Será que eu não achava essa história com o Andre fácil demais? Afinal, tínhamos sido criados praticamente juntos.

Se minha mãe estivesse aqui, veria que nossa história era tudo, menos conveniente. Está na época do Natal e eu sou proprietária de uma empresa com dois funcionários, e agora meu marido condenado injustamente foi solto e eu preciso lhe dizer que estou comprometida com outro homem. A situação é um monte de coisas – trágica, absurda, improvável e talvez até antiética –, mas não conveniente.

Enquanto Andre ensaiava as falas do discurso que nós concordamos que explicaria tudo ao Roy do modo mais delicado possível, olhei os galhos vazios e me perguntei em voz alta há quanto tempo a Velha Nogueira estava ali. Nossas casas tinham sido construídas em 1967. Assim que o último tijolo foi posto no lugar, nossos pais se mudaram e começaram a fazer bebês, mas a Velha Nogueira era anterior a tudo isso. Quando os homens limparam o terreno para a construção, montes de pinheiros foram cortados e os cotocos brotavam do chão. Só a Velha Nogueira foi poupada.

Andre bateu com a mão na casca áspera da árvore.

– O único modo de saber é cortá-la e contar os anéis. Não estou tão curioso assim. A resposta é *velha*. Essa nogueira já viu de tudo.

– Você está preparado?

– Não há como estar preparado para isso.

Dre se recostou na árvore e me puxou para perto. Não resisti e passei os dedos pelo seu cabelo grosso. Inclinei-me para beijar seu pescoço, mas ele segurou meus ombros e me manteve afastada, de modo que pudéssemos ver o rosto um do outro. Seus olhos refletiam os tons cinzentos e marrons do inverno.

– Você está com medo – disse ele. – Posso sentir o tremor por baixo da sua pele. Fale comigo, Celestial.

– É verdadeiro – respondi. – O que nós temos é verdadeiro. Não é só conveniência.

– Meu amor. O amor deve ser conveniente. Deve ser fácil. Não dizem isso na Primeira aos Coríntios? – Ele me apertou contra o corpo de novo. – É verdadeiro. É conveniente. É perfeito.

– Acha que o Roy vai voltar com você?

– Talvez sim. Talvez não.

– O que você faria, se fosse ele?

Andre me soltou e passou por cima das raízes da árvore. O ar estava frio, mas límpido.

– Não sei, porque não consigo me imaginar sendo ele. Tentei, mas não deu nem para o começo. Às vezes acho que, no lugar dele, eu seria um cavalheiro: desejaria tudo de bom para você e deixaria você seguir a sua vida com dignidade.

Balancei a cabeça. Roy não era esse tipo de homem, apesar de ter dignidade para dar e vender. Para uma pessoa como ele, deixar seguir não era uma opção para quem tinha amor-próprio. Uma vez Gloria me disse que nossa melhor qualidade também é a pior. Ela citava como exemplo a própria habilidade de se adaptar: "Provavelmente ofereci a outra face muitas vezes em que deveria ter contra-atacado, mas acabei tendo uma vida que eu amo." Ela me contou que desde bem pequena eu fui atrás do que queria. "Você sempre corre atrás do que quer. Seu pai sempre tenta colocar um freio em você, só que você é como ele: brilhante mas impulsiva, e um pouquinho egoísta. No entanto, mais mulheres deveriam ser egoístas, para que o mundo não passasse tanto por cima da gente." Roy, na minha opinião, era um lutador, uma faca de dois gumes, ambos brilhantes e afiados.

– Mas realmente não sei – disse Andre, pensando em voz alta. – Roy se sente como se tudo tivesse sido tirado dele: o emprego, a casa, a mulher. E quer tudo isso de volta. Ele não vai conseguir o emprego de volta; os Estados Unidos corporativos não esperam ninguém, quanto mais um negro. Mas ele vai querer o casamento de volta, como se você tivesse ficado num depósito todos esses anos. Então agora minha função é acabar com essa fantasia dele. – Ele fez um gesto em direção a nossas casas, nossos corpos, talvez até nossa cidade. – Eu me sinto tremendamente culpado. Não posso mentir.

– Eu também.

– Culpada de quê? – perguntou ele, passando os braços pela minha cintura.

– Desde que consigo lembrar, meu pai dizia como eu era sortuda. Que nunca precisei lutar. Que tenho comida todo dia. Que ninguém nunca me chamou de "crioula" na minha cara. Ele costumava dizer: "As condições de nascimento são o elemento número um para prever a felicidade de alguém." Uma vez, quando eu tinha 8 anos, ele me levou à emergência do hospital Grady, para eu ver como os negros pobres são tratados quando ficam doentes. Gloria ficou furiosa quando cheguei em casa, traumatizada até os ossos. Mas ele disse: "Não me importo de morar em Cascade Heights, mas ela precisa conhecer o quadro geral." Gloria ficou irada. "Ela não é um estudo sociológico. É nossa filha." Papai rebateu: "Nossa filha precisa saber das coisas, precisa saber como tem sorte. Quando eu tinha a idade dela..." Minha mãe interrompeu: "Pare com isso, Franklin. É assim que o progresso funciona. Você tem uma vida melhor do que a do seu pai e eu tenho uma vida melhor do que a dos meus. Não aja como se ela tivesse roubado alguma coisa." Meu pai respondeu: "Não estou dizendo que ela roubou nada. Só quero que ela saiba o que existe."

Dre balançou a cabeça como se minhas lembranças fossem as dele.

– Você merece a vida que tem. Não tem nada a ver com privilégios, nem de nascimento nem de nenhum tipo.

Então eu o beijei com força e o mandei para a Louisiana como se estivesse mandando-o para a guerra.

ROY

Caixa Postal 903
Eloe, LA 98562

Caro Walter,

Olá daqui do lado de fora. Desconsidere o endereço do remetente nesta carta porque não sei onde vou estar quando você a receber. Neste momento estou numa parada perto de Gulfport, Mississippi, onde vou passar a noite. Amanhã de manhã chego a Atlanta para encontrar Celestial e ver se ainda me resta alguma vida lá. Pode ser que sim ou pode ser que não. Não creio que eu esteja valorizando demais o fato de ela não ter dado entrada nos documentos do divórcio. E a esta hora, amanhã, saberei.

Estou com dinheiro no bolso e sou grato por isso. Quando eu era pequeno, foi criada uma poupança no meu nome. Fui à agência na terça passada para retirar tudo o que havia e vivenciei um pequeno milagre. Olive parou de mandar dinheiro para a penitenciária quando ficou claro que Celestial estava fazendo isso e começou a poupar para o meu futuro. Ela economizou o dinheiro que ganhava vendendo bolos aos sábados, de modo que agora tenho quase 3.500 dólares. Isso significa que não preciso aparecer à porta de Celestial como um sem-teto. Acho que no fim das contas é isso que sou. Mas pelo menos não preciso ser um sem-teto falido.

Celestial não sabe que estou indo e acho bom não ter que ouvir o que você acha disso! É complicado, mas ela mandou Andre ir a

Eloe me pegar. Pelos meus cálculos ele deve pegar a estrada amanhã de manhã. Foi por isso que eu não disse a ela que estava indo. Preciso vê-la sozinha, não com o Dre por perto. Não estou dizendo que há alguma coisa entre eles, mas estou dizendo que sempre houve alguma coisa entre eles. Entende o que estou dizendo? Ou será que estou dando uma de Yoda Jr.? O fato é que preciso falar com ela sem ninguém atrapalhando. Assim, se ele for para a Louisiana, vai demorar mais um dia para voltar. Isso me dá dois dias para fazer o que preciso.

Admita. É um plano inteligente.

Talvez eu seja mesmo seu filho, afinal de contas.

De qualquer modo, vou mandar um pouco desse dinheiro para você. Não gaste tudo num lugar só (rá!). Se cuida. E, se puder, reze pelo seu garoto.

Roy O.

TRÊS

Generosidade

ANDRE

NÃO ESTÁVAMOS ABANDONANDO-O. Não estávamos dizendo que ele era indesejável. Eu iria a Eloe e nós iríamos nos sentar a sós e conversar. Eu explicaria que Celestial e eu estávamos juntos havia dois anos, que estávamos noivos. Mas isso não significava que ele não tinha um lar para onde ir. Se quisesse se estabelecer em Atlanta, nós arranjaríamos um apartamento para ele, com tudo que ele precisasse para dar a volta por cima. Eu enfatizaria como estávamos felizes por ele ter saído da prisão e como estávamos gratos pela justiça finalmente ter sido feita. Celestial sugeriu a palavra *perdão*, mas eu não poderia fazer isso por ela. Poderia pedir compreensão. Temperança. Mas não pediria que ele me perdoasse. Celestial e eu não estávamos fazendo nada de errado. Era uma situação complexa, mas não precisávamos suplicar o perdão dele.

Pouco antes de cairmos no sono, Celestial murmurou:

– Talvez eu precise ir, talvez ele precise ouvir da minha boca.

– Você tem que me deixar fazer isso – insisti.

Eu não tinha nenhum plano maravilhoso, mas pelo menos tinha um, e também um copo de isopor liberando substâncias químicas no meu café para viagem.

Assim que saí da interestadual, dirigi como se estivesse fazendo a prova para tirar minha carteira de motorista. A última coisa que eu precisava era atrair a atenção da polícia, especialmente nas estradas secundárias da Louisiana. Se tinha acontecido com Roy, poderia acontecer comigo. Além da cor da minha pele, meu carro era incrível. Sou um homem modesto com relação a muitas coisas – não me importo com coisas materiais; às vezes Celestial joga fora minhas camisas velhas prediletas quando não estou olhando –, mas curto demais um belo veículo. Minha picape Mercedes Classe M tinha feito com que eu fosse parado meia dúzia de vezes nos últimos três anos, e em uma delas cheguei a ser jogado contra o capô. Aparentemente, marca mais modelo mais raça era igual a *traficante*, até mesmo em Atlanta. Mas isso acontecia sobretudo quando eu dirigia por bairros barra-pesada ou semipesada, ainda que subúrbios de gente branca como Buchkead também não fossem seguros. Você sabe o que dizem: mesmo saindo de Atlanta, você ainda está na Geórgia. Sabe o que mais dizem? Como você chama um negro com ph.D.? Da mesma forma que chama um que esteja dirigindo um SUV último modelo.

Quase não reconheci a casa de Roy sem o Chrysler parado no quintal. Dei duas voltas no quarteirão, confuso. As cadeiras Huey Newton na varanda me convenceram de que estava no lugar certo. Enquanto estacionava perto da casa, com o para-choque quase encostando na varanda, uma massa de luzes fortes me acertou e eu protegi os olhos como se estivesse olhando para o sol.

– Olá! – gritei. – Sou eu. Andre Tucker. Gostaria de falar com o Roy Jr.

Os vizinhos ouviam música alto: *zydeco*, um estilo bem animado. Andei devagar, como se estivesse preocupado com a possibilidade de alguém querer atirar em mim se eu fizesse algum movimento brusco.

Grande Roy estava atrás de uma porta de tela, usando um avental listrado.

– Entre, Andre – disse ele. – Já comeu? Vou preparar uns croquetes de salmão.

Apertei sua mão e ele me levou à sala de que eu me lembrava da primeira vez que tinha estado ali. A cama de hospital havia sumido e a poltrona reclinável verde parecia nova.

– Vim pegar o Roy, o senhor sabe.

Grande Roy foi em direção ao centro da casa, comigo logo atrás. Na cozinha, ele ajeitou as alças do avental, amarrando-as em volta do tronco largo.

– Pequeno Roy foi embora.

– Para onde?

– Atlanta.

Sentei-me à mesa da cozinha.

– O quê?

– Está com fome? – perguntou Grande Roy. – Posso fazer uns croquetes de salmão.

– Ele foi para Atlanta? Quando?

– Faz um tempinho. Deixe eu arranjar alguma coisa para você comer. Depois podemos falar dos detalhes.

Ele me entregou um copo de refrigerante roxo que tinha gosto de verão.

– Obrigado, senhor. Agradeço pela sua hospitalidade, mas será que o senhor poderia me dar mais detalhes? Roy foi para Atlanta? Como? De avião? Trem? Carro?

Ele ficou pensativo como se fosse uma prova de múltipla escolha, enquanto abria uma lata. Por fim, disse:

– Carro.

– Carro de quem?

– O meu.

Apertei os olhos com as mãos.

– O senhor só pode estar brincando.

– Não.

Tirei o telefone do bolso. Provavelmente estávamos a 100 quilômetros da torre de celular mais próxima, mas eu precisava tentar.

– Celulares não funcionam bem aqui. Todas as crianças querem um de Natal, mas é dinheiro jogado fora.

Verifiquei a tela. Minha bateria estava com carga, mas não havia barras de sinal. Não consegui afastar a sensação de que tinham armado uma cilada para mim. Na parede havia um telefone verde, de disco. Fiz um gesto na direção dele.

– Posso?

Enquanto esmagava biscoitos salgados, ele deu de ombros e disse:

– Cortaram a linha ontem. Sem Olive, está sendo difícil pagar as contas.

Fiquei em silêncio enquanto ele quebrava um ovo numa tigela pequena e depois mexia a mistura com gestos lentos, cuidadosos, como se tivesse medo de machucá-la.

– Lamento saber – falei, sem graça por sequer perguntar sobre o telefone. – Lamento saber que a situação está tão difícil.

Ele suspirou.

– Estou me virando.

Fiquei sentado olhando Grande Roy cozinhar. O passar dos anos obviamente o havia afetado. Ele tinha a mesma idade do meu pai, mais ou menos, mas suas costas estavam encurvadas e rugas repuxavam os cantos da boca. Era o rosto de um homem que amou intensamente demais.

Comparei-o com meu pai, vaidoso e bonito, a pele lisa como a de um bebê. O cordão de ouro de Carlos tinha uma vibe *Os embalos de sábado à noite*. Pelo menos era como eu sempre pensava nele. Mas talvez ele o valorizasse tanto por ser o presente de proteção que sua mãe lhe dera. Eu ainda não sabia direito o que a joia significava para mim.

Enquanto colocava os croquetes numa frigideira com óleo quente, Grande Roy disse:

– Você vai ter que passar a noite aqui. No inverno escurece muito cedo. Está muito tarde para voltar à estrada. Além disso, você não parece estar em condições de enfrentar mais sete horas de viagem.

Cruzei os braços sobre a mesa, fazendo um ninho para minha cabeça.

– O que está acontecendo? – perguntei, sem realmente esperar uma resposta.

Finalmente a refeição simples foi servida. Croquetes de salmão com acompanhamento de cenouras fatiadas. Os croquetes eram comíveis, mas eu não estava com muita fome. Grande Roy comeu toda a sua parte com um garfo pequeno. De vez em quando sorria para mim, mas eu não me sentia exatamente bem-vindo. Depois do jantar, lavei a louça enquanto ele derramava cuidadosamente o óleo usado numa lata. Secamos os pratos e os guardamos, passando-os de um para o outro. O tempo todo eu parava para ver se havia algum sinal no meu telefone.

– A que horas o Roy saiu? – perguntei.

– Ontem à noite.

– Então... – falei, fazendo as contas.

– Ele chegou a Atlanta mais ou menos na hora em que você estava saindo.

Assim que estava tudo limpo, seco, guardado e varrido, Grande Roy me perguntou se eu bebia uísque.

– Sim, senhor – respondi. – É melhor beber mesmo.

Fomos nos sentar na sala, com os copos na mão. Eu me acomodei no sofá e ele escolheu a poltrona grande reclinável, de couro.

– Quando Olive morreu, não consegui me obrigar a dormir na cama. Passei um mês dormindo nesta cadeira. Reclinava o encosto e levantava o apoio dos pés. Travesseiro, cobertor. Era assim que eu passava a noite toda.

Assenti, visualizando a cena, me lembrando dele no enterro, devastado mas resoluto. Celestial tinha dito: "Perto dele eu me sinto uma fraude." Eu não disse, mas Grande Roy me provocava a reação oposta. Eu sentia suas emoções, mais profundas do que a própria sepultura, e entendia sua desesperança também, seu anseio por uma mulher que ele jamais poderia ter de novo.

– Demorei um ano para aprender a dormir sem Olive, se é que você pode chamar de dormir o que eu faço à noite.

Assenti de novo e bebi um gole do uísque. Fotos de Roy em várias idades me olhavam das paredes forradas de lambri escuro.

– Como ele está? – perguntei. – Como o Roy está se virando?

Grande Roy deu de ombros.

– Como se esperaria depois de passar cinco anos preso por algo que ele não fez. Ele perdeu muita coisa, e não somente Olive. Antes disso Roy estava bem. Ele fez tudo que deveria, chegou muito mais longe do que eu. E aí...

Eu me recostei no sofá.

– Roy sabia que eu vinha. Por que foi para Atlanta sozinho?

Grande Roy tomou um gole, pensativo, e esboçou algo parecido com um sorriso, mas que não era exatamente isso.

– Me deixe começar dizendo que agradeço sua ajuda na partida da minha mulher. Quando você pegou aquela outra pá, sei que estava sendo sincero. Agradeço por isso também. Estou sendo honesto ao agradecer.

– Não precisa agradecer. Eu só estava...

Ele me interrompeu:

– Mas, filho, eu sei o que você está fazendo. Sei o que veio dizer ao Pequeno Roy. Tem algo acontecendo entre você e Celestial.

– Senhor, eu...

– Não tente negar.

– Eu não ia negar. Ia dizer que não quero discutir isso com o senhor. É entre mim e Roy.

– É entre *ela* e Roy. Eles é que são casados.

– Ele ficou longe por cinco anos. E nós pensávamos que ainda faltavam sete.

– Mas agora ele saiu. Aqueles dois são casados legalmente. Os jovens não respeitam a instituição. Vou lhe dizer uma coisa: quando eu me casei com Olive, o casamento era uma coisa tão sagrada que todo mundo queria ter uma esposa virgem, recém-saída da casa do pai. Tentaram me alertar para ficar longe dela porque ela tinha um filho, mas eu só ouvi o meu coração.

– Senhor, não posso dizer o que eu acho da instituição do casamento em geral, mas sei em que pé estão as coisas entre mim e Celestial.

– Mas não sabe em que pé estão as coisas entre ela e Roy. É só isso que me importa. Eu não ligo a mínima para você e seus sentimentos. A única coisa que me importa é meu garoto.

Grande Roy se inclinou para a frente; pensei que fosse me bater, mas ele pegou o controle remoto e ligou a televisão. Na tela, um chefe de cozinha demonstrava algum tipo de liquidificador milagroso.

Não falei nada durante quase um minuto inteiro, talvez, até que o telefone tocou, um som longo e alto como um alarme de incêndio.

– Achei que o senhor tinha dito que o telefone havia sido desligado.

– Eu menti – retrucou ele, levantando as sobrancelhas.

– Não imaginava que o senhor fosse capaz disso – falei, sentindo-me traído. Estava cansado de ficar à mercê dos caprichos de pais: o de Roy, o de Celestial e o meu. – Achei que se importasse com a honra. A palavra de um homem é a coisa mais importante que ele tem e tal.

– Sabe de uma coisa? – Agora ele estava realmente sorrindo. – Eu me senti mal mentindo para você, até que você acreditou. – O sorriso se tornou malicioso. – Diga, eu pareço alguém que não consegue pagar as próprias contas?

Então ele deu uma risada grave e lenta, que ganhava ímpeto a cada respiração. Olhei em volta, à procura de câmeras escondidas. O dia estava se desenrolando como uma comédia romântica, uma comédia em que eu não ficava com a garota no final.

– Ora, vamos – disse Grande Roy. – Às vezes tudo que a gente pode fazer é rir.

E eu ri. A princípio por educação, para não contrariar um velho, mas então algo aconteceu dentro de mim e eu comecei a rir feito um louco, como a gente faz quando desconfia de que Deus não está rindo *com* a gente, e sim *da* gente.

– Mas me deixe dizer outra coisa – continuou ele, interrompendo o riso como se fechasse uma torneira. – Fico feliz em deixar você passar a noite aqui, mas peço que não use o meu telefone. Você ficou sozinho com Celestial durante o quê, cinco anos? Teve todo esse tempo para defender seu ponto de vista. Dê essa noite ao Roy. Estou vendo que você sente a necessidade de lutar por ela, mas deixe que seja uma luta justa.

– Quero saber se ela está bem.

– Ela está bem. Você sabe que Roy não vai fazer mal a ela. Além disso, ela sabe o número daqui. Se tivesse alguma coisa a dizer, teria ligado para você.

– Mas pode ter sido ela ligando agora há pouco.

Grande Roy pegou o controle remoto de novo como se aquilo fosse um martelo de juiz. Quando desligou a televisão, a sala ficou tão silenciosa que eu podia ouvir os grilos lá fora.

– Escute, estou fazendo pelo Roy o que o seu pai faria por você.

CELESTIAL

Eu o via às vezes, por isso tinha me acostumado com a respiração entrecortada, os pelos dançando nos meus braços e pescoço subitamente frios. A gente consegue conviver com fantasmas. Gloria diz que a mãe dela voltou todo sábado de manhã durante mais de um ano. Ela estava se olhando no espelho, passando batom nos lábios e, por cima do ombro esquerdo, via a mãe, recém-enterrada mas viva de novo ali no reflexo do espelho. Às vezes ela me pegava no colo. "Está vendo sua vovó?", perguntava. A única coisa que eu conseguia ver era meu próprio reflexo, com uma fita na cabeça e pronta para o catecismo. "Não tem problema", dizia Gloria. "Ela pode ver *você*."

Meu pai achava isso ridículo. Sua crença, segundo ele, é o empirismo. Se você não pode contar, medir ou avaliar usando os conhecimentos da ciência, é porque não aconteceu. Gloria não se importava que ele não acreditasse, porque gostava de ter a mãe do espelho só para si.

Nunca vi o rosto de Roy numa panela de água ou chamuscada numa fatia de torrada. O fantasma do meu marido se mostrava disfarçado de outros homens, quase sempre jovens, com o cabelo bem aparado. Eles nem sempre compartilhavam de seus atributos físicos; eram tão diversificados quanto o resto da humanidade. Mas eu os reconhecia pela ambição que se grudava à pele deles como uma colônia sensual, a leve brisa de poder que agitava o ar e finalmente uma tristeza que deixava um gosto de cinzas na minha boca.

Na véspera da véspera de Natal, Andre estava na interestadual indo para o oeste, depois para o sul, para fazer minha tarefa no meu lugar. Eu deveria saber que não daria certo mandar um homem para realizar o serviço de uma mulher. Mas ele insistiu. "Me deixe fazer isso para você", e eu fiquei aliviada. Não sei o que me aconteceu. Antes eu era corajosa.

Enquanto dançávamos na recepção do meu casamento, meu pai tinha dito:

– Deixe o homem ser o homem algumas vezes.

Tonta de amor e champanhe, eu ri dele.

– O que isso significa? Deixar que ele faça xixi de pé?

– Em determinado momento você terá que aceitar suas limitações – falou papai.

– Você aceita as suas? – perguntei com a voz desafiadora.

– Mas claro, joaninha. É isso que o casamento nos ensina.

E eu ri disso também, enquanto ele me girava pelo salão.

– Não o meu casamento. O meu vai ser diferente.

Na véspera da véspera de Natal, coloquei na mala de Andre roupas limpas, cartelas de remédios para o caso de ele ter dor de cabeça, insônia ou gripe. Na manhã seguinte, bem cedo, fiquei na entrada de veículos enquanto ele saía cuidadosamente, para não desviar os pneus do caminho e estragar a grama, que por ser dezembro estava marrom, mas viva. Minhas pernas se retesaram como se quisessem persegui-lo e trazê-lo de volta para a minha cozinha quente, mas meu braço acenou e meus lábios disseram tchau.

E então fui trabalhar.

A Poupées ocupava um imóvel de primeira, onde a Virginia Avenue cruzava a Highland. Esse bairro era uma espécie de terra da fantasia, povoada por mansões reformadas, bangalôs adoráveis, cafés bonitinhos e butiques caras. As sorveterias ofereciam porções generosas, servidas por adolescentes prestes a entrar na faculdade e ainda com aparelhos ortodônticos coloridos nos dentes. A única inconveniência era estacionar, chateação suficiente apenas para fazer você apreciar o resto.

O sudoeste de Atlanta era o meu lar, nenhum acaso geográfico posterior poderia mudar isso, mas às vezes eu conseguia visualizar nós dois, Andre e eu, morando no lado nordeste da cidade ou mesmo em Decatur. Não queria começar a vida do zero, mas talvez um pouco de espaço para respirar fosse bom. Teríamos que deixar a Velha Nogueira para trás, mas magnólias antigas floresciam em Highlands. Era uma energia diferente, mas nos adaptaríamos.

Quando cheguei à loja, minha ajudante já estava lá. Enquanto eu ligava os computadores, Tamar colocou pequenas galhadas de rena e narizes vermelhos nas bonecas da vitrine. Observei seu olhar concentrado, sua atenção aos detalhes, e pensei que talvez ela fosse uma versão melhorada de mim mesma. Mais bonita e dez anos mais nova, poderia interpretar o meu papel no filme sobre a minha vida. Tamar criava complexas colchas de retalhos em miniatura para as *poupées* e eu dizia para ela assinar cada uma delas. Elas vendiam pouco porque eram tão caras quanto as bonecas, mas eu me recusava a deixar que Tamar baixasse o preço. *Saiba o seu valor*, eu dizia. Mãe de um filho nascido uma semana antes de ela terminar o mestrado em Emory, Tamar estava ligeiramente à esquerda da respeitabilidade, exatamente onde gostava de estar.

Tão perto assim do Natal, as bonecas que permaneciam na loja eram como as crianças que não eram escolhidas para nenhum time na aula de educação física na escola. Algumas tinham defeitos intencionais – eu fazia as sobrancelhas grossas demais ou então fazia um tronco comprido com pernas curtas. Em algum lugar haveria uma menina ou um menino que precisava amar algo que não fosse totalmente perfeito. Essas bonecas, imperfeitas como crianças de verdade, se enfileiravam nas prateleiras como órfãos ansiosos. Só restava um boneco lindo, adoravelmente simétrico, de bochechas gordas e olhos brilhantes. Tamar enfeitou-o com asas e um halo e o pendurou no teto usando linha de pesca.

Assim que estava tudo arrumado, Tamar disse:

– Pronta para a guerra?

Consultei meu relógio antigo, um presente de Andre, no qual eu dava corda todo dia de manhã. Bonito como um bebê, era pesado e barulhento, e dava ligeiros solavancos enquanto os segundos tiquetaqueavam.

Assenti e destranquei a porta de vidro. Assim, estávamos abertas para os negócios.

A loja ficou movimentada, mas as vendas eram lentas. Toda hora alguém segurava uma boneca, não conseguia identificar o que era tão inquietante, devolvia-a à prateleira e olhava para outro lado. Mas eu não podia reclamar. Até o dia 25 estariam todas aconchegadas sob a árvore de alguém.

Depois do almoço Tamar estava agitada, afofando e dando tapinhas nas bonecas como se fossem travesseiros.

– O que foi? – perguntei enfim.

Ela usou a mão para indicar seus seios magníficos.

– Preciso ordenhar. Sério. Daqui a cinco minutos vou estourar um botão.

– Cadê o bebê?

– Com minha mãe. Só digo uma coisa: a emoção de ter netos faz até a mãe mais refinada perdoar você por embuchar.

Ela riu, feliz com as cartas que tinha na mão.

– Certo – falei. – Vá para casa amamentar seu filho. Vou ficar bem até a hora do fechamento. Mas me faça um favor, pegue um pouco de musselina e leve à minha casa. Vamos fazer um brinde natalino.

Eu nem tinha terminado de falar e ela já estava abotoando o casaco.

– Não compre um par de tênis de 300 dólares para o bebê – falei, entregando a ela um bônus de fim de ano.

Ela riu, toda natalina e luminosa, e jurou que não faria isso.

– Mas não posso prometer que não vou comprar uma jaqueta de couro para ele!

E então, deliciada, olhei aquela versão de mim mesma sair pela porta.

Algumas horas depois, eu estava quase pronta para fechar a loja quando um homem bem-apessoado, vestindo um paletó de lã marrom, entrou, anunciado por um tilintar de sinos. Ele era 100% Atlanta, a camisa ainda impecável no fim do dia de trabalho. Parecia cansado, mas animado.

– Preciso de um presente para minha filha. Hoje é o aniversário dela de 7 anos. Preciso de uma coisa bonita, e rápido.

Ele não usava aliança, por isso achei que devia ser um pai de fim de semana. Andei com ele pela loja e seus olhos ricochetearam em todas as bonecas que restavam, os moleques alegres.

– Você é daqui? – perguntou ele de repente. – Da cidade?

Apontei para mim mesma.

– Sudoeste de Atlanta, nascida e criada.

– Eu também. Douglass High – disse ele. – Mas essas bonecas parecem meio... não sei. Não consigo identificar exatamente o que é, mas são todas meio estranhas. Você só tem essas?

– Todas elas são únicas – falei, defendendo minhas criações. – Há variações de uma para a outra...

Ele deu um risinho.

– Você pode guardar essa mentira para os brancos. Mas, sério... – Ele olhou para o teto, como se estivesse procurando as palavras, e seu olhar pousou no boneco que flutuava acima das nossas cabeças. – E aquele ali, vestido de anjo? Está à venda?

Antes que eu pudesse responder, um movimento lá fora atraiu meu olhar. Ali, do outro lado da Virginia Avenue, estava um fantasma do Roy. Eu tinha aprendido a conter o susto, mas esse me pegou desprevenida porque se parecia mesmo com Roy. Não o Roy quando era novo. Não o Roy do futuro. Esse era como o Roy seria se nunca tivesse saído de Eloe. Esse Roy fantasma cruzou os braços como um sentinela. Mantive o olhar nele o máximo de tempo que pude, sabendo que, se eu me virasse, ele desapareceria.

– Você tem uma escada? – perguntou o homem. – Se estiver à venda, eu posso pegá-lo.

– Está à venda.

De repente ele saltou como um jogador de basquete e pegou o anjo.

– Acho que ainda consigo – falou. – Você embrulha para presente, né?

O boneco era parecido com Roy, como muitos deles. Também há algumas bonecas que se parecem comigo, outras que se parecem com Andre ou com Gloria e com meu pai. Enquanto o homem alto observava, coloquei o boneco numa caixa forrada com papel de seda macio. Parei por um momento, mas as batidas impacientes de suas chaves no balcão me incitaram a respirar fundo e colocar a tampa. O que aconteceu em seguida veio em estágios, o pânico que começou no meu âmago e se expandiu em leque para o resto de mim. Eu tinha acabado de cortar uma fita cor de água limpa de rio quando não aguentei mais. Usando a unha para cortar a fita adesiva, abri a caixa, tirei o menino anjo do embrulho e segurei seu corpo firmemente contra o peito.

– Você está bem? – perguntou o homem.

– Não – admiti.

Ele olhou o relógio em seu pulso.

– Dane-se – disse, suspirando. – Já estou atrasado mesmo... O que houve? Minha ex diz que eu sou péssimo com emoções. – Imitando-a, ele guinchou: – "Não posso ensinar você a sentir as coisas!" Por isso aviso logo que provavelmente vou dizer a coisa errada, mas minhas intenções são boas.

– Meu marido está saindo da prisão.

Ele inclinou a cabeça.

– Isso é uma notícia boa ou ruim?

– É boa – respondi depressa demais. – É boa.

– Você não parece muito convicta… Mas eu entendo. É sempre uma coisa boa que mais um irmão de cor se liberte. – Então ele citou seu rapper favorito: – "Abra todas as celas em Attica, mande todos para a África." Lembra disso?

Assenti, ainda segurando o anjinho.

– Olhe para mim, por exemplo – continuou ele. – A não ser por uns dois primos babacas, não sei nada sobre a vida na prisão. Mas sei sobre estar casado. Nós, divorciados, é que sabemos. Esqueça os felizes; eles não têm a mínima ideia. Quanto tempo ele ficou longe?

– Cinco anos.

– Putz. Certo. É muito tempo. Eu passei seis meses em Cingapura. Trabalhando. Estava tentando ganhar a vida. Ela agiu como se o financiamento do imóvel fosse se pagar sozinho. Quando cheguei em casa o casamento não existia mais. Só seis meses. – Ele balançou a cabeça. – Só estou comentando, não tenha muitas esperanças. Apesar da prisão, o *tempo* é que manda em tudo. – Então ele estendeu as mãos. – Posso levar o boneco? É o único bom que resta.

Fui com ele até a porta, imaginando se ele também não seria um fantasma, o fantasma do que poderia ter acontecido. Foi meu último freguês do expediente. O movimento de transeuntes do lado de fora era grande, mas ninguém mais entrou na loja nem parou diante da vitrine chique. Deixei uma mensagem para Tamar, depois fechei mais cedo, apagando as luzes enquanto meu relógio tiquetaqueava, espasmódico.

Olhei para o outro lado da rua enquanto baixava a grade. Não havia ninguém lá, a não ser o funcionário do estacionamento, que baixou o boné sobre os olhos.

ROY

Quando era criança, eu colecionava chaves. Você ficaria surpreso ao ver quantas existem perdidas por aí quando se acostuma a prestar atenção nelas. Eu guardava todas em vidros de geleia na prateleira de cima do meu armário. Depois de um tempo Olive e Grande Roy também começaram a me trazer chaves que eles achavam. Minha coleção consistia principalmente em chaves de maletinhas de lata e daquelas simples que podiam ser substituídas por menos de um dólar na loja de ferramentas. Uma vez, numa feira de velharias, comprei uma chave Ben Franklin, de eixo comprido e dois ou três dentes na ponta. Mas eu não discriminava – gostava de pensar que tinha o poder de abrir dezenas de portas. Eu me imaginava num filme ou numa revista em quadrinhos. Na fantasia eu precisava destrancar um portão e testava todas as chaves que tinha, encontrando a certa no último instante. Acho que continuei com isso dos 8 até cerca de 12 anos, quando percebi que era idiotice. Quando fui para a prisão visualizava aquelas chaves todo dia.

Quando cheguei a Atlanta, entrei na cidade pela I-75/85, vendo o horizonte à frente como a Terra Prometida. Sei que não é como ver o Empire State em Nova York ou a Sears Tower em Chicago. Pelo que sei, Atlanta não tem nenhum prédio famoso. Pode-se até dizer que não há arranha-céus lá. *Aponta*-céus, talvez, mas não *arranha*-céus. Mesmo assim, a cidade é encantadora como o rosto da minha mãe. Tirei as mãos do volante e passei sob a ponte da I-20 com as palmas viradas para o céu como um garoto corajoso numa montanha-russa. Eu não era *da* cidade, como Celestial, mas tinha morado ali, e era emocionante estar em casa.

Ela me disse que a Poupées ficava na Virginia com a Highland, exatamente onde eu tinha sugerido que ela abrisse a loja na época em que a gente apenas sonhava com isso. Era o local perfeito: ficava na cidade, onde os negros poderiam ir com facilidade, mas numa área que fazia com que os brancos se sentissem à vontade. Paguei dez dólares para deixar o carro num estacionamento do outro lado da rua, diante da vitrine. Ela havia se saído bem, isso eu precisava admitir. O dinheiro do seu pai devia ter facilitado tudo, mas ela é que tinha feito o trabalho. As bonecas na vitrine eram de todas as cores de pele – mais uma ideia minha. "Faça como a Benetton", eu disse. E pareciam estar tendo um Natal feliz. Olhei a vitrine durante quinze minutos, talvez mais, talvez menos. É difícil marcar o tempo quando seu coração parece prestes a sair pelo peito.

Pensei tê-la visto subindo numa escada, prendendo uma boneca no teto, mas aquela garota era nova demais. Parecia Celestial quando a conheci, quando ela não deu a mínima para mim. Olhei por mais um tempo enquanto a sósia dobrava a escada e sumia nos fundos. Então Celestial emergiu de trás de uma cortina cor-de-rosa, como se estivesse entrando num palco.

Tinha cortado o cabelo. Cortado mesmo, não aparado as pontas ou adotado um estilo ligeiramente diferente. Essa nova Celestial quase não tinha cabelo. Estava parecido com o meu. Passei a mão na cabeça, imaginando a sensação da dela. Isso não a deixava masculinizada – mesmo do outro lado da rua dava para ver seus brincos grandes de prata e o batom vermelho –, mas ela parecia mais resoluta. Olhei, esperando atrair a atenção dela, mas isso não aconteceu. Ela andou pela loja apontando coisas e ajudando pessoas a escolher presentes, sempre sorrindo. Olhei até ficar com frio, depois voltei ao carro, me estiquei no banco de trás e dormi como se estivesse morto.

Quando acordei a vi de novo, mas a sósia tinha sumido. Ela estava sozinha até que um negro alto entrou, parecendo um modelo da *Vibe* ou da *GQ*. Fiquei observando Celestial conversar com ele, mas então ela virou o olhar na minha direção e seu sorriso desapareceu como se ela tivesse visto uma assombração. Não acredito exatamente em telepatia, mas sei que eu costumava me comunicar com ela sem precisar falar, por isso pedi que ela saísse, atravessasse a rua, me encontrasse do outro lado. Segurei-a por alguns segundos, mas ela se soltou. Esperei, desejando que Celestial restaurasse a conexão, mas ela voltou a atenção à tarefa imediata, subitamente apertando a boneca contra o peito. O homem sorriu. E, ainda que eu não pudesse ver, soube que ela mostrou uma boca cheia de dentes impecáveis. Sem minha permissão, minha língua foi até o lugar vazio no meu maxilar inferior. Mas também sem minha permissão, minha mão apalpou o chaveiro no bolso da frente da calça.

O chaveiro estava entre as coisas com as quais eu tinha saído da prisão, num saco de papel. A chave de carro emborrachada abria o sedã idealizado para uma família. Eu não sabia se Celestial continuava com ele, mas, onde quer que ele estivesse, aquela chave ligaria a ignição. A chave grossa e sem dentes abria a porta do meu escritório, mas você pode apostar que um chaveiro corrigiu isso mais rápido do que se diz a palavra "culpado". A última chave, uma cópia de uma cópia de uma cópia, era da porta da frente da aprazível casa na Lynn Valley Road. Eu pensava naquela chave mais do que deveria. Uma ou duas vezes abri a boca e passei a borda serrilhada contra a língua.

No papel, aquela nunca havia sido minha casa. Quando o Sr. D. doou a propriedade a Celestial, a única condição era que a Velha Nogueira não fosse cortada. Foi parecido com as estrelas de cinema que morriam e deixavam a fortuna para um poodle francês. A árvore era mencionada pelo nome, mas "Roy Hamilton" não estava em nenhum lugar na pilha de documentos que selava o acordo. Celestial tinha garantido que esse "lar" era um presente de casamento para nós dois. "A chave está no seu bolso", dissera ela.

E a chave estava no meu bolso agora, mas será que funcionaria?

Celestial não tinha dado entrada no divórcio. Depois do primeiro ano sem visita eu perguntei a Banks se ela poderia acabar com o casamento sem me informar, e ele disse que "tecnicamente, não". Sei que ela me deu um pé na bunda, só que isso foi dois anos antes, quando eu corria o risco de ficar muito mais tempo preso. Mas dois anos lhe davam oportunidade suficiente para se divorciar de um cara, se fosse isso que ela quisesse. E tempo suficiente para chamar um chaveiro.

Com as chaves tilintando no bolso como sinos de trenó, voltei ao Chrysler, liguei o motor e segui para oeste. Pisando no acelerador, mantive a mente em uma coisa: a chave de latão gasta, leve como uma moeda de dez centavos e com a etiqueta CASA.

CELESTIAL

Conheço essa casa como conheço meu próprio corpo. Antes de abrir a porta senti a presença entre as paredes, assim como um aperto minúsculo no útero avisa para você ficar preparada, mesmo fazendo apenas três semanas desde a última vez. Quando pisei no saguão os pelos nos meus braços se eriçaram.

– Olá? – chamei, sem saber o que esperar, mas com a certeza de que não estava sozinha. – Quem está aí? – Posso ver fantasmas, mas não acredito em assombrações. Um fantasma é uma lembrança solidificada, enquanto uma assombração é um espírito humano que se libertou do corpo mas continua viajando pela terra. – Olá? – repeti, sem saber em que acreditava agora.

– Estou na sala de jantar – trovejou uma voz de homem que era definitivamente deste mundo, familiar e estranha ao mesmo tempo.

Ali estava Roy, sentado à cabeceira da mesa com os dedos cruzados e posicionados entre o queixo e o peito. Nos meus braços estavam as sacolas com coisinhas bobas para a noite planejada com Tamar: sorvete, prosecco, chocolate com pimenta-caiena e biscoitos Goldfish para o neném.

– Você não trocou as fechaduras. – Roy se levantou da cadeira, o rosto reluzindo de espanto. – Depois de tudo, você se certificou de que minha chave ainda abrisse a porta.

Ele pegou as sacolas dos meus braços como se fosse a coisa mais natural do mundo, me deixando parada ali com as mãos vazias.

– Dre foi buscar você – falei, acompanhando Roy até a cozinha. – Está a caminho. Viajou hoje.

– Eu sei – disse ele, uma das sacolas de compras entre nós como uma trégua. – Não era com o Dre que eu queria falar.

Esfreguei os braços para fazer passar o formigamento enquanto Roy colocava as sacolas na bancada, virava para mim e abria os braços, rindo, mostrando o espaço escuro na parte de baixo do sorriso.

– Você não tem amor por um semelhante? Eu passei por muita coisa para chegar aqui. Não me venha com um daqueles cumprimentos sem graça. Quero um abraço de verdade.

Fui até ele com pernas que não pareciam minhas. Ele fechou os braços em volta de mim e eu soube que aquele era o meu marido, e não uma ilusão. Era Roy Othaniel Hamilton. Estava maior agora do que quando morava nesta casa, o corpo mais rígido e mais musculoso, mas reconheci sua energia, quase à beira da ação. Sem perceber a própria força, ele me segurou com tanta intensidade que fiquei meio tonta.

– Estou em casa, Celestial. Estou em casa.

Ele me soltou e eu me enchi com vorazes inspirações.

O rosto de Roy estava mais largo e com mais rugas do que quando o vira pela última vez, dois anos antes. Deixei minha mão ir ao meu próprio rosto, liso por causa da maquiagem, e então me lembrei da minha cabeça, praticamente raspada. Quase senti que deveria pedir desculpas, por causa do modo como ele costumava enrolar uma mecha do meu cabelo nos dedos. Às vezes ele dizia que Roy III tinha que herdar os olhos dele e o meu cabelo.

Ele estava preparado para esse encontro; o cheiro limpo de sua camisa nova se misturava com a fragrância doce de loção de barbear. Fui pega de surpresa, parecendo e me sentindo no fim de um dia longo.

– Eu não planejava emboscar você assim – disse ele.

Pensei que deveria existir uma palavra para essa experiência de ser surpreendida mas ao mesmo tempo o momento parecer totalmente inevitável. Às vezes a gente lê sobre os radicais dos anos 60 que matavam um policial por acidente, ou talvez de propósito, não sei. Mas eles fugiam, arranjavam um nome novo e passavam a ter uma existência decente, tediosa. Ganhavam peso; faziam compras na Macy's. Mas um dia voltavam para casa e lá estava o FBI. Seus rostos, estampados nos jornais, sempre pareciam atônitos, mas não surpresos.

– Senti saudade – falou Roy. – Tenho um monte de perguntas, mas primeiro preciso dizer que senti saudade.

Eu era capaz de recitar o discurso do Andre como se fossem falas de uma peça, aquelas palavras que ele e eu decidimos que *precisavam ser ditas*. E Gloria não estava certa ao dizer que falar essa verdade específica era tarefa para uma mulher? Mas fiquei à sombra do meu marido que tinha voltado para casa e não consegui me obrigar a dizer uma única palavra necessária.

Ele me conduziu até a sala, como se essa ainda fosse sua casa. Olhou em volta.

– Essa sala não era turquesa, era? Era amarela, não era?

– Era.

– Todas essas coisas africanas são novas. Mas gostei.

Ao longo da parede havia máscaras, e em praticamente cada superfície havia uma escultura, lembranças das viagens dos meus pais. Ele pegou uma estatueta de marfim que representava uma mulher tocando um sino.

– Isso é de verdade, não é? Coitado do elefante.

– É antiga – falei, um pouco na defensiva. – De antes de os elefantes estarem correndo risco.

– Não que isso fizesse diferença para o elefante em questão – apontou ele. – Mas entendo o que você quer dizer.

Sentamos no sofá de couro e olhamos um para o outro. Deixamos o silêncio se tornar espesso, esperando que o outro o rompesse. Finalmente, ele chegou tão perto que nossos quadris se tocaram.

– Me diga, Celestial. Me diga o que você tem que dizer.

Balancei a cabeça. Ele levou meus dedos desavisados aos lábios e os beijou duas vezes, depois passou minhas mãos em seu rosto recém-barbeado.

– Você me ama? Todo o resto são detalhes.

Movi os lábios, sem palavras.

– Ama – disse ele. – Você não deu entrada no divórcio. Não trocou a fechadura. Eu tinha dúvidas. Você sabe que eu tinha. Mas quando estava na varanda da frente decidi testar a chave. Ela entrou fácil e girou como se tivesse sido lubrificada. Foi assim que eu soube, Celestial. Foi assim que eu soube. Não fiquei andando pela sua casa inteira. Esperei aqui porque sei que você não usa esses cômodos. O que quer que seja, quero ouvir da sua boca.

Quando não falei nada, ele continuou por mim:

– É o Andre, não é?

– Não é uma questão de sim ou não – respondi.

Então ele me surpreendeu pondo a cabeça no meu colo, pegando meus braços e fechando-os em volta de si como um cobertor.

ROY

Ela não estava como eu lembrava. Não era só o cabelo curto como de homem ou o batom nos lábios, ainda que essas tenham sido coisas que eu notei. Ela estava diferente, mais triste. Até o cheiro tinha mudado. A lavanda permanecia, mas por trás havia notas de terra ou folhas. A lavanda provinha dos óleos que ela mantinha num frasco de cristal na penteadeira. O cheiro de lascas de madeira se irradiava de debaixo da pele.

Lembrei-me de Davina, que me recebeu com aceitação e um banquete digno de um homem chegado da guerra. Celestial não sabia que eu vinha, mas eu queria que ela tivesse pressentido que eu estava a caminho e colocado a mesa para mim. Caí no sono em seu colo e ela me deixou descansar até que acordasse por conta própria. A noite chega cedo no inverno. Eram cerca de oito horas e lá fora estava escuro como a meia-noite.

– E então? – perguntou ela – Como você está? – Em seguida pareceu constrangida. – Sei que é uma pergunta básica, mas não sei o que eu deveria dizer.

– Você poderia dizer que está feliz em me ver. Que está feliz porque eu saí.

– Eu *estou*. Estou muito feliz por você ter saído. Era por isso que todos nós rezávamos, foi por isso que tio Banks continuou trabalhando sem parar no caso.

Ela parecia estar implorando que eu acreditasse, por isso levantei a mão.

– Por favor, não faça isso. – Agora eu é que parecia implorar. – Não quero que a gente fale dessa maneira. Podemos nos sentar na cozinha? Podemos nos sentar na cozinha e falar um com o outro como um homem e a esposa? – O rosto dela perdeu a suavidade enquanto seu olhar percorria a sala, desconfiado e talvez temeroso. – Não vou tocar em você – garanti, apesar de as palavras terem saído amargas. – Prometo.

Celestial foi em direção à cozinha como se marchasse para um paredão de fuzilamento.

– Você comeu? – perguntou.

A cozinha continuava como eu lembrava. As paredes eram da cor do mar, a mesa redonda de vidro escuro, as quatro cadeiras de couro dispostas de maneira uniforme. Lembrei de quando acreditava que essas cadeiras seriam ocupadas pelos nossos filhos. Lembrei de quando essa era a minha casa. Lembrei de quando ela era minha mulher. Lembrei de quando tinha toda a vida pela frente e isso era uma coisa boa.

– Não tem nada aqui para cozinhar – disse ela. – Geralmente eu como...

Ela deixou o resto no ar.

– Na casa ao lado? – perguntei. – Vamos acabar logo com isso. É o Andre. Diga que sim, para podermos seguir em frente.

Sentei-me na cadeira que costumava ser o meu lugar e ela se empoleirou na bancada.

– Roy – falou, como se estivesse lendo um roteiro. – Eu estou com o Andre agora. É verdade.

– Eu sei. Sei e não me importo. Eu estava longe. Você estava vulnerável. Cinco anos é muito tempo. Se alguém sabe que cinco anos é muito tempo, sou eu.

Fui até a bancada onde ela estava e me posicionei entre suas pernas. Estendi a mão para o seu rosto. Ela fechou os olhos, mas não se afastou.

– Não me importo com o que você fez quando eu estava longe. Só me importo com nosso futuro – falei, me inclinando e beijando-a de leve.

– Não é verdade – disse ela enquanto eu sentia o roçar dos seus lábios secos. – Não é verdade. Você se importa. Todo mundo se importa.

– Não. Eu perdoo você. Perdoo você por tudo.

– Não é verdade – repetiu Celestial.

– Por favor. Me deixe perdoar você.

Me inclinei de novo para ela e de novo ela não se mexeu. Coloquei as mãos em sua cabeça desprotegida e ela não me impediu. Beijei-a de todos os modos em que pude pensar. Beijei sua testa como se ela fosse minha filha. Beijei suas pálpebras trêmulas como se ela fosse minha mãe morta. Beijei-a com força no rosto como se faz antes de matar alguém. Beijei sua clavícula como se faz quando se quer mais. Puxei o lóbulo da sua orelha com os dentes, como quando a gente sabe do que alguém gosta. Fiz tudo isso e ela ficou sentada, maleável como uma boneca.

– Se você deixar – falei –, eu posso perdoar.

Começando de novo o circuito de beijos, fui até seu pescoço. Ela moveu a cabeça ligeiramente para que eu pudesse encostar o nariz onde o sangue pulsava perto da superfície. Mas a empolgação se esvaiu depressa, como a onda de uma droga caseira, da mesma forma que uma droga vagabunda bate forte mas cujo efeito dura apenas um instante. Fui para o outro lado do pescoço, esperando que ela inclinasse a cabeça na direção oposta e me desse acesso completo.

– Só peça – falei, a voz pouco mais do que um rumor no peito. – Peça e eu perdoo. – Abracei-a; ela estava frouxa, mas não resistiu. – Peça, Geórgia. Peça para que eu possa dizer sim.

A CAMPAINHA TOCOU SETE VEZES, uma depois da outra, sem intervalo. Dei um pulo ao ouvir a primeira, e Celestial também, ajeitando-se rapidamente, como se tivesse sido apanhada em flagrante. Deslizou da bancada, praticamente correndo até a porta da frente, escancarando-a. Era a garota da loja, que parecia uma versão da própria Celestial no passado. Ela segurava um bebê que gostava de ficar socando a campainha. Era um sujeitinho gorducho, de olhos brilhantes e satisfeito.

– Tamar – disse Celestial. – Você veio.

– Você não pediu que eu viesse com a musselina? – A garota da loja entrou no saguão enquanto o menininho estendia a mão para seus brincos de argola, o da esquerda com um pingente de chave, como Janet Jackson usava antigamente. – Jelani, vamos dar oi à tia Celestial? – Ela mudou o bebê de posição no colo. – Espero que você não se importe por ele ter vindo.

– Não – respondeu Celestial rapidamente. – Você sabe que eu sempre adoro ver esse rapazinho.

– Ele quer o tio Dre – disse Tamar, lutando com o bebê, que ficava se remexendo. – Você está bem, mulher? Parece estressada, como se estivesse sendo feita refém. – Ela riu, um risinho alegre, até me notar parado no corredor. – Opa – disse. – Oi?

Celestial fez uma pausa antes de me puxar pelo braço até a sala.

– Tamar, Roy. Roy, Tamar. E Jelani. Jelani é o bebê.

– Roy? – Tamar franziu o rosto bonito. – Roy! – repetiu assim que assimilou os detalhes.

– Aqui estou – falei com meu sorriso de vendedor.

Mas então notei a sobrancelha dela se franzir e lembrei que me faltava um dente. Cobri o rosto como se estivesse tossindo.

– Prazer em conhecê-lo – falou ela, estendendo a mão com unhas azul-esverdeadas, do mesmo tom da sombra nos olhos.

Tamar era mais parecida com Celestial do que a própria Celestial. Era a mulher que eu tinha na mente quando dormia num colchão sujo na prisão.

– Senta aí – convidou Celestial. – Me deixe pegar uma coisa para você.

Então ela desapareceu na cozinha, me deixando a sós com a garota e seu filhinho.

Ela estendeu no chão uma colcha de retalhos em vários tons de laranja e colocou o bebê em cima. Jelani ficou de quatro, balançando-se.

– Ele aprendeu a engatinhar.

– É parecido com o seu marido? – perguntei, para puxar assunto.

– Está falando com uma mãe solteira hiperinstruída – respondeu ela, levantando a mão. – Mas sim. Jelani é a cara do pai. Quando os dois estão juntos, as pessoas fazem piada sobre clonagem humana.

Ela se abaixou ao lado do filho, depois abriu um embrulho revelando um tecido marrom, da mesma cor da sua pele. Abriu outro, vários tons mais escuro, e depois um terceiro cor de pêssego que as empresas de lápis de cor chamam de "cor de pele".

– Acho que isso basta para chegarmos até o ano-novo. O estoque da loja está bem baixo. Celestial vai precisar dormir em cima da máquina de costura se quiser repor o estoque. Eu tento obrigá-la a aceitar minha ajuda, mas ela diz que não é uma *poupée* se ela própria não costurar o boneco e assinar no traseiro dele.

Juntei-me a ela no chão, balançando o chaveiro para atrair a atenção do bebê. Ele riu, tentando pegar.

– Posso pegá-lo no colo?

– À vontade.

Puxei Jelani para o colo. Ele primeiro se debateu, depois relaxou. Não tendo muita experiência com bebês, me senti desajeitado e idiota. A cena me fez lembrar de uma foto grudada no espelho de Olive: Grande Roy me carregando quando eu era pequeno assim. Meu pai parecia apreensivo como se segurasse uma bomba-relógio. Balancei Jelani, imaginando se foi quando eu tinha a idade dele que Grande Roy me deu seu nome.

Celestial voltou da cozinha com duas taças de champanhe com porçõezinhas de sorvete flutuando acima do espumante. Bebi um gole e me lembrei de Olive. No meu aniversário ela costumava pegar sua tigela grande de vidro e fazer um ponche de refrigerante de gengibre com bolas de sorvete de laranja boiando na superfície. Ávido por essa lembrança, bebi mais. Quando Celestial voltou com a própria taça, eu tinha quase terminado a minha.

Nós três ficamos sentados, quatro contando com o bebê. Celestial e Tamar falaram sobre tecidos enquanto eu me ocupava com Jelani. Fiz cócegas embaixo do queixo dele até que ele deu seu risinho de bebê que parecia ligeiramente hidráulico. Era incrível pensar que ali, nos meus braços, estava um ser humano inteiro.

O filho que Celestial e eu não tivemos teria agora 4 ou 5 anos, acho. Se houvesse um garotinho pequeno dormindo agora no quarto, de jeito nenhum Celestial falaria que está com Andre. Eu diria "Um menino precisa do pai." Esse é um fato científico. Não haveria mais nada para dizer.

Mas, como as coisas estavam, havia muito o que falar, mais palavras do que caberiam na minha boca.

CELESTIAL

Depois de um tempo Tamar pegou seu menininho e vestiu-o com um casaco fofo que era digno de um astronauta. Roy e eu lamentamos vê-la partir. Era como se fôssemos os pais dela e ela nossa filha ocupada, bem-sucedida, que só tinha tempo para uma visita de alguns minutos, mas estávamos gratos por cada segundo. Paramos junto à porta, acenando enquanto ela olhava por cima do ombro para sair da entrada de veículos. Quando o carro se afastou, os faróis se transformaram em mais duas luzes no quarteirão enfeitado para o Natal. Minha própria casa estava escura; nem tinha me dado o trabalho de pendurar a guirlanda que havia comprado um mês antes. Mas a Velha Nogueira estava festiva. Uma fileira de luzes envolvia o tronco grosso. Era obra de Andre, seu esforço para garantir a si mesmo que tudo ficaria bem.

Mesmo muito depois de Tamar já ter ido embora, fiquei olhando a rua escura, preocupada com Andre. Ele estava na Louisiana, tentando agir de forma honrada. Eu tinha ligado para ele da loja enquanto ele estava na estrada, indo para o sul. "Nós valemos a pena", falei. Como é que tanta coisa havia mudado em algumas horas? Distraidamente, enfiei a mão no bolso para pegar o telefone, mas Roy empurrou minha mão para o lado.

– Não ligue para ele ainda. Primeiro me dê uma chance de defender meu lado.

Mas ele não disse nada. Em vez disso, guiou minhas mãos por cima da fratura no osso do nariz e ao longo da cicatriz junto à linha dos cabelos, pequena mas marcada por pontinhos em alto-relevo de um lado e de outro por toda a sua extensão. Seu rosto, a totalidade dele, descansava nas palmas das minhas mãos, sólido e familiar.

– Você se lembra de mim? – perguntou ele. – Você me reconhece?

Assenti, deixando os braços penderem ao lado do corpo enquanto ele explorava minhas feições. Roy fechou os olhos como se não pudesse confiar neles. Quando seu polegar passou pela minha boca eu o prendi em um franzido dos lábios. Roy reagiu com um suspiro aliviado. Ele me levou pela casa sem acender as luzes, como se quisesse ver se conseguiria achar o caminho pelo tato. Uma mulher nem sempre tem escolha, pelo menos não de modo significativo. Às vezes há uma dívida que precisa ser paga, um conforto que ela é obrigada a dar, uma passagem segura que precisa ser garantida. Cada uma de nós já se deitou com um homem por um motivo que não era amor. Será que eu podia dizer não a Roy, meu marido, quando ele voltou para casa de uma batalha mais antiga do que seu pai e do que o pai de seu pai? A resposta é que eu não podia. Seguindo Roy pelo corredor estreito, entendi o que Andre soubera desde o início. Foi por isso que ele pegou a estrada, para me impedir de fazer essa coisa que todos temíamos que eu teria que fazer.

Então como eu poderia classificar o que se passou entre mim e meu marido na noite em que ele veio me ver após ter saído da prisão? Estávamos na cozinha, eu encostada na bancada de granito, com sorvete derretido encharcando minhas roupas.

Roy enfiou as mãos embaixo da minha blusa.

– Você me ama. Eu sei que ama.

Eu não teria respondido mesmo que ele não tivesse tirado meu fôlego com um beijo que tinha gosto de desejo manchado de raiva. "Sim" quer dizer "sim" e "não" quer dizer "não", mas qual é o significado do silêncio? O corpo de Roy era mais forte agora do que há cinco anos, quando ele dormiu pela primeira vez nesta casa. Ele era um estranho dominador, sua respiração quente no meu pescoço.

Quando ele me levou na direção do quarto principal, o cômodo de canto que tinha sido dos meus pais e era onde Roy e eu dormíamos como marido e mulher, eu disse:

– Aí não.

Ele me ignorou, guiando-me como se estivéssemos numa dança. Algumas coisas são inevitáveis como a maré.

Roy tirou minhas roupas com a mesma facilidade com que você descascaria uma banana, depois se inclinou para acender um abajur com luz forte. Senti vergonha do meu corpo, cinco anos mais velho do que na última vez em que ele me viu nua. O tempo pode ser cruel com uma mulher. Encolhi as pernas, espremendo-as contra o peito.

– Não seja tímida, Geórgia – disse Roy. – Você é perfeita. – Ele segurou meu tornozelo, esticando delicadamente minhas pernas. – Não se esconda de mim. Descruze os braços, deixe-me ver você.

Na biblioteca particular do meu espírito há um dicionário de palavras inexistentes. Numa de suas páginas existe um caractere misterioso que expressa o que é não ter vontade mesmo quando você tem. Na mesma página é explicado como uma ou duas vezes na vida você vai se ver nua embaixo de um homem, mas uma palavra extremamente comum irá salvá-la.

– Você tem camisinha? – perguntei.

– O quê?

– Camisinha.

– Não diga isso, Geórgia. Por favor, não diga isso.

Ele rolou de cima de mim e ficamos lado a lado. Eu me mexi, olhando a Velha Nogueira, ancestral e silenciosa, pela janela. Mesmo quando Roy pousou a mão pesada no meu quadril eu não me virei.

– Seja minha esposa – pediu ele.

Não respondi, então ele me virou como um tronco e pressionou o rosto no meu pescoço, enfiando as mãos entre minhas coxas.

– Vamos, Celestial. Faz tantos anos!

– Precisamos usar camisinha – falei, enchendo a boca com a palavra, sentindo o peso dela na minha língua.

Ele guiou minha mão para baixo de suas costelas, onde a pele era cheia de nós e parecia borracha.

– Eu levei uma facada – falou. – Nunca tinha feito nada com o cara. Nunca tinha nem olhado para ele, e ele afiou a ponta de uma maldita escova de dentes e tentou me matar com ela.

Deixei o polegar viajar por cima da cicatriz.

– Está vendo o que eu passei? – disse ele. – Você não sabia o que estava acontecendo comigo. Tenho certeza de que, se soubesse, não teria me tratado assim.

Ele beijou meu ombro e subiu na direção do pescoço.

– Por favor.

– Precisamos usar camisinha – falei.

– Por quê? Porque eu estava na prisão? Eu era inocente. Você sabe que eu era inocente. Quando aquela mulher foi estuprada, eu estava com você. Então você sabe que não fui eu. Não me trate feito um criminoso, Celestial. Você é a única que sabe com certeza. Por favor, não me trate como se eu tivesse algum tipo de doença.

– Não posso.

– Bom, você pode pelo menos me ouvir? – Ele pegou histórias em sua caixa de lembranças, cada uma delas argumentando por que ele não deveria ser obrigado a pôr uma barreira entre nós. – Eu matei um homem por acidente – contou. – Já passei por muita coisa, Celestial. Mesmo quando a gente entra inocente, não sai de lá da mesma forma. Então, por favor?

– Não implore. Por favor, não faça isso.

Ele chegou mais perto, me prendendo na cama.

– Não – falei. – Não faça isso.

– Por favor.

Imagine nós dois na nossa cama nupcial. Eu presa no colchão, completamente à mercê dele. Mas existe algum outro modo, mesmo quando o amor é verdadeiro e puro, e não maculado pelo tempo e pela traição? Talvez seja isso que signifique estar apaixonada: colocar-se voluntariamente à mercê de outra pessoa. Fechei os olhos sentindo o peso dele em cima de mim e rezei como deveria fazer quando era pequena. "Se eu morrer antes de acordar..."

– Camisinha – sussurrei, sabendo que não havia nenhuma.

– Estou sofrendo, Celestial. Não está vendo?

E assim me deitei de barriga para cima de novo, vendo como ele tinha sofrido nesses anos, vendo como ele estava sofrendo agora, com a cabeça no travesseiro.

– Eu sei – falei. – Eu sei.

Ele se virou para mim.

– É porque você acha que eu peguei alguma doença, que eu fiz alguma coisa enquanto estava lá? Ou porque não quer engravidar de novo? Porque não quer um filho meu?

Não havia resposta aceitável para essa pergunta. Nenhum homem lida bem com esse modo de fazer sem fazer. Chegar perto, mas não o suficiente.

– Responda. Qual das duas opções?

Cerrei os lábios, lacrando as verdades dentro de mim. Balancei a cabeça.

Ele se virou, apertando meu peito com o dele.

– Você sabe – falou, com um traço de ameaça. – Eu poderia obrigá-la se quisesse.

Não lutei. Não implorei. Preparei-me para o que parecia o destino desde o momento em que entrei na minha casa e senti que ela não era mais minha.

– Eu poderia – repetiu ele, mas se levantou da cama, enrolando-se no lençol como se fosse uma túnica. – Poderia, mas não vou.

ROY

DAVINA NÃO ME TRATOU DESSA FORMA. Quando cheguei, ela abriu a casa para mim. Abriu a si mesma. Celestial, minha esposa legítima, está mais fechada do que um cofre de banco. Walter tentou me alertar. Eu estava preparado para aceitar que tivesse havido outro homem, talvez até outros homens. "Uma mulher é apenas um ser humano." Não sou ingênuo. Ninguém sobrevive à prisão sendo fofinho. Mas quando uma mulher não dá entrada no divórcio, manda dinheiro para você e não troca as fechaduras, nessas circunstâncias um homem pode achar que tem uma chance. E quando você se inclina para beijá-la, ela deixa; quando você a puxa pela mão até o quarto, sabe que não estava imaginando tudo. Eu fiquei longe cinco anos, mas não tanto a ponto de não me lembrar de como o mundo funciona.

"Você tem camisinha?"

Ela sabia que eu não tinha. Eu vim até ela pronto, mas não preparado. Ela é minha mulher. Como se sentiria se eu pegasse uma camisinha? Não pensaria que eu estava sendo atencioso; pensaria que eu achava que ela tinha dormido com outros. Por que não poderia ser como foi em Nova York, quando éramos quase estranhos? Quantas vezes, na prisão, me lembrei daquela primeira noite? Repassava todos os detalhes, um filme mudo na mente, e garanto que não havia camisinha no cenário. Naquela noite, no Brooklyn, eu me senti como o Capitão América; nem me importei por ter perdido o dente defendendo a honra dela. Um homem não tem muitas oportunidades de ser um herói assim. Agora ela quer agir como se isso nunca tivesse acontecido.

Joguei o lençol no chão e andei pelado pela casa, procurando algum lugar para deitar minha cabeça crespa. O quarto principal estava fora de questão por motivos óbvios, então me acomodei na sala de costura e afundei no futon, ainda que ele fosse meio pequeno para um homem do meu tamanho. A sala estava atulhada de *poupées* em vários estágios de criação. Ao lado da máquina de costura havia uma cabeça de pano marrom e alguns pares de braços com mãos acenando. Não vou mentir e dizer que não foi perturbador. Mas eu já estava perturbado quando irrompi ali.

As bonecas finalizadas ficavam sentadas numa prateleira, parecendo pacientes e amigáveis. Pensei na ajudante de Celestial – o nome dela era Tamara? Pensei em seu menino grande e saudável. Quando Celestial saiu da sala para pegar os casacos deles, a garota tocou no meu braço com suas unhas azul-esverdeadas. "Você precisa abrir mão dela", falou. "Parta o próprio coração, ou eles vão parti-lo para você." Minha raiva subiu como fumaça, densa e sufocante. Só havia uma coisa a dizer, mas não era adequada para pessoas educadas. "Estou dizendo isso", continuou ela, "porque sei que você não sabe. Não vai ser de propósito, mas você vai acabar magoado." Eu estava tentando entender que tipo de jogo aquela garota estava fazendo quando Celestial voltou com os casacos e deu um beijo no bebê como se fosse o próprio filho.

Ali na sala de costura deviam ser umas três da madrugada; esses eram pensamentos bêbados, ainda que eu não estivesse bebendo. Peguei uma boneca na prateleira e lhe dei um soco na cara. A cabeça macia afundou antes de voltar ao lugar, ainda sorrindo. Me estiquei no futon, com os pés pendendo para fora, mas não conseguia ficar confortável. Levantei-me, segui pelo corredor e parei do lado de fora do quarto onde Celestial estava dormindo, mas não consegui me obrigar a girar a maçaneta. Se ela houvesse trancado a porta para que eu não entrasse, eu não quereria saber.

De volta à sala de costura, peguei o telefone e liguei para Davina, que atendeu parecendo amedrontada, como qualquer pessoa estaria a essa hora.

– Oi, Davina, é o Roy.

– E?

– Eu queria dizer olá.

– Bom, já disse. Satisfeito?

– Não desligue. Por favor, não desligue. Me deixe dizer como eu gostei de você ter passado um tempo comigo. Por ter sido tão legal.

– Roy – falou ela com a voz ligeiramente derretida. – Você está bem? Não está parecendo bem. Onde você está?

– Em Atlanta. – Depois disso eu não tinha muito mais palavras. Não há muitas mulheres que continuem na linha para ouvir um homem adulto chorar por outra, mas Davina Hardrick esperou até que eu conseguisse dizer: – Davina?

– Estou aqui.

Ela não disse "Eu perdoo você". Mesmo assim, fiquei grato por aquelas duas palavras. Falei:

– Não sei o que fazer.

– Vá dormir. Como dizem, uma boa noite de sono cura tudo.

– Sim, uma boa noite de sono cura tudo – repeti.

Pensei na minha mãe e perguntei se Davina tinha estado no velório dela.

– Você viu Celestial e Andre? – falei. – Eles estavam juntos?

– Por que você se importa tanto? – perguntou Davina.

– Porque sim.

– Vou lhe dizer o seguinte. Eu vi os dois depois, quando estava no Saturday Nighter trabalhando para o meu tio Earl. Eles entraram e começaram a encher a cara no meio do dia, especialmente ela. Creio que não estivessem juntos, mas era só questão de tempo. Dava para sentir no ar, como chuva que está a caminho. Quando ele foi ao banheiro ela se inclinou por cima do balcão e me disse: "Sou uma pessoa horrível."

– Ela disse isso? Minha mulher?

– É. Exatamente essas palavras. Aí o cara voltou e ela se controlou. Cinco minutos depois eles foram embora.

– Mais alguma coisa?

– Só isso. Mais tarde o seu pai entrou. Cheio de terra nas roupas, da cabeça aos pés. Dizem que ele enterrou sua mãe com as próprias mãos.

Segurei o fone com força, apertando-o contra o ouvido, como se isso pudesse me deixar menos solitário. Não fazia nem uma semana que eu tinha saído da prisão e já me sentia enjaulado de novo, como se uma mulher tivesse usado um pedaço de linha de costura para me amarrar numa cadeira. A gente ouve histórias sobre homens que roubam uma cerveja bem na frente das câmeras de segurança para serem mandados de novo para a cadeia, para voltarem a um local onde sabem o que esperar. Eu não faria nada assim, mas não fico espantado com a escolha. Puxando um cobertor macio por cima dos quadris, pensei em Walter, meu pai, o Yoda do Gueto, e me perguntei o que ele diria sobre isso.

– Você está aí? – perguntou Davina.

– Estou.

– Descanse um pouco. A princípio é difícil para todo mundo. Se cuida – disse ela com uma voz calmante como uma canção de ninar.

– Davina, eu estava pensando em lhe dizer uma coisa. Estive pensando.

– Sim?

– Eu me lembro, sim, de um garoto chamado Gafanhoto.

– Ele estava bem?

A voz dela saiu tão baixa que eu não tive certeza se tinha ouvido mesmo, mas sabia o que ela tinha dito.

– Ele estava bem. Foi por isso que não lembrei antes, porque não havia muito o que lembrar.

Quando desliguei, o grande relógio laranja acima da máquina de costura anunciava que eram três e meia, um ângulo reto perfeito. Imaginei Andre na casa do meu pai, provavelmente dormindo na minha cama. Sorri um pouco no escuro, visualizando a cara dele quando Grande Roy lhe disse que eu tinha ido para Atlanta. Ele provavelmente vestia calça jeans e uma camiseta como uma pessoa comum, mas na minha mente estava sempre com aquele terno cinza e justo que usou no velório da minha mãe. "Ah, mãe", pensei. O que ela pensaria se me visse agora, dormindo no sofá da minha própria casa, cercado por bonecas felizes que Celestial venderia por 150 dólares cada?

– Só em Atlanta – falei em voz alta, antes de finalmente arrumar um jeito de dormir.

ANDRE

O PAI DE ROY E EU DORMIMOS NA SALA, eu no sofá e ele na poltrona reclinável, como se não acreditasse que eu não sairia correndo porta afora. Ele não precisava se preocupar. Quando me cobri com o lençol bem passado e o cobertor macio, estava cansado e pronto para dar aquele dia insano por encerrado. A sala estava silenciosa, a não ser pelo sibilo do aquecedor a gás no canto, reluzindo azul e quente. Mesmo assim, acordamos várias vezes durante a noite e trocamos algumas palavras.

– Você quer ter filhos? – perguntou ele assim que eu tinha caído no sono.

– Quero – respondi, esperando voltar ao meu sonho.

– Roy também. Ele precisa desse recomeço.

Sentindo-me claustrofóbico embaixo das cobertas, imaginei se Grande Roy sabia como ele tinha chegado perto de ser avô. Lembrei-me de quando voltei de carro para casa com Celestial, arrasada e exausta.

– Mas não sei a opinião de Celestial. Talvez ela não queira.

– Ela só acha que não quer – disse Grande Roy. – Os filhos trazem o amor quando chegam.

– O senhor e a dona Olive decidiram parar depois do Roy?

– Por mim teríamos tido mais – respondeu ele, bocejando. – Casa cheia. Mas Olive não confiava o suficiente em mim. Tinha medo de eu me apegar à minha prole e esquecer o Pequeno Roy, mas eu não faria isso. Ele era meu filho. Mesmo assim, ela foi ao médico e cuidou do assunto antes mesmo que eu tivesse chance de falar a respeito.

Então ele dormiu de novo, ou pelo menos parou de falar. Fiquei deitado contando as horas até de manhã, correndo os dedos pelo cordão do meu pai, fazendo o máximo para não pensar em Roy indo para casa.

Estava escuro lá fora quando Grande Roy se levantou da poltrona e me apontou a direção do banheiro, onde ele tinha colocado toalhas limpas e uma escova de dentes. Antes que eu pegasse a estrada tomamos café da manhã: café e pãezinhos escorregadios de manteiga. O tempo estava fresco, mas não frio. Nós nos sentamos no chão da varanda da frente, com as pernas balançando para fora.

– Você quer ficar com ela – disse Grande Roy, brincando com o cadarço de seu casaco. – Mas não *precisa* dela. Entende o que estou dizendo? Roy precisa da mulher dele. Ela é a única coisa que resta da vida anterior. Da vida pela qual ele batalhou.

O café tinha um aroma doce de tabaco por causa da chicória misturada nele. Apesar de geralmente eu tomar o meu puro e sem açúcar, Grande Roy pingou nele um pouco de leite e adoçou. Bebi, depois coloquei a xícara no piso de concreto ao meu lado. Levantei-me e estendi a mão.

– Senhor – falei.

Ele apertou minha mão de um modo que pareceu formal e sincero ao mesmo tempo.

– Ceda, Andre. Você é um homem bom. Sei que é. Eu lembro de você carregando o caixão de Olive. Faça o que é decente e fique longe durante um ano, mais ou menos. Se ela quiser você depois de um ano, e você ainda a quiser, não vou ser contra.

– Sr. Hamilton, eu *preciso* dela.

Ele balançou a cabeça.

– Você nem sabe o que é precisar.

Ele acenou como se estivesse me dispensando, e sem pensar eu fui na direção do carro, mas depois me virei.

– Isso é papo-furado, senhor.

Grande Roy me olhou confuso, como se um gato de rua começasse subitamente a citar Muhammad Ali.

– Admito que eu tive mais sorte do que algumas pessoas, mas há muitas outras que tiveram mais sorte do que eu e algumas que tiveram menos do que o Roy. Seja honesto. O senhor tem que entender meu lado, também. Eu vi o senhor naquela tarde debaixo do sol quente, lutando com aquela pá. O senhor sabe exatamente o que eu sinto.

– Olive e eu fomos casados por mais de trinta anos; nós passamos por muita coisa.

– Isso não lhe dá o direito de falar assim comigo, de agir como se fosse Deus sentado no trono. Eu preciso ir para a cadeia para ter o direito de ser feliz?

Grande Roy coçou o pescoço onde o cabelo crescia em caracóis grisalhos e apertadinhos, depois secou as lágrimas nos olhos.

– Você precisa entender, Andre. O garoto é meu filho.

ROY

A manhã chegou aos poucos. Dormi profundamente até que o som de bacon fritando me acordou. Eu sempre começava o dia com o corpo dolorido. Cinco anos deitado num catre de prisão arruína o corpo. À luz do dia continuei achando as bonecas inquietantes, mas menos zombeteiras do que à noite.

– Bom dia! – gritei na direção da cozinha.

Depois de um instante ela respondeu:

– Bom dia. Está com fome?

– Depois de um banho vou estar.

– Coloquei umas toalhas no banheiro amarelo.

Olhando para baixo, lembrei que eu estava nu feito um recém-nascido.

– Tem mais alguém aí?

– Só nós.

Enquanto andava pelo corredor tive consciência do meu corpo: a cicatriz franzida abaixo das costelas, os músculos de prisão e meu pênis, com força matinal mas ainda desapontado. Celestial estava ocupada na cozinha, mexendo em potes e panelas, mas senti algo parecido com vigilância enquanto andava. Na segurança do banheiro, vi que ela tinha posto minha sacola de lona na bancada, para que eu tivesse roupas para vestir. A esperança acordou com um rosnado parecido com o de um estômago faminto.

Enquanto esperava a água esquentar, olhei embaixo da pia e encontrei uma espécie de gel de banho masculino que achei que deveria ser do Dre. Cheirava a verde, como uma floresta. Continuei vasculhando o armário, querendo ver se tinha mais coisas dele, mas não encontrei nada, nem aparelho de barba, nem escova de dentes, nem talco para os pés. Então a esperança soltou outro rosnado, desta vez como um filhote de rottweiler. Andre não morava ali. Ele tinha sua casa separada, mesmo sendo a casa ao lado.

Embaixo do chuveiro quente preferi não usar o sabonete dele, mas a única outra opção tinha cheiro de flores e pêssego. Ensaboei o corpo todo demoradamente, sentado na lateral da banheira, esfregando as solas dos pés e entre os dedos. Espremi mais um pouco de sabonete líquido na mão e usei no cabelo, depois enxaguei com a água tão quente que doía. Em seguida vesti minhas roupas, compradas com meu próprio dinheiro.

Quando cheguei à cozinha, Celestial havia posicionado os pratos e copos diante das cadeiras que nós jamais usávamos.

– Bom dia – falei de novo, olhando-a colocar massa na máquina de waffle.

– Dormiu bem? – perguntou ela.

Seu rosto estava sem maquiagem, mas ela usava um vestido de moletom que dava a impressão de que estava de saída.

– Na verdade, dormi. – Então o esperançoso filhote de rottweiler começou de novo. – Obrigado por perguntar.

Ela serviu waffles, bacon frito crocante e um suco de fruta. Fez meu café puro, com três colheres de açúcar. Quando ainda éramos normais, às vezes tomávamos café em restaurantes chiques, especialmente no verão. Celestial usava vestidos justos e flores trançadas no cabelo. Nessas ocasiões, olhando para minha mulher, eu dizia à garçonete que gostava do meu café como gostava das minhas mulheres: "preto e doce". Isso sempre me rendia um sorriso. Então Celestial dizia:

– E eu gosto do meu drinque como gosto dos meus homens: *transparente.*

Antes de começarmos a comer eu estendi a mão.

– Acho que deveríamos orar.

– Está bem.

De cabeça baixa e olhos fechados, falei:

– Deus pai, pedimos que abençoe esta refeição. Abençoe as mãos que a prepararam e abençoe este casamento. Em nome do seu filho, rezamos. Amém.

Celestial não disse "Amém". Em vez disso, falou:

– *Bon appétit.*

Comemos, mas não consegui sentir o gosto de nada. Isso me fez lembrar da manhã antes de ouvir minha sentença. A cadeia local serviu um café da manhã feito de ovos desidratados, mortadela fria e torrada mole. Pela primeira vez desde que tinham me negado a fiança eu limpei o prato, porque foi a única vez que consegui sentir o gosto de alguma coisa.

– E então? – falei finalmente.

– Preciso ir trabalhar. É véspera de Natal.

– Deixe sua gêmea cuidar da loja.

– Tamar já vai abrir para mim, mas não posso deixá-la sozinha o dia todo.

– Celestial, nós dois precisamos conversar antes de...

– Antes de quê?

– Antes que o Andre chegue. Sei que ele está a caminho.

– Roy, detesto o modo como isso está acontecendo.

– Escute – falei, esperando parecer razoável. – Só quero que a gente converse. Não estou dizendo que precisamos resolver tudo. Quero que as coisas fiquem numa boa entre nós. Se colocarmos as cartas na mesa, se dissermos a verdade um ao outro, eu posso ir embora antes mesmo que o Andre chegue... – Hesitei. Não queria dizer *em casa*. – Vou embora antes que ele volte.

Celestial colocou meu prato raspado em cima do dela, que estava com metade da comida.

– O que há para dizer? – perguntou, parecendo exausta. – Você sabe tudo que há para saber.

– Não. Sei o que você esteve fazendo, mas não sei o que quer para o futuro.

Ela mordeu o lábio como se estivesse pensando, repassando cada hipótese na cabeça. Quando finalmente estava pronta para falar, eu não estava pronto para ouvir.

– Me deixe pegar minhas coisas primeiro – pedi. – Só me deixe pegar minhas coisas.

Espantada, ela disse:

– As roupas foram para uma instituição de caridade que ajuda homens a se vestirem para entrevistas. Todo o resto eu encaixotei. Não joguei fora nada pessoal.

Celestial parecia desalentada. Senti falta de sua nuvem de cabelos desafiadores. Queria-a de volta como ela era quando a conheci, linda e meio extravagante. Sorri de uma forma que a fizesse entender que eu ainda podia ver a jovem que ela havia sido, mas depois me lembrei de meu riso de lanterna de abóbora de Halloween.

O dente que faltava era uma parte do meu corpo que deveria ter ficado comigo para sempre. No fim das contas, os dentes são ossos. E todo mundo tem direito aos próprios ossos.

– Você precisa de alguma coisa específica? Eu fiz uma lista no computador.

Tudo que eu queria levar era o meu dente. Durante anos eu o guardei numa caixa de veludo, como aquelas em que são vendidos anéis. Eu não podia dizer isso, porque ela acharia que eu estava sendo emotivo, que estava revirando a lembrança do nosso primeiro encontro na boca como se fosse uma bala de hortelã. Ela não entenderia que eu não poderia ir embora sem o resto do meu corpo.

CELESTIAL HAVIA ESCOLHIDO. Dava para ver nos ombros empertigados enquanto ela lavava meu prato e minha xícara. Tinha escolhido o que ia ser, e era isso. Da mesma forma que um júri num tribunal tinha decidido que eu era um estuprador, e ponto. Da mesma forma que um juiz em outro tribunal precário tinha decidido que eu ia para a prisão, e ponto. Até que um juiz misericordioso em Washington concordou que o promotor tinha armado contra mim, de modo que fiquei livre. E ponto, também. Nos últimos cinco anos as pessoas vinham dizendo como minha vida ia ser. Mas o que eu poderia fazer com relação a isso? Dizer ao juiz que não iria para a prisão? Dizer ao promotor que tinha decidido ficar? O que eu poderia dizer a Celestial? Exigir que ela me amasse de novo? Ontem à noite, quando estávamos na cama, quando ela entoava "camisinha, camisinha", por um momento – menos do que um momento, um micromomento, um nanomomento –, pensei em mostrar que não era ela quem decidia. Cinco anos atrás, eu disse ao júri, sob juramento, que nunca tinha abusado de mulher nenhuma. Mesmo na faculdade nunca forcei a barra com garota nenhuma para que as coisas fossem como eu queria. Alguns dos meus colegas diziam que, quando você descobre que uma garota traiu você, tem que levá-la para a cama mais uma vez para uma última trepada raivosa. Nunca usei meu pau para agredir ninguém, mas ontem à noite pensei nisso por um milésimo de segundo. Acho que foi isso que a prisão fez comigo. Fez de mim uma pessoa capaz de ter um pensamento desse, mesmo que por um milésimo de segundo.

O CAMINHO PARA A GARAGEM é pela lavanderia, no andar de baixo, onde uma lavadora de aço inoxidável e uma secadora zumbiam, modernas e eficientes. Entrei na garagem e apertei um interruptor, fazendo se erguer a grande porta apainelada. O barulho de metal contra metal me fez engolir em seco. Quando nos casamos, Celestial disse que o guincho da porta da garagem a fazia sorrir, porque significava que eu tinha chegado do trabalho. Naqueles dias nós estávamos juntos em todos os níveis: mental, espiritual e, sim, físico. Mas agora é como se ela nem me conhecesse. Ou, pior, é como se nunca tivesse me conhecido. O que acha, Walter? Ninguém me preparou para isso.

A luz do dia clareou um pouco o espaço. Era véspera de Natal, independentemente do que estivesse acontecendo comigo. Do outro lado da rua uma mulher elegante levava mais de dez vasos de bicos-de-papagaio para a varanda. No canto, candelabros com lâmpadas piscavam. Na claridade matinal eu mal conseguia distinguir as lâmpadas, mas quando franzia os olhos via que elas estavam lá. Diretamente na minha linha de visão estava a árvore da qual Celestial cuidava como se fosse um animal de estimação. Não é que eu não gostasse de plantas. Quando era pequeno gostava bastante de uma nogueira-pecã, mas por um motivo específico. Ela dava nozes que rendiam um dólar o saco. Olive gostava de um agrupamento de murtas no quintal dos fundos porque adorava borboletas e flores. Era diferente.

Voltando a atenção de novo para o grande espaço interno, vi que a garagem estava bem cuidada e imaginei que teria sido obra do Dre. Ele sempre tinha sido organizado. A garagem tinha um ar de loja, asséptica demais para qualquer coisa que fosse usada de fato. Quando eu morava aqui dava para sentir o cheiro de terra na pá, de gasolina no cortador de grama e o de mato cortado na tesoura de poda. Agora cada ferramenta estava pendurada num gancho, polida como se Celestial estivesse tentando vendê-las. Tudo estava etiquetado, como se você precisasse de uma etiqueta para saber o que era um martelo.

Ao longo da parede virada para o sul havia um bocado de caixas de papelão. Letras de fôrma nítidas: ROY H., DIVERSOS. Eu teria preferido ver só o meu nome, ROY. Ou COISAS DO ROY. Até MERDAS DO ROY seria um pouquinho mais pessoal. Quando saí da prisão eles me deram um saco de papel em que estava escrito HAMILTON, ROY O. OBJETOS PESSOAIS. Naquela sacola estava tudo que eu tinha quando entrei, menos um canivete pesado que pertencia ao tio e xará de Grande Roy, o primeiro Roy. Agora eu estava olhando seis ou sete caixas não muito grandes. Todas caberiam facilmente no Chrysler. Homens mais espertos, como Grande Roy ou Walter, podiam colocar tudo o que tinham no carro e partir para a estrada. Mas não, eu, não. Levei a pilha de caixas para fora e acomodei-as no banco semicircular na base da Velha Nogueira.

Voltando à garagem, procurei alguma coisa para cortar a fita adesiva que fechava as caixas, mas, a não ser que eu estivesse disposto a usar um machado de lâmina dupla, não havia nada. Precisei me virar com minhas chaves, as mesmas que abriram a porta da frente e me encheram de falsa esperança.

A primeira caixa continha tudo que costumava ficar na minha gaveta de cima da cômoda. As coisas não estavam arrumadas de qualquer maneira, como se Celestial e Andre tivessem aberto a caixa, puxado a gaveta e jogado tudo dentro. Um frasquinho de colônia Cool Water estava junto com algumas fotos amassadas da minha infância e algumas minhas junto com Celestial, tiradas bem no início. Por que ela não quis nem guardar as fotos para si? No fundo da caixa estavam os restos de um saquinho de maconha. Em outra caixa encontrei meu diploma de faculdade, protegido em seu estojo de couro, e disso eu gostei. Mas um timer em forma de ovo e um vidro de antibióticos pela metade? Não vi a lógica daquilo. Um peso de papel de vidro estava enrolado num suéter roxo e amarelo-ouro, que eu vesti. Cheirava a brechó, mas gostei de ter algo que me protegesse do frio.

Não me importava mais com nenhuma dessas coisas, mas não conseguia me impedir de abrir uma caixa depois da outra, despejando o conteúdo na grama, remexendo entre as coisas, procurando um pedacinho de osso. Olhando a casa, notei movimento pela janela. Imaginei Celestial espiando aqui fora. Por cima do ombro eu sentia os olhos da mulher do outro lado da rua. Houve um tempo em que eu sabia o nome dela. Acenei, esperando que ela não estivesse ficando nervosa, pensando em chamar a polícia, porque um encontro imediato com a lei era a última coisa de que eu precisava. Ela acenou de volta, pôs uma pilha de envelopes na caixa de correio e continuou atenta. Somando o Chrysler de Grande Roy em cima do meio-fio, eu abrindo caixas e lixo voando para todo lado, devia ser o tipo de cena do gueto com a qual as pessoas da Lynn Valley Road não são familiarizadas.

– Feliz Natal! – gritei, e acenei de novo.

Isso pareceu tranquilizá-la, mas não o suficiente para fazê-la entrar em casa.

ENTRE AS COISAS NA ÚLTIMA caixa havia um pote de conserva com moedas do bicentenário que estavam comigo desde que eu tinha 6 anos, junto com algumas chaves. Mas não encontrei o dente original. Passei os dedos sob a aba de papelão para o caso de ele estar escondido ali, mas o que encontrei em vez disso foi um envelope rosa-claro com a letra de colegial da minha mãe em tinta azul-celeste. Sentei-me no banco de madeira frio e desdobrei a folha que estava dentro.

Querido Roy,

Estou escrevendo isto para que você possa entender bem essa mensagem e não causar confusão com respostas malcriadas porque você não vai gostar do que vou dizer. Então aqui vai.

Primeiro quero dizer que sinto muito orgulho de você. Talvez sinta orgulho demais. Muitas pessoas na Cristo Rei estão cansadas de me ouvir falar de você porque os filhos de muitas delas não estão se dando bem. Os rapazes estão na cadeia ou a caminho de lá, e todas as garotas tiveram bebês. Isso não é verdade para todo mundo, mas é verdade suficiente para haver um surto de inveja contra mim e os meus. É por isso que faço uma oração de proteção para você toda noite.

Fico feliz em saber que encontrou alguém com quem quer se casar. Você sabe que eu sempre quis ser avó (mas espero parecer muito nova para ser uma "vovó"). Você nunca vai precisar se preocupar em ter que cuidar do seu pai e de mim. Nós guardamos dinheiro desde o início, de modo que podemos pagar as contas na velhice. Então não pense que o que vou dizer tem alguma coisa a ver com dinheiro.

O que quero perguntar é se você tem certeza de que ela é a mulher certa para você. Ela é a esposa certa para a verdadeira pessoa que você é? Como pode saber, se ainda nem a trouxe a Eloe para conhecer seu pai e a mim? Sei que você tem passado tempo com os pais dela e que está muito impressionado com eles, mas nós também precisamos conhecê-la. Venha nos visitar. Prometo que vamos fazer com que tudo pareça ótimo e também prometo que vamos nos comportar.

Roy, não posso dizer nada de mau sobre uma mulher que nem conheci, mas meu espírito está perturbado. Seu pai diz que não quero que você cresça. Diz que um monte de espíritos ficaram perturbados quando ele e eu nos juntamos. Mas eu não seria sua mãe amorosa se não dissesse que meus sonhos voltaram. Você sabe que não acredito em sinais, por isso não vou entrar nos detalhes. Mas estou muito preocupada com você, filho.

Seu pai pode ter razão. Admito que eu prendo você um pouco demais. Talvez, quando conhecer Celeste, eu fique tranquila de novo. Ela parece bacana, pelo que você diz. Espero que os pais dela não pensem que seu pai e eu somos dois bichos do mato.

Leia esta carta três vezes antes de dizer o que acha. Também estou incluindo um santinho com uma oração, e seria bom você rezar isso toda noite. Fique de joelhos quando falar com o Senhor. Não diga que está rezando quando estiver deitado na cama pensando. Pensar e rezar são coisas diferentes e, para algo tão importante assim, você precisa rezar.

Sua mãe amorosa,
Olive

Dobrei a carta e enfiei no bolso da calça. A brisa estava fria, mas meu corpo suava. Minha mãe tentou me avisar, tentou me salvar. Mas de quê? A princípio ela vivia tentando me salvar de duas coisas: prisão e garotas apressadinhas. Quando terminei o ensino médio sem ter ficha policial e sem engravidar ninguém, ela sentiu que seu trabalho estava feito. Ao me colocar naquele ônibus para Atlanta com as três malas novas em folha, ela levantou os punhos, gritando: "Conseguimos!" Não posso dizer que ela tenha se preocupado comigo de novo até eu dizer que ia me casar.

Sentei-me no banco para ler a carta novamente. Não acreditava nos "sonhos proféticos" de Olive; além disso, não havia sido Celestial que tinha acabado comigo, e sim o estado da Louisiana. Mesmo assim, encontrei algum conforto nas palavras ternas da minha mãe, mas logo fui atingido pela lembrança de como tinha reagido tantos anos atrás. Reagi com muxoxos e hesitação, mas era como um cachorro espancado, berrando. *Não tenha vergonha de nós*, era o que ela tinha dito sem dizer. Li a carta de novo e de novo, e cada palavra foi uma chicotada. Quando não suportei mais, coloquei o papel de volta no bolso e olhei a bagunça que tinha feito com as caixas. Uma coisa tão pequena como um dente poderia ter se perdido facilmente na confusão, indo se esconder entre a grama. Talvez fosse adequado que eu partisse para esse futuro incerto sem ele. Os ladrões de sepultura do próximo milênio me encontrariam incompleto por toda a eternidade, com a história da minha vida ali, contada no meu maxilar inferior.

Juro por Deus que meu plano era partir imediatamente. Abasteceria o carro de Grande Roy e voltaria para a estrada levando apenas a carta da minha mãe.

Mas então pensei ter visto uma raquete de tênis na garagem. Tinha sido cara e, mais importante, era minha. Talvez eu a desse a Grande Roy; quando eu era pequeno nós jogávamos tênis no centro de recreação na cidade. Subi pela entrada de veículos branco-areia, pensando em Davina e no que Celestial dissera a ela depois do enterro de Olive.

– Geórgia – gritei para o ar –, você não é a única pessoa horrível!

Esquadrinhei a parede da garagem. De fato, a raquete estava pendurada num gancho pequeno. Peguei-a e descobri que estava empenada pelo passar do tempo e pela falta de uso. Quando comprei essa raquete, era a melhor que podia ser encontrada em Hilton Head. Agora estava reduzida a metal corroído e categute. O cabo tinha ficado pegajoso, mas simulei meu *backhand*, acertando o para-choque do carro de Celestial. O primeiro golpe foi acidental. O segundo, o terceiro e o quarto foram mais propositais. O alarme guinchou, protestando, e só parou quando Celestial entrou na garagem com a bolsa no ombro e as chaves na mão.

– Querido, o que você está fazendo? – Ela usou um pequeno controle remoto para silenciar o alarme. – Você está bem?

A piedade em sua voz atingiu a minha pele.

– Não, não estou bem. Eu deveria estar bem?

Ela balançou a cabeça, e de novo vi aquela tristeza suave. Nunca bati numa mulher. Nunca senti essa vontade. Mas naquele momento minha mão coçou com a vontade de arrancar a tapas aquela preocupação do rosto dela.

– Roy. O que você quer que eu faça?

Ela sabia muito bem o que eu queria que ela fizesse. Não era tão complicado. Queria que ela fosse uma esposa de verdade e arranjasse um lugar para mim na minha própria casa. Queria que ela me esperasse, como as mulheres esperam desde antes de Jesus. Ela continuou falando, mas eu não tinha paciência para faces molhadas ou frases sobre como ela *tentou*.

– Tente passar algum tempo como hóspede do estado da Louisiana. Tente isso. Até que ponto seria difícil se segurar durante cinco anos? Até que ponto seria difícil tentar fazer com que um homem cansado se sentisse bem-vindo? Eu colhi soja quando estava na prisão. Tenho um diploma do Morehouse College e trabalhei na terra feito o meu tataravô. Então não venha me dizer que você tentou.

Ela estava fungando quando ataquei o carro de novo. A raquete de tênis não era páreo para o Volvo. Não consegui nem quebrar as janelas. Fiz o alarme soar, mas Celestial o silenciou imediatamente.

– Roy, pare com isso – pediu, suspirando feito uma mãe exausta. – Largue essa raquete.

– Não sou seu filho. Sou um adulto. Por que você não consegue falar comigo como se eu fosse um homem?

Eu não conseguia parar de me enxergar pelos olhos dela: agitado e esquisito com minhas roupas do Walmart, o suéter do ensino médio, a raquete de tênis velha na mão como se fosse uma arma. Larguei-a no chão.

– Pode se acalmar, por favor? – pediu ela.

Examinei as fileiras de ferramentas etiquetadas, esperando encontrar uma chave inglesa pesada ou um martelo com que pudesse arrebentar todas as janelas daquele carro. Mas ali, ao alcance da mão, estava o machado de lâmina dupla, e eu gostei da aparência dele. E, quem diria, assim que pus a mão naquele cabo grosso de madeira a garagem se inclinou numa direção diferente. Celestial respirou fundo, e vi um medo cru no seu rosto. Isso também era irritante, mas era melhor do que sua pena. Levantei o machado do melhor modo que pude naquele espaço apertado entre o Volvo e a parede. A janela estourou e voou vidro para todo lado. Mesmo aterrorizada, Celestial teve a presença de espírito de desligar o alarme de novo, mergulhando tudo em silêncio.

Ainda segurando o machado, fui em sua direção enquanto ela se encolhia. Eu ri.

– Você acha que eu sou perigoso agora? Será que não me conhece mesmo?

Saí da garagem com o machado no ombro, me sentindo homem. Naquele dia frio e ensolarado, eu estava decidido a voltar a Eloe sem nada além do machado, a carta da minha mãe e o medo nos olhos da minha esposa.

Não há alguma coisa no Gênesis sobre não olhar para trás? Um olhar idiota por cima do ombro me fez ver a expressão dela relaxando, satisfeita por eu não estar levando nada que não pudesse ser substituído e feliz por eu não ter destruído nada que não pudesse ser consertado.

– Você gosta de mim, Geórgia? – perguntei. – Diga que não e eu saio da sua vida para sempre.

Ela parou na entrada de veículos com os braços apertando o corpo como se estivesse congelando.

– Andre está a caminho.

– Eu não perguntei sobre o Andre.

– Ele vai estar aqui a qualquer minuto.

Minha cabeça doía, mas pressionei:

– É só responder sim ou não.

– Podemos conversar quando o Andre voltar? Podemos...

– Pare de falar nele. Quero saber se você *me* ama.

– O Andre...

Ela disse o nome dele uma vez a mais do que deveria. Teria que assumir parte da culpa do que aconteceu em seguida. Eu fiz uma pergunta simples e ela se recusou a me dar uma resposta simples.

Dei as costas a ela e virei à esquerda, atravessando o quintal, sentindo a grama seca estalar sob os sapatos. Seis passos longos me colocaram junto à base da árvore enorme. Toquei a casca grossa, um instante de reflexão para dar à Velha Nogueira o benefício da dúvida. Mas na realidade uma nogueira era um pedaço de madeira inútil. Era alta, e só. Para quebrar a casca de uma noz de uma árvore como aquela você precisa de um martelo e de uma lei do Congresso, e depois disso ainda precisa de uma chave de fenda para chegar à noz, que é quase tão gostosa quanto um pedaço de pedra. Ninguém jamais ficaria de luto pela nogueira, a não ser Celestial, e talvez Andre.

Quando eu era criança, tão pequeno que não conseguia segurar nem uma machadinha, Grande Roy me ensinou como derrubar uma árvore. "Dobre os joelhos, gire o machado com força, e baixo, depois continue com um golpe reto." Celestial chorava feito o bebê que nunca tivemos, ganindo e miando a cada machadada. Acredite quando digo que não diminuí o ritmo, apesar de meus ombros arderem e os braços tremerem com o esforço. A cada golpe, lascas de madeira fresca voavam do tronco ferido, acertando meu rosto com mordidas quentes.

– Responda, Geórgia! – gritei, acertando a casca grossa da árvore, sentindo prazer e poder a cada pancada. – Eu perguntei se você me ama!

ANDRE

Eu esperava chegar e encontrar um caos psicológico. Mas quando parei a picape no fim da Lynn Valley Road, o que encontrei foi mais físico do que emocional. O quintal estava cheio de caixas de papelão e outros lixos; Celestial estava parada na entrada de veículos, vestida para ir trabalhar, soluçando com o rosto enterrado nos punhos fechados, enquanto Roy Hamilton golpeava a Velha Nogueira com meu machado de lâmina dupla. Eu esperava que fosse uma alucinação. Afinal, tinha dirigido por muito tempo. Mas os golpes penetrantes de metal contra a madeira verde me convenceram de que a cena era real.

Celestial e Roy falaram meu nome ao mesmo tempo, formando um acorde curioso. Eu estava dividido, sem saber a qual dos dois reagir, por isso fiz uma pergunta que qualquer um deles poderia responder:

– O que diabo está acontecendo aqui?

Celestial apontou para a Velha Nogueira enquanto Roy dava outro golpe destemido, deixando o machado enterrado na árvore, como uma espada presa na pedra.

Na entrada de veículos, fiquei entre os dois, dois planetas separados, cada um com a própria atração gravitacional e órbita. O sol brilhava, fornecendo luz, mas não calor.

– Veja quem chegou – disse Roy. – A terceira pessoa mais terrível do mundo. – Ele secou a testa suada com a barra da camisa. – O centro das atenções.

E deu um sorriso largo, desdentado, parecendo estar com um parafuso a menos. O machado se projetava da árvore, imóvel.

Não sei se eu reconheceria Roy se esbarrasse nele na rua. Sim, era o mesmo Roy, mas a prisão o tinha deixado mais corpulento, rugas profundas riscavam sua testa e os ombros se curvavam um pouco na direção do peito superdesenvolvido. Apesar de termos mais ou menos a mesma idade, ele parecia muito mais velho, mas não daquele jeito de estadista idoso, como Grande Roy; era mais como uma máquina poderosa que estivesse se deteriorando.

– Como vão as coisas, Roy?

– Bom... – Ele olhou para o sol, sem se dar ao trabalho de proteger os olhos. – Eu fui preso por um crime que não cometi e, quando cheguei em casa, descobri que minha mulher e meu melhor amigo estão juntos.

Celestial veio na minha direção como se esse dia fosse como outro qualquer e eu tivesse acabado de voltar do trabalho. Por força do hábito, passei o braço pela cintura dela e beijei seu rosto. Seu toque era tranquilizador. Não importava o que havia acontecido na minha ausência, era eu que estava com ela nos braços agora.

– Você está bem, Celestial?

– Sim, ela está bem – disse Roy. – Você sabe que eu não faria mal a ela. Ainda sou o Roy. Ela pode não ser mais minha mulher, mas eu ainda sou o marido dela. Vocês não conseguem ver isso? – Ele levantou as mãos como se quisesse mostrar que não estava armado. – Venha falar comigo, Dre. Vamos nos sentar como homens.

– Roy – falei. – Qualquer um pode ver que temos um conflito aqui. O que a gente pode fazer para resolvê-lo? – Depois que soltei Celestial, meus braços pareciam inúteis. – Tudo bem – disse a ela, mas na verdade estava tentando convencer a mim mesmo.

Imitando Roy na saudação tipo "não estou armado", avancei na direção da Velha Nogueira. O odor da madeira exposta era estranhamente doce, quase como de cana-de-açúcar. Lascas do tronco cobriam a grama como confetes disformes.

– Vamos conversar – pediu Roy. – Desculpe o que eu fiz com sua árvore. Eu me deixei levar. Sou humano, você sabe. Tenho sentimentos. Um monte de sentimentos.

Ele espanou as lascas de madeira do assento.

– Meu pai construiu esse banco – contei. – Quando eu era pequeno.

– Dre – disse ele. – É isso que você tem a dizer?

Ele saltou de pé e me agarrou num abraço forte, de quebrar as costelas, e fiquei sem graça pelo modo como me encolhi a seu toque.

– Bom – seguiu ele, me soltando e se deixando cair no banco. – O que você conta de novo?

– Algumas coisas.

– E nós vamos falar sobre isso?

– Podemos.

Roy deu um tapinha no espaço ao seu lado e depois se recostou na árvore, esticando as pernas à frente.

– Meu velho contou como a gente armou para você?

– Ele comentou.

– Então o que foi que aconteceu? Preciso saber, e prometo que saio do caminho de vocês. O que fez você dizer "Foda-se o velho Roy. Sinto muito se ele está na prisão, mas acho que vou ali na mulher dele"?

– Você está distorcendo as coisas – falei. – Você sabe que não foi assim.

Como eu me sentia sujo deixando Celestial na entrada de veículos, sem conseguir ouvir nada, chamei-a com um gesto.

– Não a chame para cá – disse Roy. – Isso é entre mim e você.

– É entre todos nós.

Do outro lado da rua nossa vizinha ajeitou vários vasos com bicos-de--papagaio, enfileirando-os. Roy acenou para ela e ela acenou de volta.

– Talvez a gente devesse convidar toda a vizinhança e deixar que seja entre todo mundo.

Celestial sentou-se no banco entre nós, limpa como a chuva. Passei o braço em volta do ombro dela.

– Não toque nela – falou Roy. – Não precisa mijar nela feito um cachorro marcando território. Tenha modos.

– Não sou território de ninguém – retrucou Celestial.

Roy se levantou e começou a andar agitado de um lado para outro.

– Estou tentando ser agradável. Juro por Deus que estou. Eu era inocente. Inocente. Estava cuidando da minha vida e quando dei por mim estava preso. Isso poderia acontecer com você também, Dre. Do nada acontece alguma coisa e é a sua palavra contra a de outra pessoa, e tudo sai dos trilhos. Você acha que a polícia vai se importar se você tem casa própria ou se tem aquele SUV? O que aconteceu comigo poderia acontecer com qualquer um.

– Você acha que eu não sei? – perguntei. – Sou negro desde que nasci.

– Roy – atalhou Celestial –, não se passou um só dia em que a gente não falasse sobre você, não pensasse em você. Você acha que a gente não se importa, mas não é verdade. Nós achávamos que você ia ficar longe para sempre.

Fiquei em silêncio enquanto Celestial explicava. Suas palavras eram as que nós tínhamos concordado em dizer, mas agora pareciam pouco sinceras. Estávamos dizendo que nosso relacionamento tinha sido um acidente circunstancial? Estávamos dizendo, também, que nos amávamos porque Roy não estava disponível? Era mentira. Nós nos amávamos porque sempre tínhamos nos amado, e eu me recusava a dizer qualquer coisa diferente.

– Celestial – disse Roy. – Pare de falar.

– Olha – falei. – Roy, você precisa ver que nós estamos juntos. E ponto final. Os detalhes não são importantes. Ponto final.

– Ponto final? – disse ele.

– Ponto final – repeti.

– Escutem – pediu Celestial. – Vocês dois.

– Vá para casa – ordenou Roy. – Me deixe conversar com o Dre.

Pressionei a mão nas costas dela para instigá-la em direção à casa, mas ela não quis ir.

– Não. É minha vida, também.

Nós dois nos viramos para ela. A admiração que eu sentia por ela relampejou no rosto sulcado de Roy.

– Ouça, se quiser – disse ele. – Eu falei para você entrar em casa para o seu próprio bem. Você não precisa ouvir o que Andre e eu temos que conversar. Estou tentando ser cavalheiro.

– A escolha é dela – falei. – Nós não temos segredos um para o outro.

– Ah, têm, sim – zombou Roy. – Pergunte a ela sobre ontem à noite.

Perguntei com os olhos, mas o rosto de Celestial estava inexpressivo, fechado contra o sol.

– Estou dizendo que você não quer ficar aqui fora – disse Roy a Celestial. – Numa conversa de homem para homem, as palavras não são bonitas. Essa é a coisa mais importante com relação a estar na prisão. São homens demais num lugar só. Você fica preso lá, sabendo que aqui fora há um mundo cheio de mulheres colocando flores na varanda, fazendo coisas bonitas, civilizando todo o planeta. Mas eu estava preso lá numa jaula feito um animal, com um monte de outros animais. Então vou lhe dar mais uma chance, Celestial. Leve seu corpinho bonito para dentro de casa. Vá costurar umas bonecas ou qualquer coisa do tipo.

– Não – insistiu ela. – Acho que tem que ter alguém com bom senso aqui fora.

– Vá para casa, amor – falei. – Você teve a chance de conversar com ele o dia todo, ontem.

Tentei fazer com que a palavra *conversar* parecesse neutra, não como se estivesse pensando no que eles tinham feito além de conversar.

– Bastam dez minutos – afirmou Roy. – Não vai demorar.

Celestial se levantou. Olhei suas costas, lisas e tonificadas, enquanto ela se afastava. Roy olhou para a vizinha, que agora vigiava explicitamente, sem nem se dar ao trabalho de mexer com as flores.

Depois de Celestial finalmente desaparecer, ele começou:

– Como eu disse, o mundo está cheio de mulheres, especialmente em Atlanta. Você é negro, heterossexual, tem um emprego, não está atrás das grades e curte mulheres. Mas você precisava ir atrás da minha mulher. Isso foi desrespeitoso comigo, como pessoa. Foi desrespeitoso com relação à minha situação, com relação ao que todos nós estamos passando neste país. Celestial era *minha mulher*. Você sabia. Porra, foi você que apresentou a gente. – Agora ele estava de pé diante de mim, a voz não tão alta, mas ficando mais grave. – Por quê? Foi simplesmente conveniente? Você queria uma xoxota na casa ao lado para não precisar nem entrar no carro?

Nesse ponto eu me levantei, porque há algumas palavras que um homem não pode ouvir sentado. Quando me levantei, ele estava esperando e impeliu o peito contra o meu.

– Sai da minha frente, Roy.

– Diga. Diga por que você fez isso.

– Por que eu fiz o quê?

– Por que roubou minha mulher. Você devia ter deixado Celestial em paz. Ela estava solitária, tudo bem, mas você não estava. Mesmo se ela estivesse se jogando para cima de você, você poderia ter se afastado.

– Que parte você ainda não entendeu nisso tudo?

– Não vem com essa – disse Roy. – Você sabia que ela era minha mulher antes de acontecer qualquer coisa parecida com amor. Você viu a oportunidade e aproveitou. Desde que seu pau ficasse satisfeito, o resto não importava.

Empurrei-o para trás, porque não havia outra opção.

– Não fale dela assim.

– Senão o quê? Não gostou do meu modo de falar? Na prisão a gente não é tão politicamente correto; a gente fala o que pensa.

– Então o que você quer? O que quer que eu diga? Se eu falar que ela tem uma bela bunda, você vai querer brigar. Se eu falar que quero casar com ela, vai ser a mesma coisa. Por que você simplesmente não para de papo-furado e parte logo pra cima de mim? A questão é que ela *não* pertence a você. Ela *nunca* pertenceu a você. Ela foi sua mulher, sim. Mas não *pertencia* a você. Se você não consegue entender isso, pode vir pra cima e depois disso é assunto encerrado.

Roy parou um minuto.

– É isso que você tem a dizer? Que ela não pertence a mim? – Ele lançou um jato de cuspe pelo espaço onde antes havia um dente. – Ela também não pertence a você, amigo.

– Tem razão.

Fui andando, odiando as perguntas que se entrelaçavam nas minhas pernas feito arame farpado.

Era a dúvida que fazia isso, que me deixava exposto, vulnerável. A risada de Roy me sacudiu, me fez esquecer que eu confiava nela incondicionalmente.

Ele me acertou por trás antes mesmo de eu ter dado um passo.

– Não dê as costas para mim.

Essa era a violência que meu pai tinha me garantido que viria. *Aceite*, tinha dito ele. *Aceite e siga em frente com a vida.* Ofereci o rosto e Roy me acertou no nariz antes mesmo que eu pudesse fechar os punhos. Senti primeiro o impacto, depois o jato quente por cima do lábio, seguido pela dor. Desferi uns dois socos fortes, um gancho nos rins e uma pancada com a cabeça no peito dele antes de ele me jogar no chão. Roy passou os últimos cinco anos na prisão enquanto eu escrevia códigos de computador. Até esse instante eu tinha orgulho da minha ficha limpa, da minha vida não bandida. Mas na grama à sombra da Velha Nogueira, me protegendo dos punhos de aço de Roy, desejei ser um tipo de homem diferente.

– Todo mundo está sempre tão calminho, como se isso fosse só uma batidinha de carro. – Ele ofegou. – É a minha vida, seu filho da puta. Minha vida. Eu era casado com ela.

Você já olhou nos olhos da fúria? Não há como se salvar de um homem tomado por ela. O rosto de Roy estava apreensivo e selvagem. Os músculos do pescoço pareciam cordas; os lábios formavam um talho duro. Os golpes incessantes dele eram alimentados por uma necessidade de me machucar que era maior do que a necessidade de oxigênio ou mesmo de liberdade. A necessidade dele de me machucar era maior até do que meu próprio desejo de sobreviver. Meus esforços para me proteger eram ritualísticos, afetados e simbólicos, ao passo que os punhos, os pés e as necessidades dele atuavam a partir de um código brutal.

Será que ele havia aprendido isso na prisão, esse modo de espancar uma pessoa? Não havia nada dos movimentos que me lembrasse das briguinhas de pátio de escola. Isso era a briga horrível de um homem que não tinha nada a perder. Se eu continuasse na grama, ele pisaria na minha cabeça. Eu me levantei, mas minhas pernas falharam. Caí primeiro de joelhos, como um prédio sendo demolido, e no instante seguinte estava no chão, sentindo o cheiro de grama seca e sangue molhado.

– Diga que sente muito – disse ele, com o pé pronto para chutar.

Era uma oportunidade. Uma chance de acenar com a bandeira branca. Seria bem fácil cuspir as palavras junto com o sangue na boca. Sem dúvida eu poderia lhe dar isso. Só que não podia.

– Que sinto muito por quê?

– Você sabe por quê.

Fitei os olhos dele, estreitados pela luz do sol, mas não vi ninguém que eu reconhecesse. Será que teria me rendido se achasse que isso me salvaria, se acreditasse que ele estava disposto a qualquer coisa que não fosse me matar? Não sei. Mas, se eu ia morrer no meu quintal, morreria com o gosto do orgulho na boca.

– Não sinto.

Mas *sentia*. Não pelo que existia entre mim e Celestial. Jamais me arrependeria disso. Sentia muito por um monte de coisas. Por Evie, sofrendo com o lúpus por tantos anos. Pelos elefantes assassinados por causa do marfim. Por Carlos, que trocou uma família por outra. Por todas as pessoas no mundo, porque todos precisamos morrer e ninguém sabe o que acontece depois. Por Celestial, que provavelmente estava olhando pela janela. Acima de tudo, sentia muito pelo Roy. Na última vez em que o tinha visto, na manhã antes do velório da mãe dele, ele disse: "Eu nunca tive chance, não é? Eu só achava que tinha."

Houve dor, sim, mas descobri como não senti-la. Pensei em Celestial e em mim, e que talvez nós só tivéssemos *achado* que poderíamos superar essa calamidade. Tínhamos acreditado que era possível resolver a situação com uma conversa, com argumentos racionais. Mas alguém pagaria pelo que havia acontecido com Roy, assim como Roy pagou pelo que aconteceu com aquela mulher. Alguém sempre paga. *Não se sabe onde um raio vai cair*, é o que dizem. Acho que o mesmo se aplica à vingança. Talvez até ao amor. Está por aí rondando, aleatório e mortal, como um tornado.

CELESTIAL

Às vezes fico pensando em mim. Roy e Andre circulavam um ao redor do outro, irradiando testosterona: violência e competitividade. Eles me mandaram sair dali e eu saí. Por quê? Estava com medo de testemunhar? Não sou uma pessoa obediente, mas naquela véspera de Natal fiz o que me mandaram fazer.

Eles devem ter se engalfinhado assim que fechei a porta. Quando cheguei a uma janela e fiquei espiando por detrás de uma cortina como uma donzela sulista idiota, Roy e Andre estavam rolando na grama seca, um emaranhado de braços e pernas. Olhei durante o que devem ter sido vários segundos, mas qualquer que tenha sido a duração exata, foi longa demais. Quando Roy conseguiu a vantagem e prendeu Andre no chão, montando nele e socando-o com punhos furiosos, abri a janela. A cortina de renda flutuou presa ao varão fino, cobrindo meus olhos como um véu. Gritei o nome deles ao vento, mas eles não quiseram ou não conseguiram ouvir. Os grunhidos de esforço e satisfação encobriam os sons ofegantes de dor e humilhação. Todos esses ruídos flutuavam até minha janela, e me fizeram correr para fora com a intenção de salvar os dois.

Tropeçando e grasnando, cheguei ao gramado.

– Dezessete de novembro! – gritei, esperando que a lembrança o alcançasse.

Ele parou, mas apenas por tempo suficiente para balançar a cabeça com repulsa.

– É tarde demais para isso, Geórgia. Para nós não existem mais palavras mágicas.

Agora eu não tinha escolha. Tirei o celular do bolso e apontei-o como uma arma. Com o pouco de fôlego que consegui, gritei:

– Vou chamar a polícia!

Roy se imobilizou, contido pela ameaça.

– Você faria isso? Faria, não é?

– Você está me obrigando – falei, lutando para controlar o tremor. – Saia de cima dele.

– Não me importo – disse Roy. – Ligue para a polícia. Foda-se você, foda-se o Andre e foda-se a polícia.

Andre lutou para se soltar, mas Roy, como se quisesse enfatizar seu argumento, deu mais um soco nele. Andre fechou os olhos mas não gritou.

– Por favor, Roy – implorei. – Por favor, não me faça chamar a polícia.

– Pode chamar. Você acha que eu me importo? Chame. Me mande de volta. Não há nada para mim aqui. Me mande de volta.

– Não – conseguiu dizer Andre. Suas pupilas, escuras e arregaladas, evidenciavam as íris claras. – Celestial, você não pode mandá-lo de volta. Não depois de tudo.

– Chame – insistiu Roy.

– Celestial. – A voz de Andre saiu firme mas distante como um telefonema internacional. – Por favor, largue o celular. Agora.

Eu me ajoelhei e coloquei o aparelho cuidadosamente na grama, como se estivesse depositando uma arma. Roy soltou Andre, que se levantou apenas até ficar de joelhos. Corri em direção a ele, mas ele sinalizou para eu ficar longe.

– Estou bem, Celestial – falou, mesmo não estando.

Lascas de madeira se grudavam às suas roupas como ácaros.

– Deixe-me ver seu olho.

– Fique aí, Celestial – disse ele baixinho, os dentes riscados de vermelho.

A apenas alguns metros de distância, Roy abriu e fechou as mãos no mesmo ritmo dos passos.

– Eu não chutei ele. Quando ele estava no chão, eu não chutei. Poderia ter chutado, mas não chutei.

– Mas olha o que você *fez* – falei.

– E você? – Agora Roy estava andando de um lado para outro por uma curta distância, como se dentro de uma cela estreita. – Não deveria ser assim. Eu só estava tentando voltar para casa. Queria um tempo para conversar com minha mulher e entender as coisas. Dre não deveria estar envolvido em nada disso.

Não liguei para a polícia, mas eles vieram mesmo assim, com luzes azuis piscando, mas com as sirenes desligadas. Os policiais, uma mulher negra e um homem branco, pareciam chateados por estarem trabalhando na véspera do Natal. Imaginei o que estariam pensando enquanto nos olhavam. Roy e Andre estavam machucados e sangrando, enquanto eu estava intacta e incólume, vestida para o feriado. Eu me sentia uma mãe de gêmeos recém-nascidos, correndo de um para o outro, certificando-me de que nenhum dos dois fosse negligenciado, de que os dois tivessem um pedaço de mim.

– Senhora – disse a policial. – Está tudo bem?

Eu não estivera perto de um policial desde a noite no Piney Woods, quando fui arrancada da cama. Minha memória corporal fez doer minha cicatriz embaixo do queixo quando passei o dedo nela. Apesar do frio de dezembro, senti o calor espectral daquela noite de agosto. Na ocasião Roy e eu recebemos ordem de não falarmos nem nos mexermos, sob a mira de armas, mas meu marido estendeu a mão para mim mesmo assim, entrelaçando os dedos aos meus por um instante desesperado antes que um policial nos separasse com sua bota preta.

– Por favor, não o machuque – implorei à policial. – Ele passou por muita coisa.

– Quem são esses homens? – perguntou o policial branco.

Seu sotaque sulista era forte e grudento. Tentei me conectar com a mulher, mas ela fixou o olhar em Roy e Andre.

Com a voz que usava ao telefone, eu disse:

– Meu marido e meu vizinho. Tivemos um pequeno acidente, mas agora está tudo bem.

A mulher olhou para Andre.

– O senhor é o marido?

Quando ele não respondeu, Roy falou:

– Eu sou o marido. Eu.

Ela assentiu na direção de Andre, pedindo confirmação.

– Então o senhor é o vizinho?

Em vez de dizer que sim, Andre recitou seu endereço, apontando para sua casa.

Assim que os policiais se deram por satisfeitos, seu "Feliz Natal" ressoou como um mau presságio. Foram embora sem luzes azuis, só o cano de descarga azedando o ar. Assim que eles sumiram de vista, Roy sentou-se pesadamente no banco em meia-lua. Indicou o lugar ao lado, mas não pude ir até ele, não com Andre parado ali perto, hematomas surgindo em volta dos olhos e o lábio em carne viva.

– Geórgia – disse Roy, e então seu corpo se contraiu num espasmo de vômito seco, a cabeça entre os joelhos. Fui até ele e esfreguei suas costas, que se sacudiam. – Estou sentindo dor. Estou sentindo dor no corpo todo.

– Precisa ir à emergência?

– Quero dormir na minha cama. – Ele se levantou, como alguém que tivesse aonde ir. Mas apenas se virou para a Velha Nogueira. – É demais para suportar.

Então, rapidamente – deve ter sido rapidamente –, mas a uma velocidade que de algum modo me permitiu notar cada movimento, Roy enfiou os lábios entre os dentes, agarrou a árvore como se fosse um irmão e inclinou a cabeça para trás, mostrando o rosto ao céu antes de bater com a testa na casca antiga. O som foi abafado, como o estalo de um ovo no chão da cozinha. Ele fez isso outra vez, com mais força. Consegui obrigar meus pés a se moverem e, sem pensar, me posicionei entre meu marido e a árvore. Roy inclinou a cabeça para trás de novo, preparando-se, mas agora, se optasse por bater com o crânio, me acertaria.

Houve um pequeno tremor em seus ombros tensos. Depois Roy examinou a Velha Nogueira, as lascas de madeira espalhadas na grama, Andre, eu e finalmente ele mesmo.

– Como isso aconteceu?

Roy tocou a testa; o sangue do pequeno corte escorreu por cima da sobrancelha.

Então sentou-se na grama, num gesto fluido mas com um sentido de missão.

– O que você quer que eu faça? – perguntou. Em seguida se virou para Dre com o mesmo olhar curioso. – Sério. O que vocês acham que eu devo fazer?

Andre sentou-se com cuidado no banco redondo, retesando-se por causa dos ferimentos.

– Vamos ajudar você a se estabelecer. Se quiser, pode ficar na minha casa.

– Eu vou ficar na sua casa e você vai ficar na minha, com a minha mulher? Que sentido isso faz? – Então ele me olhou. – Celestial, você sabia que isso não ia dar certo. Você me *conhece*. Como eu poderia aceitar isso? O que você esperava?

O que eu esperava? A verdade é que antes de Roy se materializar na minha sala eu tinha esquecido que ele era real. Nos últimos dois anos ele era apenas uma ideia para mim, esse meu marido que não contava. Ele estivera longe de mim por mais tempo do que tínhamos ficado juntos. Eu tinha me convencido de que existiam leis limitando a responsabilidade. Quando mandei Andre encontrá-lo na Louisiana, esperava que talvez Roy optasse por não vir a Atlanta, que ele mandasse pegar suas coisas, que eu tivesse me transformado em uma lembrança para ele, como ele era para mim.

– Roy – falei, pensando em voz alta. – Diga a verdade. Você teria me esperado por cinco anos?

Ele deu de ombros.

– Celestial – disse, como se estivesse falando com alguém muito novo. – Para começo de conversa, essa merda toda não teria acontecido com você.

Andre fez menção de se juntar a nós na grama seca, mas eu balancei a cabeça. A respiração dele escapou da boca em sopros de vapor branco.

– Qual é a sensação de tomar todas as decisões? – perguntou Roy. – Você fez isso nos últimos cinco anos. Quando nós estávamos namorando, era eu que ditava as regras. Você tinha um dedo que precisava de um anel. Lembra? Lembre-se de quando eu fui um noivo do qual você podia se orgulhar, mostrando aquela pedra como se fosse um farol. Não vou mentir e dizer que eu não gostava. Mas agora não tenho nada para oferecer a você além de mim mesmo. Mas é melhor do que no ano passado, quando eu não podia oferecer nem isso. Então aqui estou eu. – Ele olhou para a esquerda. – É a sua vez, Dre. O que você tem a dizer a seu favor?

Andre falou com Roy, mas olhou para mim.

– Não preciso dizer a Celestial o que eu sinto. Ela já sabe.

– Mas diga a mim – pediu Roy. – Diga como a sua cabeça foi parar no meu travesseiro.

– Roy, cara. Sinto muito pelo que aconteceu com você. Você sabe que eu sinto. Portanto não veja isso como desrespeito, mas não vou discutir isso com você. – Ele encostou a língua no lábio arrebentado. – Houve um momento em que poderíamos ter conversado, mas você quis brigar. Agora não tenho nada para dizer a você.

– E você, Geórgia? Tem alguma coisa a dizer? Como acabou escolhendo o Dre?

A resposta verdadeira era que Olive tinha estabelecido isso deitada em seu caixão enquanto Grande Roy me mostrava o que era uma união verdadeira – qual era o som, qual era o cheiro. Terra recém-cavada e tristeza. Mas eu jamais poderia dizer ao Roy que, comparado ao que os pais dele tinham, o que havia entre nós não era uma conexão que duraria eras. Nosso casamento foi uma planta que não teve tempo de vingar.

Como se pudesse ouvir o murmúrio dos meus pensamentos, ele disse:

– O Dre simplesmente estava no lugar certo na hora certa? Isso é um crime passional ou um crime de oportunidade? Preciso saber.

Como eu poderia dizer a ele que o desejo não funciona como eu achava quando era mais nova e era movida pela eletricidade da atração? Andre e eu tínhamos algo construído no cotidiano. Nós mexíamos um com o outro como tinha acontecido desde sempre – porque sim.

Quando não respondi, Roy pressionou:

– Como a gente veio parar aqui? Você não trocou as fechaduras, mas não me deixa entrar.

Ele se levantou e se deixou cair no banco de novo, com os olhos vazios e arrasados. Virei-me para Andre, que não me encarou. Em vez disso ele examinou Roy, abalado e tremendo.

– Você não fez isso com ele – disse Andre. – Não deixe que ele coloque isso na sua conta.

E ele estava certo. Em volta de Roy estavam os cacos de uma vida destruída, e não simplesmente de um coração partido. Mas quem poderia negar que era eu que poderia consertá-lo, se ele pudesse ser curado? O trabalho das mulheres nem sempre é fácil, nunca é limpo.

– Você sabe onde eu estarei – avisou Andre, e se virou para a própria casa.

Andre seguiu seu caminho; Roy e eu seguimos o nosso, eu guiando-o como alguém que ajudasse um homem que tivesse levado um tiro ou perdido a visão. Enquanto subíamos a escada da varanda, ouvi as palavras calmas de Andre:

– Ele bateu a cabeça com muita força. Pode ter tido uma concussão. Não o deixe dormir.

– Obrigada.

– Obrigada pelo quê? – perguntou Andre.

NO BANHEIRO, ROY DEIXOU QUE eu limpasse o ferimento, mas se recusou a ir à emergência do hospital.

– Sei que você pode cuidar de mim.

Mas havia pouca coisa a fazer, além de aplicar um antisséptico. Enquanto a noite se estendia, fizemos perguntas um ao outro para manter o sono longe, apesar de estarmos ambos com as pálpebras pesadas, como se comprimidas pelo peso de moedas.

– O que você estava procurando? – perguntei. – Quando remexeu em todas as caixas?

Roy sorriu e pôs a ponta do dedo mindinho no espaço entre os dentes.

– Meu dente. Não era lixo. Por que você jogou fora?

– Não joguei. Está comigo.

– É porque você me ama – disse ele com a voz engrolada.

– Não durma – falei, sacudindo-o. – Se você tiver tido uma concussão, pode morrer dormindo.

– Não seria incrível? Eu saio da prisão. Volto para casa, encontro minha mulher com outro homem, consigo a mulher de volta, depois brigo com uma árvore e acordo morto. – Ele deve ter sentido uma mudança em mim, mesmo à luz fraca. – Falei cedo demais? Não consegui você de volta?

Cada vez que os olhos dele se fechavam eu o sacudia de volta à vida.

– Por favor, não – sussurrei, abrindo-me para ele, movendo um trinco enferrujado. – Não posso perder você assim.

ANDRE

E É ASSIM QUE ESTOU SOLITÁRIO.

Quando Celestial abriu minha porta da frente com sua chave e entrou na sala, tinha trocado de roupa, mas eu ainda estava usando a calça jeans imunda daquela manhã terrível. Mesmo antes de ela chegar suficientemente perto para eu ver seus olhos inchados, senti o sal nela, como a gente sente na praia. Era quase uma da manhã. Era noite, mas também era o dia seguinte.

– Oi – disse ela, levantando minhas pernas e se sentando no sofá. Pondo meus tornozelos de novo em seu colo, ela acrescentou: – Feliz Natal.

– Parece que sim – falei entregando-lhe o copo quadrado que continha o resto do uísque do meu pai.

Enquanto ela engolia, senti o cheiro de Carlos no ar.

Cheguei mais perto do encosto do sofá e abri espaço.

– Deita – pedi. – Não quero falar sobre isso sem sentir você perto de mim.

Ela balançou a cabeça e se levantou.

– Preciso andar.

E viajou pela sala como um fantasma, sem rumo e presa numa armadilha.

Com esforço eu me sentei. Tinha enrolado as costelas com bandagem, mas elas doíam a cada respiração.

– Então suponho que Roy esteja vivo, não é?

– Dre – disse ela. Encontrando o lugar na sala mais distante de mim, sentou-se no tapete branco e cruzou as pernas. Seus pés descalços pareciam desprotegidos e frios. – Ele está destroçado.

– Isso não tem nada a ver com a gente.

– Tem muita coisa que você não sabe. Coisas que pessoas como nós nem conseguem imaginar.

– É por isso que você está se escondendo no canto? Celestial, o que você está fazendo? – Acenei para ela. – Venha aqui, garota. Converse comigo.

Ela voltou ao sofá e nós nos deitamos. Celestial se encaixou em mim, a testa encostada na minha.

– Eu me casei com ele por um motivo. Você nunca consegue realmente deixar de amar alguém. Talvez o amor mude de forma, mas continua existindo.

– Você acredita mesmo nisso?

– Dre, nós temos tanta coisa... Ele não tem nada. Nem a mãe. O tempo todo em que ele falava, meu rosto pegava fogo, como no enterro de Olive. A marca da mão dela ardendo no meu rosto, certificando-se de que eu não esquecesse. Está quente até agora. – Ela pegou minha mão. – Toque.

Empurrei-a para longe, subitamente irritado com seu toque, com o uísque em seu hálito, até com o cheiro de lavanda em seu pescoço. Não queria ouvir sobre tapas fantasmas, mães mortas e a coisa certa a fazer.

– Vá. Se você quer me deixar, faça isso. Não tente transformar as coisas em algo sobrenatural. É você que está fazendo essa escolha, Celestial. *Você.*

– Você sabe o que eu quero dizer, Dre. Nós tivemos sorte. Nascemos com sorte. Roy está começando do zero. Menos do que zero. Você o viu tentando se matar embaixo daquela árvore. Ele queria quebrar o próprio crânio.

– Na verdade, era a mim que ele estava tentando matar.

– Dre. Você e eu só estamos com o coração partido. Só isso. Só com o coração partido.

– Talvez seja isso para *você.*

– Amor, você não vê? O que quer que eu faça com você, estou fazendo comigo também.

– Então não faça. Não precisa.

Ela balançou a cabeça.

– Você não o viu. Se tivesse visto, sei que concordaria com tudo que estou dizendo.

– Eu preciso de você, Celestial – sussurrei. – Precisei a vida inteira.

Celestial se mexeu, de modo que estávamos nos tocando de novo. Quando ela fechou os olhos, senti o roçar dos seus cílios.

– Preciso fazer isso – falou.

Celestial não me devia nada. Alguns meses atrás, essa era a beleza do que tínhamos. Nenhuma dívida. Nenhuma transgressão. Ela disse que o amor pode mudar de forma, mas, pelo menos para mim, isso é mentira. Fiquei com os braços em volta dela, o corpo doendo e com cãibras. Mas abracei-a até que os músculos falhassem, porque quando eu a soltasse ela iria embora.

ROY

Acordei às onze e quinze e o ar limpo cheirava a árvores. A não ser pelo cabelo, Celestial era minha Geórgia de novo. Levantei-me e ela me abraçou, abrindo os dedos sobre meus ombros. Sua pele estava quente como uma xícara de chocolate.

– Feliz Natal, baby – falei.

– Feliz Natal – disse ela com um sorriso.

– Com essa coisa toda, quase me esqueci das festas de fim de ano – falei, desejando, tarde demais, ter usado um pouco do dinheiro de Olive para comprar um presente perfeito para Celestial, algo grande num embrulho pequeno.

– Não seja bobo. Você está são e a salvo. Inteiro.

Ela sabia que isso não era totalmente verdade. Eu estava sem graça me lembrando da véspera. Não da violência, mas das minhas confissões desesperadas enquanto ela me mantinha acordado para salvar minha vida. Quando contei sobre a pera, ela me acalmou com um hino, o mesmo que cantou para Olive. Eu tinha me esquecido da força da sua voz, do modo como a voz dela machucava a gente para depois acariciar. Isso me fez pensar em Davina e em seus meios para restaurar um homem. O que Celestial pensaria se soubesse que eu tinha me preparado para essa volta ao lar partindo o coração de uma mulher gentil? É custoso ferir pessoas. Mas achei que Celestial já sabia disso.

– Sabe o que eu quero de Natal? – perguntei. – Meus dois dentes da frente. Na verdade, só aquele de baixo.

Ela se desvencilhou e foi até a penteadeira, usando uma camisola que a fazia parecer uma virgem. A primeira vez que a vi usar branco foi no nosso casamento e a última tinha sido na noite em que a porta foi aberta com um chute.

Em sua penteadeira havia um porta-joias que era uma réplica da própria penteadeira. Ela o abriu, pegou uma caixinha e me entregou; sacudi-a e fui recompensado com o chacoalhar de um fragmento de osso perdido.

– Você se lembra daquela noite? Eu tentando ser o super-homem?

– Você não fez feio. Mais do que isso, você voou.

– Espero que você não me interprete mal. Sei que é uma mulher independente e tal. Tem seu dinheiro e o dinheiro do seu pai, também. Mas gostei de poder salvar você. Enquanto perseguia aquele cara pela rua, fui um herói. Até quando ele arrancou meu dente com um chute.

– Ele poderia ter matado você. Não pensei nisso, até você alcançar o cara.

– Poderia, mas não matou. Não faz sentido se preocupar com coisas que não aconteceram. – Segurei a mão dela. – Não estou preocupado nem com o que *aconteceu*. Hoje é um novo dia. Um recomeço.

Preparamos um café da manhã tardio, vestidos com as roupas de dormir. Eu me ofereci para fazer croquetes de salmão. Ela se encarregou do mingau de aveia. Enquanto ela mexia na panela, um rubi reluzia escuro e quente em sua mão direita.

O telefone tocou e Celestial atendeu dizendo "Feliz Natal", como se fosse o nome de uma empresa. Deu para perceber que ela estava falando com os pais. O Sr. e a Sra. Davenport, papai gênio excêntrico e mamãe professora, seguros em sua casa assombrada. Eu sentia falta deles, de todo aquele conforto e toda aquela segurança. Estendi a mão, esperando que ela me entregasse o telefone, mas ela balançou a cabeça murmurando *Shhh*.

– Nós vamos jantar lá? – perguntei assim que ela desligou.

– A gente não está em uma fase muito boa – disse ela. – Além disso, não estou preparada para trazer o mundo para dentro disso, por enquanto.

– O Natal é meu feriado predileto – falei, ao me lembrar disso. – Desde que passei a ter dentes, Grande Roy cortava uma maçã e nós comíamos juntos. Na infância, a única coisa que havia para ele embaixo da árvore de Natal era uma maçã. Ele não sabia que outras crianças ganhavam carrinhos de brinquedo, roupas e coisas assim. Ficava animado com o que ganhava: uma fruta inteira só para ele.

– Você nunca tinha me contado isso – disse Celestial.

– Acho que eu não queria que você sentisse pena de nós, porque, na verdade, é uma das minhas lembranças mais felizes. Depois que nós nos casamos eu desci aqui na manhã de Natal para comer minha maçã.

Ela pareceu ter deduzido alguma coisa.

– Você poderia ter me contado. Não sou como você acha que eu sou.

– Geórgia, eu sei disso agora. Não fique chateada. Tudo isso foi há muito tempo. Eu cometi erros. Você cometeu erros. Está tudo bem. Ninguém tem nada contra ninguém.

Parecendo pensar nisso, ela abriu o forno e tirou um tabuleiro com torradas preparadas como Olive fazia, macias embaixo e crocantes em cima. Ela estendeu o tabuleiro na minha direção para eu inspecionar. Seu rosto dizia: *Estou tentando. Estou tentando muito.*

Remexi na geladeira até achar uma maçã grande e vermelha. A faca que tirei do bloco de madeira era pequena, mas afiada. Cortei uma fatia grossa e entreguei a ela, antes de cortar uma para mim.

– Feliz Natal.

Ela ergueu seu pedaço.

– Saúde. *Bon appétit.*

Foi o primeiro momento em que aquilo pareceu certo, quando a verdadeira reconciliação pareceu possível.

O gosto da maçã, doce seguido por uma pontada azeda, me lembrou de Grande Roy. Visualizei-o sozinho nesse Natal. Wickliffe estaria fora com a filha e os netos, e Grande Roy não tinha muito contato com outras pessoas.

– Celestial. Sei que eu disse que não ficaríamos presos no passado. Mas preciso falar mais uma coisa.

Mastigando a maçã, ela assentiu, mas seus olhos estavam temerosos.

– Não estou tentando brigar. Juro que não. Isso não tem nada a ver com o Andre, e não tem a ver com ter filhos. Tem a ver com minha mãe.

Celestial assentiu e cobriu minha mão com a dela, pegajosa de sumo de maçã.

Respirei fundo.

– Celestial, Grande Roy me disse que você contou a Olive sobre o

Walter. Ele disse que isso a matou. Realmente a matou. Disse que ela estava melhorando, mas que quando você contou sobre o Walter ela desistiu. Não conseguiu ver mais sentido na vida.

– Não – disse ela enquanto eu puxava a mão para longe. – Não, não, não. Não foi assim.

– Então como foi?

Eu garanti a ela que não queria brigar, mas talvez estivesse com raiva. A maçã na minha boca tinha gosto de terra.

– Eu fui visitá-la no final. Ela não estava morrendo tranquilamente, Roy. A coisa estava feia. A enfermeira tentava fazer com que ela tomasse o remédio para dor, mas Olive não queria, porque achava que ele iria matá-la mais depressa, e ela estava tentando viver por você. Quando fui lá, os pulmões dela estavam tão tomados pelo câncer que eu conseguia ouvir o entupimento no peito como a gente ouve bolhas sendo sopradas com canudo num copo de leite. Ela estava lutando com força, mas não poderia vencer; os dedos estavam azulados e os lábios também. Eu pedi que o seu pai saísse do quarto e contei tudo a ela.

– Por quê? Por que você fez isso? Ela não durou nem mais um dia. – Olive morreu sozinha enquanto Grande Roy tinha ido à loja de conveniência comprar suco de maçã para ela. Ele disse: *Eu fiquei com saudade dela. Voltei e ela já tinha morrido.* – Minha mãe não merecia isso.

– Não. – Ela balançou a cabeça. – Você pode me culpar de muita coisa, mas não disso. Quando contei, ela balançou a cabeça, olhou para o teto e disse: "Deus é mesmo engraçado. Mandando o Othaniel para o resgate." Seu pai acha que ela desistiu, mas não foi isso. Quando ela soube que você não estava sozinho, pôde finalmente partir.

Celestial cruzou os braços em cima do peito como se para se controlar.

– Sei que você pediu para eu não fazer isso. Mas se você estivesse lá...

E agora eu fiquei na mesma posição que a dela, os braços cruzados apertando as laterais do corpo.

– Não foi culpa minha eu não estar lá. Estaria, se tivessem deixado.

Ficamos sentados à mesa, nenhum dos dois capaz de consolar o outro, ela se lembrando de ter presenciado o sofrimento da minha mãe e eu sofrendo porque essa experiência me foi negada.

Celestial se recompôs primeiro, pegou a maçã na mesa e cortou mais um pedaço para ela e outro para mim.

– Coma – disse.

A noite veio depois do dia, como sempre, e cada noite prometia um dia a mais. Isso é algo que me reconfortou nesses últimos anos ruins. Enquanto Celestial tomava banho, liguei para Grande Roy e ouvi a melancolia no modo como ele pronunciou nosso nome em comum.

– Você está bem, pai?

– Sim, Roy. Estou bem. Tive uma pequena indigestão. A irmã Franklin me trouxe um prato de comida, mas eu comi demais, talvez depressa demais. Ela não cozinha tão bem quanto sua mãe, mas também não é ruim.

– Tudo bem aproveitar isso, pai. Pode ir em frente e gostar dela.

Ele riu, mas estava diferente.

– Está tentando fazer com que eu me case para não ter que vir para casa cuidar de mim?

– Quero que você seja feliz.

– Você está livre, filho. Isso me deixa suficientemente feliz pelo resto dos meus dias.

Em seguida liguei para Davina enquanto o vapor do banho quente de Celestial invadia o quarto.

– Feliz Natal – falei. Ao fundo havia música e risos. – Liguei numa hora ruim?

Ela hesitou, depois respondeu:

– Deixe eu levar o telefone lá para fora.

Enquanto eu esperava, imaginei-a com um tufo de fios metalizados brilhando no cabelo, a mão no quadril. Quando ela voltou, tentei soar descontraído:

– Só quero desejar feliz Natal.

Segurei o telefone com as duas mãos, como se estivesse preocupado com a hipótese de alguém arrancá-lo.

– Roy Hamilton, tenho uma pergunta para você. Está preparado? Aqui vai: *alguma coisa* ou *nada*? Pode ser o álcool falando, mas preciso saber. O que aconteceu com a gente foi *alguma coisa* ou *nada*?

Era assim com as mulheres, perguntas sem resposta certa.

– Alguma coisa? – falei com uma pequena interrogação enrolada como um rabinho de porco.

– Não tem certeza? Escute. Para mim, Roy Hamilton, foi alguma coisa. Foi alguma coisa para mim.

– Davina, não me faça mentir. Eu estou *casado*. Descobri que ainda estou casado.

Ela me cortou:

– Não perguntei isso. Só perguntei se foi *alguma coisa* ou *nada*.

Torcendo o fio do telefone, eu me lembrei do tempo que passamos juntos. Era possível que tivessem sido só duas noites? Mas aquelas duas noites foram o começo do resto da minha vida. Eu cheguei à porta dela me arrastando, mas saí de lá andando com os dois pés.

– Alguma coisa – falei, inclinando-me. – Definitivamente, alguma coisa. Eu gostaria de poder dizer o quê.

Desliguei enquanto Celestial saía do banheiro parecendo um presente de Natal, vestida com uma camisolinha de renda que reconheci como algo que eu tinha comprado para ela. Ela havia reclamado dizendo que parecia pinicar, dando a entender que parecia uma coisa barata. Eu tinha pagado um bom dinheiro por aquilo, mas, agora que ela estava usando, entendi seu argumento. Ela deu uma voltinha.

– Gostou?

– Gostei. De verdade.

Ela se deitou nos travesseiros como uma deusa em seu dia de folga, o peito salpicado com finos pontos dourados.

– Venha cá – chamou ela, parecendo alguém na televisão, e não uma pessoa de carne e osso, na vida real.

Fui até ela mas não apaguei a luz.

– Mais uma coisa – falei. – Mais uma coisa para deixarmos tudo em pratos limpos. Está bem? Antes de fazermos isso, certo?

– Não precisa. Você não disse que estávamos começando do zero?

Fiquei incomodado com a palavra *zero*. Mas eu sabia o que ela queria dizer. Começar do zero era uma fantasia de entrar numa sala limpa, bem-arrumada, e fechar a porta.

– Não quero começar do zero. Quero começar real.

– Diga, então.

– Certo. Quando eu fiquei esses dias em Eloe, estava numa situação difícil. Era muita coisa para enfrentar. Existe uma mulher. Da época da escola. Ela me convidou para jantar na casa dela, e uma coisa levou a outra.

Por mais estranho que parecesse, minha confissão pareceu familiar, como uma calça jeans predileta. Essa dinâmica era uma remanescência de antes, de quando nós brigávamos como só amantes brigam. Desta vez Celestial não tinha o direito de sentir ciúme, mas desde quando você precisa ter o direito de sentir para efetivamente sentir alguma coisa? Dei um sorrisinho, me lembrando de quando ela jogou no lixo minha fatia de bolo de casamento e bebeu o resto do champanhe sozinha. Talvez eu sentisse saudade das brigas tanto quanto do amor, porque com Celestial jamais conheci uma coisa sem a outra. Nossa paixão era poderosa e perigosa como um átomo instável. Nunca vou esquecer nossa reconciliação, quando ela mordeu meu peito e me deixou um hematoma que doeu um bocado durante um dia e meio. Com uma mulher assim, você sabia que havia *alguma coisa.*

– Como eu poderia ficar com raiva de você? – disse Celestial. – Não sou hipócrita.

Examinei seu rosto, que só refletia cansaço. Ela podia muito bem ter dado de ombros. Eu tinha ficado muito tempo longe, mas ainda a conhecia um pouco. No âmago de uma pessoa existem coisas que não mudam. Celestial era uma pessoa intensa. No dia anterior, embaixo da árvore, ela lutou para manter a compostura, controlar a explosão, mas eu podia senti-la ardendo por dentro.

– Geórgia, você sabe o que estou tentando dizer?

– Sei. Você passou por muita coisa. Sei que não significou nada. É isso que vai dizer, não é?

– Celestial – falei, pegando-a nos braços. Eu estava de calça e meias, enquanto ela estava quase nua. Cheirava a talco e sabonete. – Você não se importa, não é?

– Não é que eu não me importe. Estou tentando ser adulta.

– Eu liguei para ela há um segundo, enquanto você estava no banho. – Diminuí o ritmo de fala, deixando cada palavra pousar com força. Não gostei de contar os detalhes. Juro, eu não queria magoar Celestial, mas precisava saber se *era capaz* disso. Precisava saber se ainda tinha esse tipo de poder, esse tipo de influência. – Quando eu estava com ela, ela me mostrou como ser eu de novo, ou talvez tenha me apresentado ao meu novo eu, à pessoa que eu preciso ser de agora em diante. Não foi só sexo. Não posso mentir e dizer que não teve importância. Ela me tratou como um homem, ou talvez simplesmente como um ser humano.

O rosto de Celestial estava inexpressivo como um ovo.

– Bom, qual é o nome dela?

– Davina Hardrick. Ela perguntou o que havia entre nós dois. Quero dizer, entre mim e ela, não entre mim e você.

– O que você disse? – Celestial pareceu apenas curiosa.

– Eu disse que era casado.

Celestial assentiu enquanto apagava a luz e me puxava para a cama.

– É, você é um homem casado.

Fiquei deitado na escuridão, me sentindo indeciso, como se tivesse esquecido meu próprio nome.

Davina aparentemente acha que as coisas se dividem entre *alguma coisa* ou *nada*, mas isso é uma fantasia, da mesma forma que começar do zero. Para o resto da nossa vida haveria *alguma coisa* entre mim e Celestial. Nenhum de nós dois jamais desfrutaria da paz perfeita do *nada*. Depois que o relógio ao lado da cama piscou indicando meia-noite e o Natal passou, senti minha mulher distribuindo beijos nos meus ombros. Senti cheiro de infelicidade em seu hálito, mas ela continuou a me acariciar, dizendo meu nome num sussurro pesaroso. Virei-me para ela; a cabeça de Celestial na minha mão era frágil como uma lâmpada.

– Não precisa, Geórgia.

Ela me silenciou com um beijo que eu não sabia se queria. À luz do relógio da mesa de cabeceira vi sua sobrancelha tensa e as pálpebras trêmulas.

– Nós não precisamos – falei. – Podemos só dormir.

A pele dela estava quente encostada na minha coxa enquanto eu passava os dedos no acabamento de renda da camisola. Minhas mãos, por vontade própria, buscaram o resto dela, mas seus músculos se retesaram sob os meus dedos. Era como se eu a estivesse transformando em pedra, célula por célula.

– É assim que eu amo você – disse ela, deitando-se nos travesseiros. Mesmo no escuro dava para ver seu peito subindo e descendo rápido, sua respiração acelerada como a de um passarinho preso na mão de uma pessoa. – Por favor, Roy. Por favor, me deixe consertar isso.

Quando eu estava na prisão, Olive me visitava toda semana, até não conseguir mais. Sempre fiquei feliz em vê-la, mas sempre me sentia humilhado por ela me ver naquela situação. Num determinado domingo ela me pareceu diferente, mas eu não sabia exatamente como. Ela devia saber sobre o câncer, mas não me contou. O que notei foi sua respiração; ela percebeu isso e seus sentidos ficaram alertas. Ela inalava o ar como Celestial fazia agora, acelerada e temerosa.

– Pequeno Roy – disse Olive na época. – Não há dúvida na minha mente. Só preciso ouvir dos seus lábios que você não fez aquilo.

Eu me inclinei para trás, encolhendo-me como se ela tivesse cuspido no meu rosto. Olive estendeu a mão para mim como alguém faria tentando recuperar um copo que estivesse caindo da mesa.

– Eu sei que você não fez – arrulhou ela. – Sei que não fez. Por favor, me deixe ouvir que você não fez.

– Eu estava com Celestial o tempo todo. Pode perguntar a ela.

– Não quero perguntar a ela. Quero ouvir de você.

Não consigo me lembrar desse dia sem ouvir as palavras dela, sem imaginar os tumores se multiplicando, consumindo seu corpo. Olive estava morrendo e eu falei com amargura na boca. O fato de eu não saber da doença não faz diferença.

– Mãe – falei, dirigindo-me a ela como se ela fosse burra. – Não sou nenhum estuprador.

– Roy... – começou ela

Mas eu a interrompi:

– Não quero falar mais.

Quando ela foi embora, disse:

– Eu acredito em você.

Enquanto a via se afastar, fiz uma lista mental de tudo que eu não admirava nela. Ignorei a devoção que ela vestia como uma capa, ignorei sua força e sua beleza de quem trabalhava duro. Fiquei sentado pensando em tudo que não amava nela, furioso demais para ao menos me despedir.

No quarto silencioso minha mulher levantou seus braços lindos, envolvendo meu pescoço, me puxando com uma força que eu não sabia que ela tinha.

– Quero que você fique bem.

Sua voz era corajosa e decidida.

– Eu não fiz aquilo – falei. – Jamais toquei naquela mulher. Ela achou que fui eu. Você não podia dizer a ela que eu não invadi o quarto dela e não a agarrei. Quando ela estava no banco de testemunhas, eu não consegui nem olhar para ela, porque aos olhos dela eu era um monstro. Quando via aquela mulher me olhando, eu me transformava no que ela achava que eu era. Não há nada pior que se possa dizer sobre um homem.

– Shhh. Tudo isso acabou.

– Nada jamais acaba de verdade – retruquei, tirando seus braços dos meus ombros. Fiquei deitado ao lado dela, me lembrando de nós dois esparramados no asfalto, proibidos de nos tocar. – Celestial – falei, surpreso com o grave da minha voz no peito. – Não sou um estuprador. Está ouvindo o que estou tentando dizer?

– Estou – respondeu ela, mas parecia confusa. – Nunca achei que você tivesse feito aquilo. Sei com quem me casei.

– Geórgia. Eu também sei com quem me casei. Você está *em* mim. Quando toco em você, sua carne se comunica com meus ossos. Acha que não sinto como você está triste?

– Estou com medo – confessou ela, os dedos transmitindo uma boa vontade desolada. – É difícil recomeçar.

A VASTA GENEROSIDADE DAS MULHERES é um misterioso túnel que ninguém sabe onde vai dar. Os sinais aparentes guardam perguntas capciosas, e como homem a gente precisa saber que não pode escapar das questões racionalizando as coisas. Qual foi a indelicadeza que me mostrou que ela me amava ao revelar os modos pelos quais não me amava? Celestial estava se oferecendo como um banquete preparado na presença dos meus inimigos, como uma pera suculenta e perfeita. Que crueldade revelava que ela gostava de mim ao me fazer entender os limites ao mesmo tempo?

– Escute – falei com o que parecia ser meu último fôlego. – Escute, Geórgia. Ouça o que vou dizer. – Endureci as palavras e ela se enrijeceu também ao ouvi-las. Em compensação, depois adotei uma voz terna, como se me dirigisse a uma borboleta. – Celestial, eu jamais terei uma mulher à força. – Afastei suas mãos amedrontadas do meu corpo e as segurei. – Está ouvindo? Não terei você à força. Mesmo se você deixar, mesmo se você *quiser*, não farei isso.

Beijei seu dedo perto da base, onde o anel que dera a ela já havia estado.

– Geórgia – continuei, começando uma frase que não conseguia completar.

– Eu tentei – começou ela.

– Shhh... só durma, Geórgia. Só durma.

Mas nenhum de nós fechou os olhos de novo contra a escuridão imensurável daquela noite silenciosa.

EPÍLOGO

Querida Celestial,

As pessoas aqui acham que eu alcancei a salvação na prisão. Mas a prisão é uma casa de espelhos assombrada; para mim era impossível chegar à verdade lá. Quando tento explicar isso, elas perguntam se sou muçulmano, já que não pertenço a uma igreja, mas elas sabem que eu me considero um homem de Deus. Não posso explicar a elas porque na verdade não consigo explicar nem a mim mesmo. Quem acreditaria que o que aconteceu comigo se passou na escuridão sagrada do nosso quarto?

Fico envergonhado quando penso no que fiz com o Andre. Juro que nunca machuquei outro ser humano daquele jeito. Mesmo na prisão, jamais brutalizei ninguém. Sinto uma dor forte atrás dos olhos ao pensar em como cheguei perto de matá-lo. Dre não se esforçou muito para revidar meu ataque. Isso me deu a sensação de que ele achava que eu não valia o esforço. Talvez eu quisesse que você o visse sofrer porque você não parecia se importar se eu estava sofrendo ou não, mas eu sabia que você se importava com ele. Sei que nada disso faz sentido, mas estou tentando expressar as emoções que senti na época. Eu estava fora de mim. Cheguei a sentir ciúme daquela árvore. Eu me senti abandonado. É a única palavra que define. Quando você disse que ia chamar a polícia, fiquei satisfeito. Aquele celular na sua mão era uma pistola e eu estava torcendo para que você a disparasse. Então você precisaria viver com isso e eu não precisaria viver. Era assim que minha mente estava funcionando. Era assim que meu coração estava batendo. Eu estava pronto para morrer e levar o Dre comigo. Ia matá-lo com as mãos que Deus me deu.

Usei essas mesmas mãos para assinar os documentos que o seu tio Banks redigiu. Davina é tabeliã, por isso você vai ver o nome dela também. Sei que é a coisa certa a fazer, mas odiei ver minha assinatura naquela linha pontilhada. Nós tentamos. Acho que é só isso que podemos dizer ou fazer.

Carinhosamente,
Roy

P.S.: E a árvore? Sobreviveu?

Querido Roy,

Ver sua letra parece um breve encontro com um amigo que a gente sabe que talvez nunca mais veja. Quando você estava preso, as cartas faziam com que eu me sentisse perto de você, mas agora elas me lembram como nos afastamos um do outro. Espero que um dia nós possamos nos conhecer melhor de novo.

Agora que estou com os documentos, você provavelmente acha que Andre e eu entraremos no primeiro ônibus para ir ver o juiz de paz, mas não sentimos necessidade de nos casar. Minha mãe, a mãe dele e até estranhos querem me ver de vestido branco, mas Dre e eu gostamos do que temos, do modo como temos.

No fim das contas, não quero ser esposa de ninguém. Nem do Dre. Por sua vez, Dre diz que não quer uma esposa que não queira ser esposa. Estamos vivendo a vida juntos, uma união.

Obrigada por perguntar pela Velha Nogueira. Semana passada veio um especialista que disse que dava para saber a idade de uma árvore só usando uma fita métrica e uma calculadora. Segundo ele, a Velha Nogueira tem 128 anos. Dizem que ainda vai viver mais 128, presumindo que ninguém mais venha atacá-la com um machado.

E esta é a novidade: estou esperando um bebê. Espero que você fique feliz pelo Andre e por mim. Sei que é doloroso também, e não pense que esqueci o que passamos tantos anos atrás. Talvez não seja razoável pedir isso a você, mas pode rezar por nós? Você poderia rezar todo dia até ela nascer?

Com amor,
Geórgia

Querida Celestial,

Não ria, mas eu é que estou correndo para ir ver o juiz de paz. Davina e eu não estamos tentando ter um filho, mas eu gostaria de experimentar o casamento de novo. Você diz que não foi feita para ser esposa de ninguém, mas discordo. Você foi uma boa esposa para mim quando as condições eram favoráveis e por um longo tempo quando não eram. Você merece mais respeito do que eu já dei um dia, e mais do que você se dá.

Quanto a mim, gostaria de ser pai, mas Davina já tem um filho e essa situação é muito triste. Ela não quer recomeçar e, sinceramente, por mais que eu costumasse fantasiar sobre meu pequeno "Trey", não quero colocar em risco o que tenho com ela por causa de um sonho que talvez nem sirva mais para mim. Eu gostaria de ser como Grande Roy e assumir o filho dela como meu, mas ele é adulto. Nós nos bastamos como família. Se a gente precisa de um filho para ficar junto, até que ponto isso é estar junto? É o que ela diz, e provavelmente está certa.

É claro que vou rezar pela sua família, mas assim fica parecendo que eu sou um pastor! Não estou tentando orientar ninguém, a não ser eu mesmo. Encontrei um pequeno terreno sagrado para mim próximo ao riacho. Você se lembra daquele lugar? Vou lá de manhã cedo e escuto o vento tocar a música da ponte enquanto penso ou rezo. Todo mundo sabe que essa é minha rotina matinal. De vez em quando convido uma ou duas pessoas para irem junto. Grande Roy já me acompanhou e, às vezes, Davina vai. Mas na maior parte do tempo sou eu sozinho com minha cabeça e minhas lembranças.

E, por falar em cabeças, Grande Roy e eu abrimos um negócio, uma barbearia. Você sabe que eu sempre tive um lado empreendedor. Imagine uma barbearia tradicional, até mesmo com um mastro listrado do lado de fora, mas com um monte de conveniências e serviços. Estamos tendo um faturamento decente, não nível Poupées (ainda), mas estou contente.

Minha oração por você é pedindo paz, que é algo que a gente precisa criar. Não dá para simplesmente ter (palavras de sabedoria do meu pai biológico, que eu visito na maioria dos domingos – ele está ficando velho lá dentro, e isso é difícil de ver).

Na maior parte, minha vida é boa, só que é um tipo de boa diferente do que eu imaginava. Em alguns dias fico ansioso e começo a falar com Davina sobre dar o fora daqui e recomeçar em Houston, Nova Orleans ou até Portland. Ela finge que concorda, mas quando termino de falar ela sorri, porque nós dois sabemos que não vou a lugar nenhum. E, quando ela sorri, não consigo não sorrir de volta. Aqui é meu lar. Aqui onde eu estou.

Com carinho,
Roy

AGRADECIMENTOS

HOUVE MUITOS MOMENTOS, na composição desta obra, em que temi não ser capaz de resolver os conflitos espinhosos que unem e separam esses personagens. Tenho uma gratidão imensurável pelas pessoas e instituições que acreditaram em mim durante os momentos sombrios em que lutei para acreditar em mim mesma.

Em particular, agradeço aos amigos e familiares que me ajudaram lendo os primeiros rascunhos, involuntariamente fornecendo diálogos cruciais, me desafiando a pensar de modo mais expansivo e me ajudando a acertar o rumo: Barbara e Mack Jones, Renee Simms, Camille Dungy, Suheir Hammad, Shaye Arehart, Maxine Clair, Denis Nurkse, Maxine Kennedy, Neal J. Arp, William Reeder, Anne B. Warner, Mitchell Douglas, Jafari S. Allen, Willie Perdomo, Ron Carlson, Ginney Fowler, Richard Powers, Pearl Cleage, Lisa Coleman, Cozbi Cabrera, June M. Aldridge, Alesia Parker, Elmaz Abinader, Serena Lin, Sarah Schulman, Justin Haynes, Beauty Bragg, Treasure Shields Redmond, Allison Clark e Sylvia Jenkins.

Enquanto testemunhamos uma redução dramática nas verbas para as artes, agradeço o apoio generoso das seguintes organizações: National Endowment for the Arts, Ucross Foundation, MacDowell Colony, Universidade Rutgers, em Newark, e Radcliffe Institute for Advanced Study na Universidade Harvard.

Jane Dystel, minha brilhante agente, está comigo desde o início; nem Dante Alighieri foi abençoado com um Virgílio tão charmoso e competente. Lauren Cerand é minha assessora de imprensa e confidente. Bridgett Davis me ouviu lutar com essa história durante anos, com paciência e generosidade. Jamey Hatley manteve a fé. Terraine Bailey, Ronald Sullivan e James Tierney são fluentes tanto nas letras quanto na lei. Obrigada por me ajudar a manter os detalhes corretos. Meu editor, Chuck Adams, é um colaborador inteligente e um homem muito gentil; a Algonquin Books é uma verdadeira amiga das artes. Jeree Wade conhece o caminho para as respostas. Tom Furrier é o maior médico de máquinas de escrever que existe, e um tremendo cavalheiro. Minha leal amiga Amy Bloom teve a gentileza de acender uma luz no escuro. Claudia Rankine e Nikki Giovanni me permitiram roubar seus versos, e eu luto para seguir seus exemplos valiosos. A Dra. Johnnetta B. Cole me disse para seguir em frente, e eu não tive capacidade para desobedecer. Andra Miller me pressionou para terminar, enquanto Elisabeth Scharlatt arrulhou: "Nenhum livro fica pronto antes da hora." As duas estavam certas, e sou enormemente grata a ambas.

A doce, doce Lindy Hess era minha amiga querida, mentora e defensora. Fico arrasada por ela não ter vivido o suficiente para ver este livro publicado.